シャーロック・ホームズの蒐集

北原尚彦

1927年、アーサー・コナン・ドイルによる最後のシャーロック・ホームズ活躍譚「〈ショスコム・オールド・プレース〉」が《ストランド・マガジン》に掲載されて以降も、この不滅の人気を誇る名探偵の贋作は、数多くの作家によって書かれてきた。本書はそれらに連なる至高の傑作である。大英帝国を縦横無尽に駆け巡るシャーロック・ホームズと相棒ワトスン博士の〈語られざる事件〉を、世界有数のホームズ・ファンが愛と敬意を込めて作品化した、最高水準のパスティーシュ。「ノーフォークの人狼卿の事件」「詮索好きな老婦人の事件」など六編を収録。

シャーロック・ホームズの蒐集

北原尚彦

創元推理文庫

THE COLLECTION OF SHERLOCK HOLMES

by

Naohiko Kitahara

2014

目次

シャーロック・ホームズの蒐集

遅刻しがちな荷馬車の事件

その年の秋、結婚式を間近に控えたわたしは、忙しいことこの上なかった。普段通りの往診を続けながら、新居探しなど新たなる生活へ向けての準備に多くの時間を割かねばならなかったからである。

しかし、結婚してしまえばこれまでのようにいつでもシャーロック・ホームズと一緒に過ごすことはできなくなる。だから今のうちに、なるべく共に時間を過ごすよう努めていた。間もなく訪れる結婚生活はもちろん楽しみではあったが、独身男二人の気ままな生活にいささかの心残りもあったのだ。

とはいえ先述のような理由で時間が足りず、ホームズの全ての探偵活動に同行できないこともあった。「セーヌ街画廊盗難事件」の依頼で彼がパリへ渡った際には、断腸の思いでロンドンに残らざるを得なかったのである。だから彼が大陸から戻った日の晩には、ベイカー街で夕食を共にしながら、根掘り葉掘り事件の概要を問い質(ただ)したものだ。

その翌朝、わたしが起き出すと、ホームズは旅の疲れも見せずに早起きをしていた。紫色のドレッシング・ガウン姿でコーヒーを飲みながら、新聞の私事広告欄を読んでいる。もう涼しいというよりも寒い気候に入っていたので、暖炉に火が入っていた。

ハドスン夫人が運んできた卵とベーコンを食べながら、皿の横に新聞を広げて、ここのところ気になっていたロバート・セント・サイモン卿とハティー・ドーラン嬢の婚約話の続きに目を通した。自分の結婚が間近であるだけに、ひとの結婚話も気になろうというものではないか。ただ、この時には後日ホームズとともに彼らの事件に関係することになろうとは、予想だにしていなかったが。

食後、窓から通りを見下ろしていたわたしは、背後のホームズへと声をかけた。

「ホームズ、また新しい事件が到来するみたいだぜ。依頼人が乗っているらしき馬車がここの真正面に停まったところだ」

わたしの隣にやって来て、並んでちらりと外を眺めて、ホームズは言った。

「あの百貨店の偉いさんのことかい？」

今回は、彼の推理過程を追うのは簡単だった。馬車には貴族の紋章のように、有名な百貨店「キャンベル&ブラックモア」のマーク――「C&B」の飾り文字――が入っていたのだ。

キャンベル&ブラックモアは、ハロッズやリバティー、ガメージズと並ぶ、有名な百貨店だ。わたし自身もつい先日、新居のための家具を婚約者と一緒に見に行ったばかりだ。この店に陳列してある家具は素晴らしいものばかりで、我々には財政的に手の届きにくい品が大半だったが、二人であれこれ品定めしながら眺めるだけでも楽しいものである。

この店はもとは小さな家具輸入会社から始まったのだが、万国博覧会の際に東洋から厳選した品々を取り寄せ出展したことで注目を集め、現在のような大きな百貨店にまでなった。今でも、フランスやイタリアからの輸入家具では他者の追随を許さず、ロンドン市民の間では「パリのような部屋にしたい？　ならばキャンベル＆ブラックモアへ行くべし」とまで言われている。

確か、今の経営者は創始者の片割れジュリアス・ブラックモアの二代目で、妻として娶ったのがもうひとりの創始者ピーター・キャンベルの娘クリスチアーヌだったはずだ。その結婚の際には「キャンベル＆ブラックモアが正にひとつになった」と人々の口の端に上ったものだ。

「確かにキャンベル＆ブラックモアの関係者らしいのは判るけれど、偉いさんというのは？」

「馭者が慌てて飛び降りて、扉を開いているじゃないか。あの平身低頭ぶりは、彼の雇用を左右するような立場の人間が乗っているということさ」

馬車の中からゆっくりと姿を現わしたのは、堂々たる風貌の初老の男性だった。頭の天辺の帽子から足元の靴に至るまで、最新流行の見本そのものだ。もうひとり、彼に従って降りてきた男性は秘書だろうか。ツイードの服を着た、中肉中背の人物である。

「だが」とホームズが言った。「残念ながら新しい事件は到来しないねえ」

わたしは驚いて我が友へと向き直った。「どうしてそんなことが言えるんだい？　ほら、明らかにここを目指しているじゃないか」

彼は突然、くっくっと笑い出した。何事かと見つめていると、両手を上げて言う。

「すまない、ワトスン君。あの人物がここへやって来るのは確かだし、彼がここを訪問するのは初めてだ。だがキャンベル&ブラックモアに関して言えば、実は既に終わった事件なのだよ。だから『新しい事件』ではないんだ」

「ええっ、わたしはそんな話は聞いていないぞ」

「それは仕方のないことだ。最初に依頼があったのは、ちょうど君が一軒目の新居候補を下見に行った日のことだからね。大した事件ではなさそうだったし、君は君で忙しそうだったから、その後の調査の際にも声をかけなかったのさ。許してくれたまえ」

「全く知らなかった。どんな事件だったんだい」

「なに、詰まらん事件さ。一族の相続問題で、書類偽造が行われていた疑惑があるというものだった。簡単に解決したよ。依頼に訪れたのは秘書だったが、迅速な解決に感謝してキャンベル&ブラックモアのオーナーが直々に礼に訪れたい、と言われてね。面倒だからと遠慮したのだが、どうしてもと懇請されて断りきれなかった。……という前段があったのさ」

そこへ玄関の呼び鈴が鳴り響き、ほどなくハドスン夫人が名刺をお盆に載せて上がってきた。来訪者はホームズの推理通り、キャンベル&ブラックモア百貨店の経営者、ジェレマイア・ブラックモア氏その人だった。

「そんな恰好のままでいいのかい」とわたしは、ホームズのドレッシング・ガウン姿を指摘した。

「構わんさ。相手が王族だろうと、服装は自分の気分で決めるよ」

我々の部屋にやって来たブラックモア氏は、帽子とコートをハドスン夫人に預けると、ホームズに握手を求めた。

「シャーロック・ホームズさんですな。ジェレマイア・ブラックモアです。この度は、あなたのおかげで本当に助かりましたぞ。ご尽力に、心より感謝致します」

「いえ、大したことはしていませんよ。僕の探偵活動の中では、何もしていない部類だと言ってもよいぐらいです。こちらはジョン・H・ワトスン博士。僕の相棒で、記録係をしてくれています」

挨拶をしたわたしは、ブラックモア氏に暖炉前の椅子を勧めた。ブラックモア氏は椅子に腰を下ろし、その後ろにお供の男性が立った。氏はその男性を、秘書のオズバート・シーコンだと紹介した。シーコンはかしこまって、笑みひとつ浮かべない。

「取りあえず一服やらせて頂いてよろしいかな?」とジェレマイア・ブラックモア氏は言った。

「この間までは、一服やっても、ちっともうまくなかったのです」

彼がくいっと人差し指で合図をすると、シーコンはシガーケースを取り出し、開いて氏の背後から差し出した。氏は、そこから葉巻をつまみ出して、うっとりと香りを嗅(か)いだ。

「我が百貨店で一押しの、キューバ産の葉巻〝ホヨー・ド・モントレー〟です。お二方もいかがですかな?」

折角なので、わたしは厚意に甘えることにした。だがホームズは、マントルピースのパイプ台からクレイのパイプを取り上げ、ペルシャ・スリッパの先に仕舞ってある煙草(たばこ)の葉を詰めながら言った。

「僕はいつものこれをやらせてもらいますよ」

氏から借りたドイツ製シガーカッターで、わたしは葉巻の端を切った。切れ味は抜群だ。キューバ産葉巻は、確かに絶品だった。買ったら幾らするのか見当もつかない。ホームズの分もわたしがもらいたいぐらいだ。

揃って一息ついたところで、煙を吐き出しつつブラックモア氏が話し始めた。

「今回の一件では、ホームズさんのおかげで一安心しました。どれだけお礼をしても、足りないほどです。どうか、これを受け取って下さい」

ブラックモア氏は、懐(ふところ)から一枚の小切手を取り出し、ホームズに手渡した。それを受け取ったホームズは、片方の眉を上げた。

「ブラックモアさん、百貨店の経営者たるあなたともあろうお方が、数字を間違えておられますよ。これでは桁(けた)がひとつ大き過ぎます」

「いいんです、それでいいんですよ、ホームズさん。それほど私は感謝している、その表われなのです。どうかお納め下さい」

ホームズが、眉を寄せた。「僕も、財力のある方から経費以外の謝礼をそれなりに頂くことがないとは申しません。ですが、今回の件では僕の推理力を発揮する余地がほとんどなかったのですよ。それなのにこんなに謝礼を頂いては、僕のプライドが許しません。他の人間には解けないような難問を解いたということでしたら、喜んで頂戴致します。しかしそうではなかったのですから。ブラックモアさん、小切手を書き直して下さい。さもなければ、何も受け取りません」

ブラックモア氏は、驚いたように目をみはり、小さく首を左右に振った。

「いやはや、なんと欲のないお方だ。私の仕事では、こんな方には絶対にお会いできない。……とはいえ、それでは私の気が済まない。どうにか受け取ってもらえぬものだろうか」

そう言いながら氏がわたしのほうに目を向けたので、その意を汲んでわたしは答えた。「彼が一旦こうと決めたら、覆すことはありませんよ、ブラックモアさん。新しい小切手のご用意をお勧めします」

深々と葉巻を吸い、はあっとため息まじりに煙を吐き出すと、ジェレマイア・ブラックモア氏はまた人差し指で合図をした。シーコンが表情も変えずに、素早く小切手帳を差し出す。

ブラックモア氏が、懐からデ・ラ・ルーの万年筆を取り出した。衣服や葉巻は高級輸入品ばかり選んでいるが、万年筆に関しては愛国者を貫いているのだと判った。

彼が金額を書き込んでいる間に、わたしは吸い取り紙を持ってきた。新たな小切手をホームズに手渡す直前に、ブラックモア氏はぱっと顔を輝かせて言った。

「そうだ、良いことを思いつきました。余分な金銭を受け取って頂けないというのなら、物で受け取って下さいませんか。今度、うちの百貨店にお越しになって、好きな商品を好きなだけお選び下さい。それならいかがです？」

うんと言わねば小切手を渡さず話も終わりにしないと言わんばかりのブラックモア氏の根気に、さすがのシャーロック・ホームズも譲歩した。

「わかりましたよ、何か適当なものをひとつ頂くとしましょう」

たちまちブラックモア氏は破顔した。小切手を渡すと、ホームズと握手した。

「良かった！　本当なら約定書を書いて頂くところですが……話が逆ですな。私が商品を渡すのですから、私が約定書を書かないと」

彼とわたしが声を上げて笑い、ホームズも口元をほころばせたが、シーコンはにこりともしない。

「さて。用件も済んだことですし、そろそろおいとまするると致しましょう。……シーコン、そういえば昨日の荷馬車はどうだった？」

経営者の問いに、秘書は即答した。

「昨日も遅刻でした、ミスター・ブラックモア」

ブラックモア氏は、葉巻を灰皿で揉み消し、立ち上がりながら言った。

「そうか。だとすると、曜日が決まっているわけでもないのだな」

その言葉に、ホームズがぴくりとした。彼は片手を上げて、ブラックモア氏を引きとめた。

「ちょっと待って下さい。その話、詳しく聞かせて頂けませんか」

出口へと向かいかけていたブラックモア氏は足を止め、不思議そうな表情を浮かべて振り返った。

「ただ、荷馬車が時々遅刻するというだけの話ですよ？　別に面白い話でもなんでもありませんが」

「それが、僕にとってはなんだかものすごく面白そうに思えるんです。お願いです、もう少しゆっくりしてらして頂けませんか。そうだ、温かいお茶などいかがでしょう。ハドスン夫人の淹れるお茶は絶品ですよ。その件をお話し頂くのが先ほどの報酬だと思って下さい。お願いします」

ブラックモア氏は、にやりと少々ずるそうな笑みを浮かべると、踵(きびす)を返した。

「よろしい。そうおっしゃるなら、お話し致しましょう。但しそのかわり、条件があります」

「条件ですって?」

ホームズは、珍しく当惑したような表情をした。これまでにも「絶対に内密に」「関係者が健在な間は公表しないように」といった条件がつく依頼はあったが、これはそのような類(たぐい)のものとはわたしにも思えない。

「そうです。その条件とは、ひと月以内に必ず先ほど申し上げた通り、我がキャンベル&ブラックモア百貨店にお越し頂き、最低百ポンド分の商品を選んでお持ち帰り頂くことです」

わたしは笑いをかみ殺すのに必死だった。さすがは有名百貨店の経営者だ、初対面なのに、いつの間にか我が友の気質を摑んでいる。確かにホームズのことだ、報酬の追加分としての商品を選びに行くことなど、あっという間に忘れてしまうだろう。その一方で、今すぐ面白そうな事件について知るためなら、なんでもする人間なのだ。

シャーロック・ホームズは苦笑しつつ、うなずいた。

「ブラックモアさん、あなたは駆け引きに長(た)けた商売人ですね。承知しました。必ず、お伺いしますよ。ハドスン夫人に同行してもらって、一緒にこの下宿向けのインテリア用品を物色させて頂くことにしましょう。ああそうだ、こちらのワトスン博士は間近に結婚を控えているのですが、その結婚祝いにも何か良いものを選ばせて頂きますよ」

ジェレマイア・ブラックモア氏は、元の椅子に腰を下ろした。お茶を頼みましょうかとわたしが言うとそれは辞退して、改めて葉巻に火を点けた。ホームズがじりじりしているのが判る。ブラックモア氏は青い煙を吐き出すと、ようやく話し始めた。

「私どもの店は、百貨店です。家具や彫像など、お客様自身にはお持ち帰りが難しい、大きくて重い商品も扱っております。たくさんの商品をご注文下さるお客様もおられます。ですので、我が百貨店では家具運搬用の荷馬車を用意しておるのです。我が社のマークが入った荷馬車を、ご覧になったことはございませんかな？」

わたしはうなずいた。「C&B」のマークが入った荷馬車が走る姿は、ロンドン名物のひとつだと言ってもいいだろう。特にクリスマスシーズンになると、よく見かける。ホームズに先を促され、ブラックモア氏は話を続けた。

「マークだけでなく、一目で判るように紺色の二頭立て馬車に統一しました。これはロンドンっ子の間にも定着してきたのですが、最近、別な百貨店——パレンバーグ——でも似た色の荷馬車を使うようになり、紛らわしくて困っております。しかもパレンバーグ側では、この色の荷馬車を使っていたのはうちが先だ、C&Bでの使用は中止してもらいたい、と申し入れてきたのです。まあ、応ずるつもりなどありませんがね」

気が付くと、シャーロック・ホームズも再びパイプをくわえている。

ブラックモア氏が続ける。「我が社では、何時ごろにお客様のもとへ荷物が届くか、メッセンジャーが伝達してから配達するようにしております。ところが、二週間ほど前、予定よりもずいぶんと遅く荷馬車が到着した、とお客様から言われてしまったのです。これはたまたまのことかと思い、お客様にお詫びして終わりました。ですがそれ以降、時々『配達の荷馬車が遅刻した』という苦情が来るようになったのです。毎回、というわけではないのです。あくまで時々、なのです」

「荷馬車は何台かあるのですよね。そのうちの一台が故障していた、という理由だったりは？」とホームズが問うた。

「それも考えましたが、違いました。故障の報告はありませんでしたし、こちらのシーコンに確認させたところ、どの荷馬車も故障している様子も修理した形跡もありませんでした。馬も、いずれも元気一杯です。荷馬車そのものに、物理的な原因があるわけではなかったのです」

「単にぐうたらな馭者がひとりいるのでは？」と、わたしが疑問を呈した。

「いえ、遅刻する馭者はひとりに限ったわけではないのですよ。シーコンにそれとなく問い質させてみたのですが、彼らはいつも通りに荷馬車を走らせたというのです」

ブラックモア氏は話を止め、葉巻を深々と吸った。

「まあ、大きな害があるわけではないので、それ以上つきつめて追及はしていないのですが、その後も遅刻が発生するかどうかは確認するようにしております。……ホームズさん、こんな些細な話で、ご満足なさいましたか」

「大満足ですとも、ブラックモアさん。このような小さな、しかし不可解な謎こそ、僕の興味を大いにかきたてるのです。ブラックモアさん、すみませんがこの一件を僕に調べさせて頂けませんか。探偵料は一切請求致しませんから」

「よろしいですとも。私自身も、大したことではないと自分に言い聞かせつつも、どこかに小さな棘(とげ)が刺さったままになっているような心地がしておりました。何か必要なことがあったら、何でもおっしゃって下さい。後ほど店のほうにお越し頂ければ、シーコンに資料を揃えさせて、もっと詳しい説明もさせましょう。なんでしたら、その際に例の進呈させて頂く商品をお選び頂いてもよろしいですし」

「商品選びはまた、別の機会に。ですが、お伺いはさせて頂きます」

シーコンを伴ってブラックモア氏が帰った後、ホームズはパイプをくわえたまま、何やら考え込んでいた。やがて我に返ると、わたしに言った。

「ワトスン君、暇があったら君も僕と一緒にキャンベル&ブラックモア百貨店に行かないか?」

「今日なら時間を取れるよ。同行させてもらおう」

後刻、わたしたちは下宿の前からハドスン夫人がつかまえておいてくれた辻馬車に乗り、リージェント街にあるキャンベル&ブラックモア百貨店の前で降りた。四階建ての建物は、この一角の大半を占めるほど広い。店は営業中で、客が次々に入口から吸い込まれては、C&Bのマーク入り包装紙にくるまれた品を抱えて出てくる。

店内を進むと、所狭しと並ぶ商品に思わず目を奪われる。レミントンのタイプライター。キューピッドの彫像がついた置時計。グランド・ピアノにアップライト・ピアノ。洒落た柄のついたシルバー&フレミングの傘。グリップに模様の入った回転式拳銃。立体画像を見ることのできるステレオスコープには、子どもたちが群がっている。銀製の紅茶ポットを物色しているのは、わたしのような結婚間近の男女か。

だが、今日のわたしたちは買物に来たわけではないのだ。いつもならじっくりと眺める売り場を素通りし、一般客は立ち入らない最上階へと向かう。このフロアが、キャンベル&ブラックモアの事務所となっているのだ。ここも、階下の店舗に負けず劣らず、活気に溢れていた。従業員たちが駆けまわり、商品の値段や在庫数を確認する声などが飛び交っている。

オズバート・シーコンが我々を迎えた。他の人の目につかないところで、とホームズが要望し、シーコンはすぐに資料室へと案内してくれた。全体にやや埃っぽく、書棚がずらりと並び、そこには大量のファイルや書籍が詰め込まれている。ここは古い資料を保管しているとのことだったが、シーコンは現在使われている帳簿類を、経理係や庶務係から借りてきてくれていた。

咳払いをすると、シーコンは口を開いた。「そもそもキャンベル&ブラックモア百貨店は、一八五七年、先代のジュリアス・ブラックモア氏と、その友人であるピーター・キャンベル氏がカーナビー街で開業した家具輸入店に始まりまして、資本金は……」

「シーコン君」とホームズがそれを遮った。「過去の話は簡単に。僕は今、起こっていることを知りたいんだよ」

「承知しました」シーコンは再び咳払いをして、続けた。「現在、キャンベル&ブラックモア百貨店は、ロンドンにあるこの本店に加え、英国内の主要都市五か所に支店を持っております。そしてそれらの店でも、専用の荷馬車で商品を運搬しておるわけです」

「遅刻した荷馬車が運んでいたのは、何だったのかな?」とホームズは問うた。「わざわざ運搬車で配達するぐらいだから、宝飾品というようなことはないだろうね」

「そうですね……。いずれも家具です」シーコンが帳簿をめくりながら言った。「運んでいたのは箪笥、机、長椅子……」

「共通項はないだろうか? 遅れた時には必ず運んでいたもの、ということだが」

「少々お待ち下さい……あ、ございました。机です。フランス製の机です。予約注文を受けて、わざわざ取り寄せたものですね」

「輸入物の机か。それなりに高価ではあるかもしれないが、高価な宝飾品に比べれば大したことはないはずだが……」

シャーロック・ホームズが首をひねった。

その時、どこからか声高に怒鳴る声が聞こえてきた。ホームズは唇に人差し指を当てて、わたしたちに黙るよう指示しつつ、ドアから廊下に出た。わたしもそれに従う。

すると、再び大声がした。今度は、何を言っているのかはっきりと判った。

「そちらがやめないというなら、こちらにも考えがありますからな! 法に訴えてでも、正当なのはこちらだと認めさせますぞ!」

やがて少し先のドアが乱暴に開かれると同時に、男がひとり、荒っぽい足取りで出てきた。仕立ての良い、いかにも高価そうな衣服に身を包んではいたが、濃い眉毛、ぎょろりとした目玉、太めの鼻、厚い唇、深い眉間の皺と、どこか野卑な感じの漂う顔立ちである。男は睨むようにしながら、我々の横を通り過ぎ、足早に立ち去った。

「今のは何者だね？」男の後ろ姿を眺めながらホームズがシーコンに尋ねた。

「先ほど少しお話ししました、パレンバーグ百貨店の経営者、ウォルター・パレンバーグ氏です」

「ああ、荷馬車の色を真似たとか、真似られたとかの」

「はい、先日から繰り返し押し掛けてくるんです、こちらが色を変えるようにと。ホームズさんとワトスン博士のこともC&B関係者だと思って、睨んでいったのだと思いますよ」

「シーコン」と、ドアの中からブラックモア氏の声が聞こえた。「ホームズさんとワトスン先生がいらっしゃるなら、こちらに入って下さるようにお伝えしなさい」

わたしたちが部屋に入ると、奥のデスクの向こうにブラックモア氏が坐っていた。その部屋は、世界各国から集めたらしい、豪華かつ珍しい品々で一杯だった。わたしは思わずそれらに目を奪われた。

デスクの手前、左側の椅子は空いていたが、おそらく先刻まではパレンバーグが坐っていたのだろう。それと向かい合った長椅子には、中年の女性と、まだ若い男性が並んで坐っていた。女性は艶やかに巻いた金髪、大きな碧の目、白鳥のような長い首の持ち主で、かつてはかなりの美貌であったと思わせる。いや、今でも十分に美しかった。男性はまだ二十代半ばぐらいで、隣の女性と似た金の巻き毛と碧の目をしていた。彼は好奇心を隠しもせずに、こちらを見つめている。

「どうぞ、ホームズさん、ワトスン先生。こちらは私の妻のクリスチアーヌと、息子で副社長をしているグラハムです。……お前たち、あちらが先日の件でご尽力下さったシャーロック・ホームズさんと、その記録係のワトスン博士だ」

ホームズが、微妙な目配せを彼に向けた。どうやら、遅刻する荷馬車の件で調査していることは、口にしないで欲しいらしい。ブラックモア氏も敏感にそれを汲み取り、触れることはなかった。

ブラックモア氏は、物珍しげに部屋中を見回すわたしに気付き、少し頬を緩めた。

「これらの品々に関心をお持ちですか。お目が高い。世界中から海を渡ってきたものばかりです。フランスの装飾扇。イタリアの寄木細工テーブル。トルコのカーペット。ロシアの聖餐用食器。ザクセン王国の木彫り工芸品。スペインのダマスコ細工。インドの祭事用具。シナの古代陶器。日本の刀剣一式。南米の仮面……。どれも記念品なのですよ。外国から取り寄せたこういった素晴らしいものを商うことによって、キャンベル&ブラックモアは繁栄してきたのですから」

その時、子どものように目を輝かせてホームズを見つめていた、グラハム・ブラックモアが口を開いた。「あの有名な探偵のシャーロック・ホームズさんですよね？　お噂は、かねがね伺っております。ワトスン先生、今度ホームズさんの活躍したエピソードを、詳しく聞かせて下さい」

しかしクリスチアーヌ・ブラックモア夫人は、乾いた声で息子に言った。

「グラハム、探偵風情と親しくするなど、未来の経営者のすることではありませんよ。そういうことは、シーコンに任せておきなさい」

「これこれクリスチアーヌ」とブラックモア氏がたしなめるように言った。「恩あるお方なんだぞ、失礼な。……ホームズさん、先ほどはごたごたが聞こえてしまったでしょう。お恥ずかしい限りです」

その時、ドアがノックされた。秘書がドアを少し開くと、男性の声が聞こえてきた。

「奥様は今こちらに？　ムッシュ・デュノワをお連れしたのですが……」

「あら、ハズブルックに、デュノワさんをお連れするように言っておいたのを忘れていたわ」と夫人。「いいわ、お入り頂いて」

シーコンが大きくドアを開くと、二人の男性が入ってきた。一人目は声の主らしい五十歳ぐらいの英国人、洒落た口ひげを生やした二人目は、フランス人のようだ。こちらは四十歳ぐらいか。

邪魔にならぬようホームズとわたしが部屋の奥に進み、ブラックモア氏に近付いたところで、氏は我々にだけ聞こえるよう声をひそめて言った。

「デニス・ハズブルックは本店の店長、ジャン・デュノワはフランスの輸出入業者です」

フランス人は、つかつかとクリスチアーヌ夫人の前に進むと、まるでそこが宮廷ででもあるかのように膝をつき、夫人の片手を取ると、その甲にキスをした。

「マダム、またお会いできて光栄です」

「まあ、それはこちらも同様ですわ」と夫人は艶っぽい声で答えた。「最新のパリの話を聞かせて欲しいと思っておりましたのよ。こんなところよりも相応しい場所がいいわね。どこかのカフェに行きましょう。そういうのが、パリ風なんでしょう?」

クリスチアーヌ夫人は、息子とジャン・デュノワを引き連れて立ち去った。店長のハズブルックもブラックモア氏から幾つか業務上の指示を受けた後、退出した。

かくして、部屋にはブラックモア氏と秘書シーコン、ホームズとわたしとが残った。ブラックモア氏は葉巻を取り出すと火を点け、深呼吸するように吸った。

「ふう、やれやれ。あれもこれもで、疲れてしまいましたよ。パレンバーグの奴は、以前からC&Bをライバル視しているんです。パレンバーグ百貨店など、C&Bに比べれば誰が見ても格下なんですがね」

「あのフランス人は?」とホームズが問うた。「奥様と、ずいぶんと親しくしているようでしたが」

「ムッシュ・デュノワは、デニス・ハズブルックが大陸へ買い付けに行った際に知り合い、取り引きをするようになったんです。どうも、〝フランスの文化を英国に教えてやっている〟ようなところが時々見え隠れして、私はあまり好かんのですが……妻はいたく気に入ってしまいましてね。彼女は、デュノワがちらつかせるパリの話に弱いのですよ、困ったものです。しかもグラハムまで、それに感化されておりまして。息子には、もっと確固たる信念を持って、他人の影響など受けぬようになってもらわないと。跡を継がせるには、まだまだですよ」

「賢そうな息子さんでしたがね」とわたしは言った。「母親を愛しているがゆえに、母親が興味を持っているものが気になるのではないでしょうか」

「ああ、それは真理の一面を突いていますよ、ワトスン先生」

「副社長があんも若いと、ハズブルックはやりにくいでしょうね」とホームズが言った。

「ハズブルックは古参でしてね。グラハムのことも、子どもの頃から知っています。なのでグラハムの教育係を頼んでいましてね。よくやってくれていますよ」

ブラックモア氏の部屋を辞去して資料室に戻り、シーコンとホームズとわたしとで改めて記録を調べた。配車記録を丹念に突き合わせたところ、遅刻する荷馬車の手綱(たづな)を握っていたのは、ひとりではないものの、全体の半分以上がトマス・エイブルマンという男だったことが判ったのである。

「では」とホームズが、資料を閉じながら言った。「何はともあれ、このエイブルマンという男に話を聞いてみましょう。彼を呼んで頂けますか」

シーコンが事務員を走らせて、トマス・エイブルマンを呼びに行かせた。しかしずいぶんと時間をかけて戻ってきた事務員の答えは、エイブルマンは遅刻をしているらしく、まだ姿を見せていないというものだった。

「遅刻、ね」とシーコンが頭を左右に振りながら言った。「少なくとも彼は、遅刻癖のある男だったようですな」

「とはいえ、直接話を聞いておかないと」とホームズ。「彼の家の住所を教えて頂けますか。訪ねてみたいと思いますので」

トマス・エイブルマンの住まいは、ウォルトン街から横に入るハスカー通りにあるとのことだった。結婚しておらず、老母との二人暮らしだという。キャンベル&ブラックモア百貨店を出たホームズとわたしは、そのままウォルトン街を目指した。

集合住宅の連なる一角に、エイブルマンの住居はあった。ドアを叩いたところ出てきたのは、本人ではなく母親だった。白髪交じりのエイブルマン夫人は、わたしたちを見るなり、言った。

「今度は、トマスは何をやらかしたんでございましょうか」

シャーロック・ホームズは、わたしと顔を見合わせた後、彼女に向き直って問うた。

「どうして、彼が何かやったと思われるんです?」

「トマスは根っからの酒好きなもんで、ぐでんぐでんに酔っ払って道端で寝込んだり、呑んでる最中に喧嘩騒ぎを起こしたりで、しょっちゅう留置場にお世話になってるんです。昨晩戻りませんでしたから、またどこかの牢屋にぶち込まれたんでございましょう? あなた方は、警察のお方では?」

ホームズはそれには答えず、口元に人差し指を当てて何か考えている。そこへ、背後から声をかけられた。

「おや、シャーロック・ホームズさんにワトスン先生じゃありませんか」

振り返ると、そこに立っていたのは、制服警官をひとり従えた、背の高い色白の人物――スコットランド・ヤードのグレグスン警部だったのである。

「全く、ホームズさんはお耳が早い。一体、どこで聞きつけていらしたんです?」とグレグスンは亜麻色の頭を振りながら、半ば顔をしかめ、半ば苦笑するように言った。

「これはこれはグレグスン警部。聞きつけた、とはどういうことかね?」と、ホームズは問い返した。

「とぼけなくてもよろしいですよ、ホームズさん。こちらはもう知っているからこそここへ来たんです。ハイド・パークのサーペンタイン池から死体が上がって、それがトマス・エイブルマンという馭者らしい、ってね」

あまりにも思いがけぬ展開に、わたしは一言も発せなかった。我が友は、きゅっと唇を噛んだ後に言った。

「サーペンタインの、どの辺りだね?」

「東の端です」

答えを聞くなり、ホームズはいきなり駆け出した。慌てて、わたしも彼に続いた。

「あっ、ちょっと待って下さいよ! おい、ジョンスン、後は任せた」

グレグスンもまた、警官にそう言い置いて、わたしたちを追いかけてきた。

シャーロック・ホームズを先頭に、わたしたちはウォルトン街を駆け抜け、ハイド・パークなかった。

に入った。その間、後方でグレグスン警部が何か叫び続けていたが、ホームズは振り返りもし

わたしは必死で走ったが、途中から脚の古傷が痛み出して、遅れがちになった。それにホームズは普段は怠惰なくせにいざという時はかなりな体力を発揮するため、追いつくどころか間隔は広がるばかりだ。

サーペンタイン池の端には、確かに制服警官が何人かおり、人の通行を規制していた。たまたま公園に居合わせた野次馬たちが、それを遠巻きにして眺めている。

一瞬、ホームズを制止しそうになった警官は、はたとそれが誰であるかに気付き、またグレグスン警部もやって来るのを見て取って、ホームズ、そしてわたしを通してくれた。

荒い息をしつつわたしが到着した時には、ホームズはもう池の端に引き上げられた死体に屈み込んで調べ始めていた。ポケットから取り出した拡大鏡で、丹念に眺めている。死体は酷い形相だった。血の気のない顔に浮かぶ醜く歪んだ表情は、恐怖によるものか、苦痛によるものか。お仕着せの制服を着ており、その左胸には「C&B」のマークが入っている。たとえ馭者であっても、キャンベル&ブラックモアのために働く者ならばそれなりの恰好をすべし、というのがブラックモア氏の方針なのだろう。

一通り調べ終えたシャーロック・ホームズは、わたしに場所を譲った。死者は、おそらく三十代の男性。死因はすぐに見当がついた。制服の胸の中央に、切れ目が入っていたのだ。胸をはだけてみると、そこには深い傷が穿たれている。

「鋭利な刃物で一刺し。しかも刃を回転させて、確実を期すようにしている。解剖してみないと正確なことは言えないが、溺死ではなく失血死だね。死んだ後で、池に放り込まれたのだろう」

後ろに立っていた、グレグスン警部が言った。

「仲睦まじく公園を散策していた恋人たちが、水辺を歩いていたところ、水面にあおむけになって浮かんでいたあの死体を発見してしまい、気分が良くなるはずの散歩でかえって気分が悪くなってしまった、というわけです。すぐに警官が呼ばれ、引き上げたところ刺し傷があった。そこでヤードの私の出番となった。服装と所持品からキャンベル&ブラックモアの馭者をしているトマス・エイブルマンらしいと判明したので、確認のために家族に見てもらおうと彼の家に行ったら、ホームズさんとワトスン先生がいた——という次第ですよ。死人のことを知っていたわけではなかったのですか？」

「僕たちは、別な一件を調べていたのだよ。どうしてあそこにいらしたんです？」その件とこの殺人事件との関係が判り次第、君にも教えると約束するよ、グレグスン」

わたしは立ち上がり、ホームズに囁いた。

「荷馬車が遅れるということを調べていただけなのに、その馭者が死んでいるなんて……偶然だろうか？」

「僕が調べようとした矢先に、その人物がたまたま暴漢に襲われて殺されていた、というのかい？　そんな可能性は限りなくゼロに近いね。トマス・エイブルマンは今回の件の何かに関係しており、それがゆえに殺害されたに違いない」

そこに遅れて、先ほどジョンスンと呼ばれた警官が、エイブルマン夫人を伴って現われた。エイブルマン夫人は、死体を見るや、叫び声を上げた。「おお、おお！　息子です。トマス、トマス！」

人目もはばからず、老婦人は泣き喚いた。

ホームズはズボンが泥だらけになるのも構わずに膝をつき、時には腹ばいになり、拡大鏡を駆使して丹念に周囲の地面を精査している。

「まるで水を飲みに来た野牛の群れが通ったようだな」と彼はぼやいた。

「死体を引き上げるために、警官が数人池の中に入りましたんでね」とグレグスン。「もう水は冷たいですから、彼らをねぎらいこそすれ、非難するわけにはいきませんよ。それにここはそもそも公園ですから。発見者だけでなく、警官が規制するまでは見物人がぞろぞろ集まっていましたよ」

「厄介だな」と言っていたホームズが、ぴたりと止まった。「だが、目的のものを見つけたようだ。ワトスン君、こちらへ来たまえ」

わたしは服や靴を汚さぬように気を付けてしゃがみ込み、ホームズの指差す先を見た。そこには、ひと連なりの足跡があった。

「わたしには、ごく普通の足跡にしか見えないが」

「それだけしか見ないからさ。他の足跡と比べてみたまえよ」

そう言われたわたしは、周囲に残る別の足跡と比較してみた。すると、ホームズの示す足跡だけ、特に深く刻まれていることに気が付いた。

「確かによく見ると違うね。足が深く沈んでいるようだ」

「ということは？」

「体重が極めて重いか……何か重たいものを運んでいた」

「あそこに死体が浮かんでいた、という状況ならば、その足跡の持ち主が運んでいたのは死体だと考えて間違いないだろうね。さあ、どこから来たのか辿ってみよう。……グレグスン、また連絡するよ」

そう言うや否やホームズが立ち上がって歩き始めたので、わたしもそれに従った。我々は足跡を辿って、やや東寄りに北上することとなった。途中、乾いた地面で足跡が残っていない部分もあったが、ホームズの熱心な捜索によって続きは無事に辿られた。

ふと、ホームズが足を止めた。「ワトスン君、気を付けてそこを見てごらん」

灌木（かんぼく）の葉に、僅（わず）かながら血痕が残されている。

「被害者の血だろうか」とわたしは問うた。

「おそらくね。つまり僕たちの進んでいる道は間違っていないということだ。……続けよう」

しかし足跡を読むことのできたのは、公園内だけだった。ハイド・パーク東側のグローヴナー・ゲイトから一般道に出ると、そこはもう人通りの多い道だった。

立ち尽くして何か考えている我が友に、わたしは声をかけた。「この後はどうする、ホームズ？」

「犯人が死体を運んだのは昨夜、もしくは今朝の夜明け前だ。明るい時間だったら、散歩する人の多いハイド・パーク内を、あれだけ堂々と真っ直ぐ歩かないだろうからね。しかしここからは一般道だ。いくら夜とはいえ街灯がある。とすると人目を気にするはずだから、裏道を通った可能性が高い」

そう言うと、シャーロック・ホームズは眼前のパーク・レーンを渡り、一番近くの横丁へと入った。そして、なぜか時々上を見上げている。

「建物の二階に何かあるのかい？」

「僕が見ているのは建物じゃない。街灯だ。今は明るいから分からないが、夜になると街灯の明かりだけが頼りになる。だがこんな横丁だと街灯も少ない。そして最も暗くなるのは、街灯と街灯の中間……この辺りだ」

ホームズは、今度は足元を見ながら行ったり来たりを始めた。同じことを横丁を渡った反対側でも繰り返すと、いきなり声を上げた。

「ここだ、ワトスン！」

ホームズが指し示したのは、彼の靴先の少し前方の舗石。そこには、どす黒い染みがあった。人に踏まれてかすれてはいたが、はっきりと見て取れる。

「血痕だ！　と言うよりも、血だまりの跡なんじゃないか？」

「その通り、正解だよワトスン君。ほら、そこの壁にも血しぶきが散っている。被害者――トマス・エイブルマンは、ここで刺殺されたに違いない。さて、後はエイブルマンと犯人がどこから来たかだが……」

シャーロック・ホームズは横丁を進んで十字路に出た。左右を見回し、その視線が右手で止まった。彼に追いついてその視線の先を見ると、アッパー・グローヴナー街との角にパブサインが見えた。パブサインには猫とねずみの絵、そして〈黒猫と三匹のねずみ亭〉という文字が書かれている。

ホームズは無言で歩き出したが、そのパブを目指していることは明白だ。入口を入ると、大柄で腹の出た中年の親爺が、カウンターの向こうからこちらを振り向いた。赤鼻で、目も少し赤い。

「らっしゃいやし」

ホームズはそれにうなずいた。「親爺、エールのパイントをふたつ。ワトスン君、喉が渇いたから一杯やっていこうじゃないか」

本当に喉が渇いていたわたしはぐびりと呑んでしまったが、ホームズはカウンター上のエールに手を出さない。彼は代金を置きつつ、言った。

「うっかり忘れていたが、僕はまだ頭を使う仕事が残っていたんだった。親爺、悪いがこれは君が呑んでくれるかな」

「へ、へい、そういうことでしたら、喜んで」

親爺は、そそくさとエールに手を出し、旨そうに二口三口で呑みきってしまった。

「ところで、この店にC&Bの駆者が来ていないかい？　この間、知り合いの駆者がここに入るところを見かけた気がするんだが」

げっぷをしながら口元を拭った親爺は、大きくうなずいた。「へい旦那、おっしゃる通りでさ。あの制服は、見間違えようがありやせんからね。毎日ってぇほどじゃありませんが、最近ちょくちょく来ます」

酒で舌がなめらかになったのか、親爺はホームズの質問に次から次へと答えてくれた。その結果、思った以上の情報を得ることができた。

トマス・エイブルマンの特徴を伝えたところ、その人物は駆者たちの中で最もよく来る男だ、という答えが返ってきた。つまり、ここへ来るのはエイブルマンだけではなかったのだ。

C&Bの駆者たちは、本来ならば働いているはずの時間に、ひとりで歩いてここを訪れる。そして一杯二杯と引っ掛けるうちに、男が呼びにやって来る。駆者は違っても、この男は常に同じ人物だという。その男に連れられて、駆者は去っていくのだ。

「それがいつものお決まりなんでやすが」と親爺は付け加えた。「昨日だけは、例外でやしてね。昼間、そのトマスって駆者が、いつものごとく来やした。ところがあいつ、夜にまたここへ来たんでさあ。で、酒を呑みながら人待ち顔にちらちらと入口を見ているうちに、ひとりの紳士が来ました。で、二人は隅っこのほうで、何やらこそこそと話をしてたんすよ」

「その紳士というのは、毎度毎度、駆者を迎えに来る男かい？」とホームズは質問を挟んだ。

「いえいえ、全然違いやすよ。いつも来るのはちょっと遊び人っぽい感じの男なんでやすが、昨日のは、身なりもしっかりした、ちゃんとした紳士でやした。馭者のほうがまくし立てて、紳士のほうがそれを聞いてる、って様子でやして。で、そのうちに連れ立って出て行った、ってわけでさあ」

「ありがとう。助かったよ。これは礼だ。もう一杯やるといい」

シャーロック・ホームズはカウンターに金を置き、パブを出ると、わたしに言った。

「今の人物が大の酒好きだということは、あの赤らんだ鼻、濁(にご)った目、樽(たる)のような腹から一目で判ったよ。客から『ご主人も一杯どうぞ』と言われるのを、いつも待っているんだろうな。呑ませてやれば何でも喋ってくれるだろうと思ったが、見立て通りだったよ。今ごろ、君の呑み残しまで呑み干してるんじゃないかな。で、彼の話をどう思うかね、ワトスン君?」

「百貨店の荷馬車が遅刻するのは、馭者があそこで酒を呑んでいるからだね」

「ご明察。その通りだよ」

「だが、あとが判らない。いつも馭者を迎えに来る男と、昨晩来たという紳士は、一体何者なんだろう」

「それは大した問題じゃないさ。いずれ判ることだ。もっと重要なのは、馭者たちがみんな『歩いて』ここへ来た、ということだ。だとすると、荷馬車はどこに?」

「あっなるほど、そういうことか。……問題点は判っても、答えは相変わらず判らないな」

「なに、それこそすぐに判るだろうさ」

我が友は、アッパー・グローヴナー街を東へと歩き出した。彼があちらこちらに目を配っているのが、判った。少し進んだところに、車輪付きの移動式の台を道路脇に止めて商売をしているエンドウ豆スープ売りがいた。かなり色黒なのは、いつも路上にいるせいだろう。ホームズは彼に近付いて声をかけた。

「君はいつも、ここで商売をしているのかい？」

「へえ、旦那」と、きついロンドン訛り（コックニー）で、スープ売りは答えた。

「じゃあひとつ尋ねるが、キャンベル＆ブラックモア百貨店の荷馬車を見かけることはないか？」

スープ売りは、「へえ……まあ……」と曖昧（あいまい）に返答した。

ホームズはポケットから半クラウン硬貨を出し、それをひねくり回しながら言う。

「詳しく教えてくれないか」

スープ売りの視線が半クラウンに釘付けになっているのが判る。

「ようがす。時間はばらばらでやすが、もともとC＆Bの荷馬車はよくこの通りを走りまさあ」と、急にぺらぺらと話し始めた。半クラウンの効果は大きかったようだ。「それが最近になって、よくあそこに停まるようになりやした」彼は道路の少し先、グローヴナー・スクエアに面した建物を指差した。それはたたずまいからして、どうやら小さな町工場らしい。正面の扉にも〈カイルズ・ファクトリー〉と書かれている。

「C＆Bの荷馬車が停まると、建物の扉が開いて、荷馬車はそのまま中へ進みやす。すぐに馭者が歩いて出てきて、あっしの前を通り過ぎ、あそこの〈黒猫と三匹のねずみ亭〉に入りやす。

しばらくするとあの建物から男が出てきて、〈黒猫と三匹のねずみ亭〉に向かいやす。男は馭者を連れて町工場に戻り、馭者は荷馬車で走り去る……こんな按配なんでさあ」

「ありがとう」ホームズはそう言うとコインを投げ、スープ売りはそれをキャッチした。

わたしは少し興奮して、口を開いた。

「では、次の目的地はあの〈カイルズ・ファクトリー〉だね」

すぐに歩き出そうとしたところ、ホームズが後ろからわたしの片腕を摑んだ。

「早合点はいけないよ、ワトスン君。今の段階では、あそこへは行っちゃいけないんだ。中に誰かいた場合、僕らの正体がばれたら、何もかも台無しだからね。なぜ荷馬車があそこへ入るのか、誰がトマス・エイブルマンを殺害したのか、それらが判らなくなり、全て闇に葬られてしまう。まだだ、まだ早い。……むっ」

その時、わたしの腕を摑んでいたホームズが、いきなりぐいと引っ張った。何事かと問いかけようとしたが、彼はスープ売りの屋台の陰に隠れ、唇に指を当てた。そうして道路の反対側を指し示すのでわたしも無言でそちらを見ると、〈カイルズ・ファクトリー〉の脇の横丁から、金髪の男が出てくるところだった。それはなんと、ブラックモア氏の息子、グラハム・ブラックモアだったのだ。

グラハム・ブラックモアはグローヴナー・スクエアに出ると、戸締りを確認するように町工場の扉に手をかけ、そのまま歩み去った。

彼が十分に遠ざかってから、わたしは口を開いた。

「ホームズ。彼が現われるとは思わなかったよ。彼はこの件で、どのような役割を果たしているんだろう？」

「まだデータが足りないから、無責任な発言はしないでおくよ」

そう言いつつも、シャーロック・ホームズの視線は、小さくなっていくグラハム・ブラックモアの後ろ姿から離れなかった。

その日の夕方、わたしは婚約者と会う約束があった。夜になって帰宅すると、まだホームズはベイカー街二二一Bに戻っていなかった。

その翌日の午前中も同様だった。わたしは往診の仕事が入っていたのだが、その間、シャーロック・ホームズはあちこちと出かけている様子だった。どうやら、事件の調査を着々と進めているらしい。わたしが下宿で昼食をとっていると、ホームズが帰ってきて、椅子にどっかりと坐った。

「どこへ行っていたんだね」と、わたしは食事の手を止めて言った。

「ああ、君には言っていなかったね、申し訳ない。昨日の夕方と、今日の午前中は、キャンベル&ブラックモア百貨店の顧客宅を回っていたんだよ」

「それはどういうことだい？」

「遅刻した荷馬車の配達先さ。輸入物の机を購入した客を訪問して、机の現物を見せてもらっていたんだ。C&Bの関係者だが、商品に問題がないか確認しに来た、と言ってね。向こうは、C&Bは本当に丁寧だと、大歓迎してくれたよ」

わたしは、頭を働かせながら言った。

「それはもしかして、安いニセモノが納品されていたってことかい？　あの町工場は、ホンモノとニセモノを入れ替えるための場所で……」

ホームズは、くすりと笑った。「さすがは僕の相棒だ。一応、僕もその可能性は考えていたがね。だが、顧客のもとにあったのは、いずれもれっきとした高級品で、模造品なんかじゃなかったよ」

「それじゃあ、隠し戸棚があって……」

「残念ながら、それもなかったよ。全く普通の、高級机だった」

「すると、何も収穫はなかったってことか」

「いやいや、収穫は十分にあったよ。本当は他の馭者たちにも聞き込みをしたかったんだが、それをやると犯人を警戒させる恐れがある。何はともあれ、午後には最後の捕物になる。もし都合がよければ、君も来ないか」

最後の捕物と言われれば、乞われずとも、連れて行ってくれとこちらから頼みたいぐらいだった。

「喜んで、手伝いをさせてもらうよ」

「では、準備をひとつお願いしようかな。水の入った小瓶と、布切れを用意しておいて欲しいんだ」

「そんなものが、犯人逮捕にどうして必要なんだい？」

「犯人逮捕にというより、真相を暴き出すのに必要なのさ。その場になれば分かるから、よろしく頼むよ」

それ以上は、幾ら訊いても教えてくれないのだった。仕方なく、わたしは空いた薬瓶に水を入れてコルクで栓をし、ハドスン夫人からぼろ布をもらい、ポケットに仕舞っておいた。

「武器はどうする、ホームズ」

「敵は人ひとり殺している。万が一ということもあるから、軍用拳銃を携行(けいこう)してくれたまえ。僕にはこれがある」

ホームズは先に金属を詰めたステッキを取り、軽く振り回した。

午後、わたしたちは辻馬車で出発した。しばらく走り、ホームズの合図で馬車が停まる。降りた場所は、昨日わたしたちがうろつき回った界隈(かいわい)だった。ホームズは横丁に入り、とある建物の裏口から中へ入った。

「主(あるじ)の許可は取ってある、不法侵入ではないから安心したまえ、ワトスン君」

そこは準備中のレストランで、食べ物や油の匂いがそこはかとなく漂っていた。店舗内の表側、入口近くには二人の人物が立っている。

「お待ちしていましたよ、ホームズさん、ワトスン先生」

それはグレグスン警部と、お供の制服警官――昨日エイブルマン宅前で会ったジョンスン巡査だった。

「他でもないホームズさんからのご連絡だから馳せ参じましたがね、本当にトマス・エイブルマン殺しの犯人を捕まえられるんでしょうな?」とグレグスンは疑問顔で言った。「もう少し事情を教えて頂きたいものですが。ここで待て、だけじゃあ酷というものですよ」

シャーロック・ホームズは、ぎりぎりまでことを伏せておいて、いざという時に人を驚かせるのが好きなのである。わたしも、立場的にはグレグスンと五十歩百歩だ。詳細は、教えてもらっていないのだから。

「まあまあ、もう少しだよ。ほらワトスン君、こちらからそっと外を覗いてみたまえ」

入口横の窓から外を見てようやく、わたしは現在位置を正確に把握した。ここはグローヴナー・スクエアの西側に面した建物だったのだ。だから、スクエアの南側に面した〈カイルズ・ファクトリー〉がよく見えるのである。

そのまま待つことしばし。窓から外を監視し続けていたホームズが、小声で「来たぞ」と言った。わたしも並んで覗くと、キャンベル&ブラックモアの家具運搬車が、〈カイルズ・ファクトリー〉の前に停まった。町工場の扉が大きく開かれ、家具運搬車はその中に吸い込まれる。やがて馭者だけが出てくると、その背後で扉は閉じられた。馭者は、呑気そうに歩いている。その目指す方向に〈黒猫と三匹のねずみ亭〉があることは、既に判っている。

「よし、行こう」

ホームズは言葉とともにレストランを飛び出し、グレグスン、巡査、そしてわたしがそれに続いた。〈カイルズ・ファクトリー〉を目指し、まっしぐらに走る。扉を開き、一斉に突入した。

町工場の中は、かつて使われていたと思しき機械類が壁際に押しやられ、中央にスペースが作られていた。そこにC&Bの家具運搬車が駐められている。後部の両開き扉が全開になっており、車内の男が振り返って、そのままの姿勢で固まった。

それはわたしの知っている人物——フランス人の、ジャン・デュノワだった。

シャーロック・ホームズは芝居がかった身振りで、彼に向かって手を振り上げると、舞台の口上のように述べた。

「皆さん、紹介致しましょう！　トマス・エイブルマン殺害の犯人、ジャン・デュノワ——本名、ジョルジュ・ダンドロです！」

その口上を待ち構えていたかのごとく、グレグスン警部とジョンスン巡査はデュノワことダンドロを荷馬車から引きずり下ろした。彼らが押さえつける前に、フランス人は懐から鋭利なナイフを瞬時に取り出し、振り回した。グレグスンとジョンスンが距離を取った隙に、フランス人は横に逃げようとする。だが、そこにはホームズが待ち構えていた。ホームズのステッキが閃光のように伸び、フランス人の手首を打った。鈍い音がしたので、もしかしたら骨が折れたかもしれない。たまらずフランス人はナイフを取り落とす。そのまま滑ってきたナイフを、咄嗟にわたしが靴で踏んで確保する。敵味方入り乱れていたために軍用拳銃の出番はなかったが、ようやくわたしも役に立つことができた。

次にホームズに目を向けると、彼は地面に這いつくばったフランス人に馬乗りになり、片腕をねじり上げていた。彼の習得している武術のなせる業だ。グレグスンが駆け寄り、手錠をかけた。

家具運搬車に繋がれた二頭の馬車馬はその間、驚いたような顔をしてこの騒ぎを見つめていた。

「ワトスン君、ナイフは巡査に預けてくれたまえ。それこそ、エイブルマンを刺殺した凶器だからね」

逮捕劇が一段落したところで、グレグスンは表に出て何やら合図をした。しばらくすると警察馬車が現われ、わめき散らすフランス人はジョンスン巡査によって連れ去られた。

町工場が静かになったところで、ホームズがグレグスンに向かって言った。

「実は、ダンドロにはまだ罪状があってね。そちらについては、今からご説明するとしよう」

ホームズはつかつかと家具運搬車に歩み寄ると、車に飛び乗った。そこには、輸入物と思しきいかにも高級そうな机が置かれていた。彼は机の周りをぐるりと巡った後、引き出しをひとつずつ取り出していった。しかし何も入っていなければ、引き出しの奥に隠し場所があるわけでもない。

最後に、天板の下の広い引き出しを引っ張り出した。だがそれを見て、わたしはがっかりした。

「何を探しているのかしらないが、全部空じゃないか、ホームズ」

「他はともかく、ここに関しては空に見えるだけなのだよ、ワトスン君」

ホームズは荷馬車から降り、広い引き出しを荷馬車の床の上に置くと、引き出しの底面を人差し指の関節で軽く叩いた。だがその深さからして、二重底になっているようには見えない。

「ワトスン君、頼んでおいたものをくれたまえ」

わたしは布と小瓶をホームズに渡した。ホームズは小瓶の蓋を開けて、引き出しの底面と側面との角全体に、少しずつ液体を垂らす。

「ただの水ですから、ご心配なく」

そう言いながら、ホームズは余分な水を布で拭い取り、その湿った布で角をゆっくりとこすった。

しばしの後、ホームズは引き出しを立てて、垂直になった底面の内側を再び叩いた。するとなんということか、底板がこちら側に倒れてくるではないか。彼が高価な机を壊してしまったのでは、と一瞬ひやりとしたが、板が外れたのにもう一枚の底板が見えた。偽の底板が、被せられていたのだ。そして本当の底板と偽の底板の間に、薄布に包まれた平らな物体があった。

「ワトスン君、ちょっと手伝ってくれたまえ」

彼の指示を受け、引き出しを支えた。その間に、ホームズは偽の底板を取り外す。「これは水溶性の糊で、くっつけられていたのだよ。今みたいに、簡単に外れるようにね。引き出しはもう一度濡れた布で丁寧に拭けば、新品同様だよ」

彼は偽底板を床に置くと、続いてサンドイッチ状になっていた物体を取り出した。「もういいよ、ワトスン。引き出しは机に戻してくれ」

シャーロック・ホームズは、手にした物体を包む薄布を、丁寧に開いた。そこに現われたのは、なんと絵画だったのである。

「皆さん、どうぞご覧あれ。ジャン＝フランソワ・ミレー作、『牧童と恋人』です」

わたしは驚きを隠すことができなかった。こんな町工場には余りにもそぐわない名画である。

「ワトスン君は覚えているだろう、先日、僕がフランスに渡って『セーヌ街画廊盗難事件』の解決に当たっていたことを。盗難に遭った画廊は、ルーヴル美術館に納品したり、クリスティーズやサザビーズに出品したりするような名画も扱っている由緒正しい老舗(しにせ)だった。それだけに被害が大きく、僕の出番になったというわけだ。苦労の甲斐(かい)あって、実行犯を捕まえることはできたのだけれど、盗品の一部が既に横流しされてしまい、その行方が分からなくなっていたんだ。この『牧童と恋人』こそ、そのひとつなのさ」

グレグスン警部は、目を見開いて口をぱくぱくさせている。

「でも……そんなものが……どうしてここに？　それに……トマス・エイブルマン殺害と、何の関係が？」

その時、町工場の扉が開かれ、何者かが大声を上げながら入ってきた。

「おい、ダンドロ、大変だ！　探偵がこの件で何か調べているらしい！」

その人物は、町工場内にいるのがダンドロではないと気付いたらしく、足を止めた。それは、驚きを隠せない表情でこちらを凝視(ぎょうし)している、C&B本店の店長――デニス・ハズブルックだった。

「ジョルジュ・ダンドロなら、いま護送されていったところですよ、ハズブルックさん」とホームズが言った。

ハズブルックはホームズの手にした美術品に視線を移し、がっくりと崩れるように膝をついた。

「では……何もかも……」

「ええ、明らかになりました。あなたの役割もね。あなたは取り引きのためにフランスへもよく渡っていたでしょうから、その際に、ジョルジュ・ダンドロと知り合ったんじゃありませんか」

「……はい。その通りです」

「ダンドロは盗品売買以外に、イカサマ賭博でも知られています。あなたはパリで賭博をして、巨額の借金をダンドロ相手に作ってしまった、そんなところでしょう」

「ご明察です。では、分かって頂けますか。わたしはこんなことに加担したくなかった」

「脅されて仕方なく、でしょうね。ジョルジュ・ダンドロは、絵画窃盗犯から美術品を受け取り、売りさばくのが役目だった。そしてフランス国内でよりも英国でのほうが処分しやすいし足がつきにくいと考えたのだろう。盗品であっても構わない、人に見せびらかすことはできなくても構わない、とにかく名画を手元に置きたい、自分だけのものにして独占したい、といういかれた美術品コレクターなら、我が国にもいるからね。しかしそのままの形で国外に持ち出すことは難しい。そこで額縁を外し本体だけにして、今見たような仕掛けでロンドンに密輸することを計画した。脅されたあなたは断ることができず、犯罪に加担することになると知りつつ協力した。だが輸入されてしまうと、キャンベル&ブラックモアは商品管理のしっかりした百貨店だから、こっそり絵を取り出すことがなかなかできない。しかも予約注文の家具ゆえ、順次配送が始まってしまう。客のもとに届けられてしまったら、それこそ家宅侵入までしなければならなくなる。よって百貨店から運び出された後、かつ客の家に着いてしまう前、つまり配達途中に取り出すことにした。あなたは馭者たちに、仕事ぶりをねぎらうためとでも称して、配達の途中にパブで一杯やってよいと、こっそりと呑み代を与えた。その間に家具運搬車を駐めておく場所も、用意しておくから、と。あなたかダンドロが、今では使われていない町工場、つまりここを借りる手筈を整えた。馭者には、あとで誰かに何か聞かれても黙っているようにと口止めしておく。独断でやっていることだから、ばれたらもう呑み代をやれなくなるぞ、とでも言ってね。なるべくトマス・エイブルマンが務めるように手配したのは、彼が酒好きで、四の五の言わずに従うと考えたからでしょうな。かくして馭者は荷馬車をここに預けて、〈黒猫と三匹のねずみ亭〉に一杯ひっかけに行く。その間に、ジョルジュ・ダンドロが家具から絵画を取り出し、引き出しを元通りにする。そして馭者が呑み終わった頃に迎えに行く、という寸法です」

「全くおおせの通りです」と、ハズブルック。

「しかし、なぜトマス・エイブルマンは殺害されねばならなかったんですかね?」とグレグスン警部は問うた。

「エイブルマンは、ここに来ることが一番多かったがゆえに、何かに気付いてしまった。彼はそれをブラックモア氏にでも報告すれば良かったのに、ハズブルックさんを強請ろうとしたのだろう。彼はあなたを〈黒猫と三匹のねずみ亭〉に呼び出し、金を要求した。違いますか、ハズブルックさん？」

「そうです。わたしはダンドロに相談しておいたので、彼は横丁で待ち構えていました。パブから出てきたところでエイブルマンを痛めつけて口止めをするのかと思ったのですが、まさか殺すなんて……」

「あとは警部もご存じの通り、ダンドロがサーペンタイン池まで運んで投げ込んだ、という次第です。さあハズブルックさん、いくら脅されてのこととはいえ、盗品密輸の幇助は罪に問われます。あなたも警察へ行かなくてはなりませんよ。グレグスン警部、彼の身柄と美術品は君に任せます」

下宿へ戻る辻馬車の中で、わたしはシャーロック・ホームズに尋ねた。

「君はいつ気付いたんだい？」

「まあ、最初からと言ってもいいだろうね。キャンベル&ブラックモアの事務所に行った際、ジャン・デュノワを見かけただろう？　僕はセーヌ街画廊の一件でパリ警察から犯罪者の写真をたくさん見せてもらっていたので、こいつはデュノワなどと名乗っているが、ジョルジュ・ダンドロに違いないと気付いたのさ。そんな輩がここにいるからには、何か犯罪が絡んでいるのだろうし、奴が犯人であることは間違いない、と予想していたんだ」

「そうだったのか」

「もっとも、どんな手口かまでは、購入者のお宅を訪問するまで分からなかったんだがね。そして机を端から端までチェックしたところ、例の広い引き出しの内側の、底板に近い部分の側板に、僅かに細い線のような跡があることに気付いたんだ。それで、そこに何かが貼り付けてあったのではないか、と推理した。そして密かに運びたい薄いもの、というところで画廊の事件を思い出したのさ」

「やれやれ、何物も君の目を逃れることはできないんだね。そう言えば、グラハム・ブラックモアは、この一件でどんな役割を果たしていたんだい？　彼も町工場に現われたじゃないか」

「実は彼は、単独で僕たちと同じことをしていたんだよ。彼はハズブルックとフランス人が何かをやっていることに気付いた。だが確信がなかったために、ひとりでフランス人の後をつけて、奴があの町工場に入ったことを確認した。そして後日、あの町工場にこっそり入ろうとしたが、鍵がかかっていてかなわなかった、ということなのさ」

「あの時、戸締りを確認しているように見えたのは、鍵が開いていないか調べていたのか」

「その通り。彼は若いけれども目端が利くし、ちゃんと会社のことを考えている。そのように、ジェレマイア・ブラックモア氏に報告しておかないとね」

その後、警察がジョルジュ・ダンドロの住処(すみか)を捜索したところ、これまでの机から回収した絵画が何点も発見された。念のためC&Bに残るフランス製机は全て調べたが、ホームズが見つけ出したものが最後の一枚だったと判った。絵画は全てパリに送られ、セーヌ街の画廊も、パリ市警察も大喜びしたとのことだった。

ちなみにホームズはその後、忘れずにキャンベル&ブラックモア百貨店へ行き、報酬としての商品を選んだ。しかしその大半を自分のためのものとしようとはせず、わたしは輸入家具一揃いという高価な品を結婚祝いとしてもらったのである。

かくして我々の小さな新居には、不釣合いなほど豪華な家具が並ぶこととなった。中古で揃えるつもりだったものが、新品、それも輸入ものとなったのだ。結婚後、わたしがホームズに同行するため出かける際でも、妻が喜んでわたしを送り出してくれたのは、このおかげだったのである。

「ああ、きみの言うのは、例のグローヴナー・スクエアの家具運搬車事件のことだろう？　あれはもう解決した――というか、最初からわかりきっていたんだ」

――「独身の貴族」（深町眞理子訳）

結ばれた黄色いスカーフの事件

それは六月のとある日のことだった。うららかな午後で、強盗とか殺人といった類の殺伐たる出来事がこの世のどこかにあろうとは、とても信じられないようなけだるくも平和な時が、ゆるやかに流れていた。

シャーロック・ホームズのもとへは二週間ほど全く事件が舞い込んでおらず、彼は退屈で死にそうになっている様子だった。わたしが往診に出かける際に長椅子に横たわっていたホームズは、わたしが帰宅してみると、全く同じ姿勢で同じ場所にいた。

わたしの懸念と言えば、ホームズが倦怠のあまり再びコカインの瓶に手を伸ばしはしまいか、ということのみ。時間をもてあましたホームズのヴァイオリンが奏でる、天候には似合わぬ陰鬱な曲を延々と聞かされるのではという恐れもあったが、そちらは我慢もしよう。……かように気をもんではいたが、今日も平穏な一日で終わるものとわたしは思い込んでいた。

そんな時に到来したのが、あまりにも日常からかけ離れた恐ろしい事件であっただけに、わたしはなかなか頭を犯罪の世界へと切り替えることができなかったほどであった。

ホームズは相変わらず長椅子でぐったりとし、わたしは書き物机で今日の往診の記録を書き記していたため、呼び鈴が鳴るまで来客に気付くことはなかった。

我が友は一瞬ぴくりとして頭を上げたけれども、すぐに長椅子の肘掛けに頭を戻した。

「どうせハドスン夫人の友だちが来たんだろう。依頼人が、こんな中途半端な時間に来ることはあまりないからね」と、ホームズはけだるげに言った。

「どうだろう」わたし自身は少しは期待していたが、あえて曖昧に言った。ホームズに下手に期待させると、反動で彼の倦怠がますます強くなるのでは、と恐れたのだ。

しかし十七段の階段を上がってくる足音が響いてきて、ホームズはがばりと身を起こした。

「上がってくる。だがハドスン夫人の足音でも、ご機嫌伺いに来る時のレストレード警部の足音でもない。来訪者だぞ、ワトスン君」

「やったじゃないか。さあ、急いで迎える準備だ」

わたしは立ち上がって、入口から暖炉前へ通じる床にホームズが放り出していた新聞数紙を拾い上げ、ホームズは来客用の椅子の上で山を成している本を抱えて、わたしがさっきまで書き物をしていた机の上に積み上げた。

廊下を歩く足音を聞きながら、あちこちに開いたまま放り出してあった作業中のホームズのスクラップブックを二人して拾い集め、書棚に押し込む。

ノックの音がして、わたしはホームズとうなずきあってから応答した。

「どうぞ、お入り下さい」

ドアが開き、入ってきたのはまだ若く、おそらく大学を出て数年という様子の、二十代前半と思しき男性だった。服装は都会風でこそなかったが、田舎くさかったり時代遅れだったりはしていない。髪は赤みがかっており、対照的に目は青い。体格はたくましくはなかったが、貧相でもない。中肉中背である。

彼はボウラー・ハットをとると、言った。

「初めまして、ホームズさん。エドガー・F・クランプトンと申す者です。ぼくは……」

そこでホームズが、素早く口を挟んだ。

「ウィンチェスターからいらっしゃいましたね。地元では駅まで馬車で移動し、更に鉄道に乗っていらした」

依頼人は、青い目を見開いた。「その通りです。初めてお会いするのに、どうしてお判りになるんです？」

「なに、僕にとっては初歩的なことですよ。ウィンチェスターというのは、あなたがお持ちの新聞からです。〈ウィンチェスター・モーニング・クロニクル〉。それはウィンチェスターの地方新聞ですからね。あなたはその新聞を地元で買い求め、お読みになりながら汽車に乗ってきた、そうでしょう？」

クランプトンと名乗った青年は自分が脇の下に抱えていた新聞に目をやり、目をしばたたかせた。

「ですが……新聞は折りたたんでありますから、紙名は見えていませんよ」

「僕は新聞の活字については、少なくとも英国内のものならば一通り記憶しています。僕の得意とする分野なものですからね。犯罪の専門家にとって、活字の判別というのは最も基礎的な訓練のひとつなんですよ。しかも地元ニュースを伝える見出しがごく一部ですが見えています。それだけ手がかりがあれば十分過ぎます。一目で、〈ウィンチェスター・モーニング・クロニクル〉のものと判りましたよ」

「では、駅まで馬車に乗ってきたというのは？」

「あなたの服にはねている泥から判ります。ロンドンに着いてからここまで馬車に乗ってきた時のもの、とも考えられますが、すっかり乾いていますから、汽車に乗る前のものです。それに、ロンドンではここ数日、雨が降っていませんしね」

「素晴らしい！」とクランプトン青年は叫んだ。「あなたならぼくの一件、いえ、正確には伯父の一件を解決して下さるに違いありません。どうか、お助け下さい」

「まあ、とにかく、こちらへ」ホームズは、片付けたばかりの椅子にクランプトン青年を坐らせた。「初めから全部話して下さい」

腰を下ろしたクランプトン青年は、大きくうなずいて言った。

「わかりました。ぼくは、先ほど申し上げた通り、エドガー・F・クランプトンと申します。そしてホームズさんのご指摘の通り、ウィンチェスターから参りました。正確にはウィンチェスター近郊の、アドルトンというところですが。クランプトン家は代々軍人を輩出している一族ですが、ぼくの父は次男ということもあってウィンチェスターで銃砲販売会社を経営していました。ですがぼくの少年時代に自邸で火災が起こり、両親とも亡くなりました。ぼくはその頃、寄宿学校に入れられていたので家にいなかったのです。それからは父の兄、つまり伯父に面倒を見てもらって育ちました。伯父は、マサイアス・B・クランプトンといいます。かつて、インドへ従軍したことのある軍人で、少佐でした」

「ほう」わたしはメモを取る手を止めて顔を上げた。「わたしも軍医としてインドへ行きましたよ。着いてみたら第二次アフガン戦役が始まって隊が移動していたので、すぐにカンダハールまで追いかけましたがね」

「そうでしたか。ぼくの伯父の場合、それよりもっと古い話です。今からもう、二十年以上も前のことですから。伯父はインド陸軍の兵士として、現地にしばらく駐留していました。銃の名手として知られていたそうです。その後は帰国して、引退生活を送っていました」

そこにハドスン夫人が、お茶を運んできてくれた。クランプトン青年はお茶を飲んで喉を湿(しめ)すと、話を続けた。

「結婚していないマサイアス伯父には子どもがおらず、ぼくのことを昔から可愛がってくれました。子どもの頃のぼくが異国の話、軍隊の話をせがむと、伯父は色々と語ってくれたものです。インドの街並み、ガンジス河のほとりの景色、戦闘になった際の伯父の活躍ぶり、などなど。ぼくの両親の死後は、ぼくのことを実の息子同然に扱ってくれました。実際、マサイアス伯父の後にクランプトン家を継ぐのは、ぼくになります」

「あなたのお父上の会社はどうなりましたか？」と、ホームズが質問を挟んだ。気が付けば、紙巻き煙草(たばこ)に火を点(つ)けている。

「会社のほうは、ぼくが大人になるまで、伯父が采配を振るってくれていました。今ではもうぼくが会社の経営者ということになったので手は引いていますが、まだぼくが若輩者ゆえ目付け役は続けてくれています。背景としては、そんなところでしょうか。では、本題に入りましょう」

クランプトン青年はまたお茶を飲んで間を置いてから、改めて口を開いた。

「マサイアス伯父は、歳をとってからも壮健で、よくあちこちを散歩しています。まず屋敷の庭を一まわりし、続いて庭の通用門を出て荒地を歩き回るのです。ぼくも、それにいつも付き合います。散歩しながら、様々な話をするのです。マサイアス伯父の子供時代の話や、今年の麦の収穫高予想などを、野鳥の鳴き声を聞きながら。そしてまた同じ門から帰ってくるのです。

ですが、ひと月半ほど前のことでした。いつものように散歩を終えて、庭に入った途端、マサイアス伯父がぴたりと足を止めたのです。それのみならず、凍りついたように動かなくなってしまいました。どうしたのかと思ってマサイアス伯父の顔を見ると、ある一点を凝視していたのです。そこでその視線の先を追うと、灌木に黄色いスカーフが結び付けられているではありませんか。誰かの落とし物を他の誰かが結び付けておいただけのものだろうか、しかし敷地内だから一体誰が、使用人か――などと考えていると、呪縛から解けたマサイアス伯父は、奇妙な喘ぎ声を上げたのです。改めて伯父の顔を見てみると、恐怖に歪んでいました。いえ、〝恐怖〟というよりも〝絶望〟だったのかもしれません。

黄色いスカーフを目にしたマサイアス伯父は、ついさっきまでは元気一杯歩いていたというのに、試合で散々殴られた負けボクサーのようによろよろになってしまい、ぼくが支えなければ屋敷に戻るのも覚束ないほどでした。

なんとか屋敷に連れ帰り、居間のソファに坐らせると、ぼくはぐったりしているマサイアス伯父に気付けのためスコッチ・ウィスキーを一杯運びました。それを一口呑むと、ようやく伯父は少し気力を取り戻し、蒼白になっていた顔にも赤みが戻ってきました。

ぼくは、伯父に再びショックを与えてしまうかもしれないと危惧しつつも、真相を問い質さずにはいられませんでした。

『マサイアス伯父さん。これは一体、何なんです？』

そう言って、ぼくは上着のポケットから黄色いスカーフを取り出しました。伯父を連れ帰る際に、こっそり灌木から取り外してきたのです。

案の定、伯父はまた身をこわばらせました。ですが居間にいるせいか、スコッチのせいか、すぐに緊張を解き、口を開きました。

『それはな、エドガー、儂の過去に関係するものなのだ』

伯父はそれから、今まで語ったことのない話を聞かせてくれました。……ホームズさんは〝タギー〟という名前を聞いたことがありますでしょうか」

シャーロック・ホームズは間髪を容れずに答えた。

「インドの殺人集団ですね。黄色いスカーフは、彼らの暗殺道具だ」

クランプトン青年が、驚愕に目を見開いた。「まさかご存じとは。ぼくはつい最近まで知らなかったというのに」

「タギー？　それは……」わたしはどこか聞き覚えのある単語だと思いながらも思い出せず、言葉を途切れさせる。

ホームズが、そんなわたしのほうを振り返ると、言った。

「ワトスン君、僕のスクラップブックの『T』の巻を取ってくれるかい」

わたしは立ち上がると書棚へ向かい、言われた通りのスクラップブックを引っ張り出し、ホームズに手渡した。彼は、受け取ると同時にそれを開いた。

「タギー、またの名をタグ。これだ。英語での発音はサギー、またはサグ。ここは英国の地だが、クランプトンさんの伯父さんならばタギーと呼んでいるだろうから、それに倣（なら）うことにしておこう。タギーというのは、インドに古くからある秘密結社でね。その実体はというと、強盗を主たる目的とした殺人集団だ。チャンバル渓谷を根城とし、女神カーリーを信仰する。彼らは金を持っている旅人、とりわけ旅の商人を標的とした。自分も同じように旅をしていると見せかけて信用させ、標的の商隊に入り込み、隙を見て殺害し金品を奪った。彼らが殺人の凶器に使ったのは銃でもなければ、刃物でもない。彼らの用いる凶器こそ、黄色いスカーフだ。ごくありきたりなスカーフを巧みに用いて、彼らは標的を絞殺するのだ」

わたしもこの説明を聞いて、記憶が甦（よみがえ）った。わたしは先述の通り軍医としてインドに上陸したが、すぐに隊を追いかけて移動した。その途上で、タギーという存在について、話に聞いたのだった。

ホームズは犯罪に関する事柄ならば世界中のことに通暁しており、生き字引も同然なのだが、こんな情報までスクラップしていたことには改めて感服した。

だがわたしは、思い出したおかげで新たな疑問が浮かび、口を開いた。

「でもホームズ。タギーは撲滅されたんじゃなかっただろうか」

「その通りだよ、ワトスン君。タギーの暗躍に対し立ち上がったのが、英国人のウィリアム・ヘンリー・スリーマンだ。彼はインドの行政官にして、軍人だった。タギーの被害に業を煮やし、掃討作戦を実行した。その効あって、タギーは撲滅された。だがこのような集団を完全に根絶やしにするのは、ロンドンの下水からドブネズミを退治しようとするのと同じぐらい難しくてね。今でも、残党がいると言われているよ」

タギーに関する基礎知識が共有されたところで、クランプトン青年はホームズに促されて話を再開した。

「マサイアス伯父はタギーについて、今ホームズさんがご説明下さったのとほぼ同じような事柄を語ってくれました。話が一段落したところで、ぼくは尋ねました。

『そのタギーという恐ろしい集団と、伯父さんとに、何の関係があるというのです?』

伯父はまたスコッチを一口呑むと、言いました。

『儂はな、インドでタギー討伐軍の一員だったのだよ。スリーマン主導によるタギー退治が行われて久しかったから、儂の頃には最盛期の一割も残っちゃいなかったがな。それでも根絶は難しく、我々の作戦行動は続いた。その頃にはタギーももうチャンバル渓谷には固まっておらず、生き残った幹部があちこちで手下とともに活動している、といった状態だった。儂は小隊を指導する立場のひとりで、儂の隊にいたのは、パウエル大尉、モールズワース大尉、ロウ軍曹といった面々だった。

　儂たちは、ヤムナ河沿いの小さな村で、タギーの幹部のひとりローハン・シングを狙っていた。ずっと行方不明だったのだが、とある商人の正体がローハン・シングだと判明し、ついに捕える時がきた。商用の旅という名目の強盗殺人旅から奴が戻ったという情報が入ったので、ローハン・シングが自宅で寛いで油断しているところへ突入する、という手筈だった。

　ところが、何か手違いがあったのか、それとも情報自体がニセモノだったのか、我々が踏み込んでみると肝心のローハン・シングは不在だったのだ。しかしその家族たちも、やはりタギーだ。我々が何の目的でやって来たかは、すぐに判ったのだろう。ローハン・シングの妻も、長男と次男も、みなどこからか黄色いスカーフを取り出すと、それを手にして我々に飛び掛かってきたのだ。息子たちなど、どちらもまだ十代半ばだっただろうに。我々も、当初は彼らを取り押さえようとした。だが女子どもといえども、百戦錬磨のタギーであることに違いはなかった。予想を遥かに超えて手強く、ロウ軍曹など絞め殺されかける始末。もう、射殺するしか手はなかった。長男は銃弾を五、六発喰らっても、スカーフを握る手を緩めようとせず、最終的には、ロウ軍曹の首を絞め続けたまま絶命した。殺される寸前だった軍曹は、一命こそ取りとめたものの首にぐるりと痣が残ってしまい、以後はそこをスカーフで隠すようにしていたな。黄色いスカーフだけは、絶対にしようとしなかったがね』

マサイアス伯父さんは、ここで更にスコッチを呑んで一息ついてから、話を続けました。

『半死半生のロウ軍曹を運ぶのに精一杯で、死体はそのままにするしかなかった。翌日の午後、再びローハン・シングの家に行ってみると、三人の死体はなくなっていた。ローハン・シングが帰ってきて、片付けたのだろう。その時、現場で儂の目を引いたものがあった。ロウ軍曹は前日、乱闘の際に拳銃を部屋に落としていった。我々はそれに気付かなかったので回収できなかったのだが、その拳銃が、テーブルの上に置かれていた。銃身に、黄色いスカーフが巻きつけられてね』

その意味するところは、伯父に説明されずとも分かりました。――復讐の誓いです。いつかお前たちの首にこれを巻きつけてやるぞ、という宣告です。

マサイアス伯父たちはその後、時期はまちまちでしたが、退役して英国へと戻りました。やはりローハン・シングの件が気になったので、皆、予定よりも早めにインドを離れたのだそうです。

ここまで話を聞いて、ふと心当たりがあったので、ぼくは伯父に質問しました。

『そういえば伯父さんは、東洋人を好かないですよね。大きな街に出て東洋人を見かけると、近付かないどころか避けるようにしている。インドに従軍して東洋人には慣れ親しんでいるはずなのに、おかしいとは思っていたんです。あれはもしかして、そのタギーが原因だったのではないですか』

マサイアス伯父さんは、ため息をつくと言いました。『気付いていたか。まあ、四六時中一緒にいるのだから、気付かれても仕方なかろうな。その通りだ。儂は東洋人を見かけると、それが全てタギーではないかと思えてならんのだ。特にタギーは、身分を――カースト制度を超えた存在だった。それゆえ英国に留学している良家の子弟から、荷物を運ぶ港湾肉体労働者まで、インド人ならば誰がタギーであっても不思議はないのだよ。ロンドンへ出る用事は、可能な限りお前に頼んでいただろう。ロンドンは東洋人がそこらじゅうにいるから、あまり行きたくなかったのだ』

『なるほど、そうだったんですか。〈アドルトン館〉に最近足を向けなくなったのも、そのせいだったのですね』

〈アドルトン館〉というのは、地元の領主館です。アンブローズ・キャメロン氏という、あの一帯の地主が住んでいるのですが、最近そこでインド人のアニルという少年を使用人として雇いました。以降、ターバンを頭に巻いた色黒の少年の姿が近在で見られるようになっていたのです。

『そうだ』と伯父は答えました。『だが、そんな用心も全て水の泡になった。タギーに見つかってしまったのだからな』

伯父は、確かに怯えていました。ですがその時に伯父が浮かべていた表情には、恐れだけではなく、何かの決意が感じられました。

その決意が何だったのかは、すぐに判りました。マサイアス伯父は、昔の仲間と連絡を取り始めたのです。タギーの復讐の標的は自分だけでなく、当時のタギー討伐隊の全員に及ぶと容易に予想できたからです。『危機が迫っている』と警告し、互いに情報を交換するためでしたが――実はそれは、既に手遅れだったのです」

ホームズが、ずいと身を乗り出した。「既に被害が出ていたのですね」

「そうです」クランプトン青年は嘆息しながら答えた。「結果から言うと、伯父が最初の標的ではなかったのです。連絡を取った仲間から順次返事が来ましたが、ローランド・モールズワース大尉だけは、本人ではなく令嬢のミス・ヴェロニカ・モールズワースから連絡が来ました。彼女の手紙によると、父は最近亡くなった、というではありませんか。驚いた伯父は、ヴェロニカ嬢から直接詳しい話を聞いてきてくれないか、とぼくに頼みました。これはマサイアス伯父を守るために、ぼくとしても知っておきたい事柄です。ぼくはすぐに、モールズワース家のあるベージングストークへと向かいました。

ぼくを迎えたのは、喪服姿のミス・ヴェロニカ・モールズワースでした。彼女の話によると、父親のモールズワース大尉が亡くなったのはぼくが訪ねる半月ばかり前のことで、地元警察の調査では深夜に侵入した強盗に殺害されたということになっていましたが、犯人は今も見つかっていません。死因は絞殺によるものでした。何より注目すべき点は、モールズワース大尉の場合もやはり事件の前に庭の灌木に黄色いスカーフが結び付けられており、それを見つけた大尉は非常に恐れおののいていたということです。そのひと月ほど後、家のもう少し近くに黄色いスカーフが結び付けられ、更に半月後、今度は家の窓のすぐ横の木で同じものが見つかりました。その数日後に、モールズワース大尉は殺されたのです。

本日、ぼくがシャーロック・ホームズさんをお訪ねしたのは、その情報があったからです。なぜならば既に半月前には二度目の黄色いスカーフが、そして昨日、伯父の屋敷の東側にある窓の正面の樹木に、黄色いスカーフが結び付けられていたからです。それがこれです」

クランプトン青年がポケットから取り出した黄色いスカーフをホームズは受け取り、丹念に検分した。

「ホームズさん、我々は一体どうしたらよいのでしょうか？」

わたしは思わず唸り声を漏らしてしまった。インドの恐るべき殺人強盗集団の残党がこの英国に入り込んでおり、既に殺人を行っているのみならず、次の犠牲者がすぐにでも出る可能性が大いにあるというのだ。

ホームズは一本目の煙草を吸い終え、二本目を手にしていた。大きく吸い込み、煙を吐き出してから言う。

「クランプトンさん、今日これからはどうなさるおつもりでしたか？」

「ホームズさんとのお話を終えて、間に合うようでしたらロンドンには泊まらずに最終列車でアドルトンに戻るつもりでおりました」

「では、それがよろしいでしょう。但し、僕も同行します。ワトスン、君もだ。さあ、急いで準備してくれたまえ」

ホームズは、わたしの都合は尋ねもしなかった。もっとも、こんなシチュエーションでは否も応もない。わたしは居間に放り出してあったカバンを掴んだ。泊まりがけの旅行に最低限必要なものを放り込む。事件の内容に鑑み、軍用拳銃を入れておくことも忘れなかった。

　辻馬車でパディントン駅に到着した我々が目的の列車に駆け込み、空いている個室に入ると、ほどなくして列車が動き出した。

　一息ついたところで、煙草に火を点けたホームズが何気なく言った。

「エドガー・クランプトンさん、あなたには今、恋人がいらっしゃいますね」

　この台詞には、わたしが一番驚かされた。恋愛感情には疎い、というか自ら遠ざけているはずのホームズが、恋人などという単語を口にしたのだから。だがホームズは、照れたりする様子を片鱗も見せず、平然としている。

　そんなホームズの推理は正鵠を射ていたとみえ、クランプトン青年は驚きの表情を見せると同時に、顔を赤らめた。

「どうして判ったんです？　ええとその、恋人のことなんて」

「君の〝匂い〟ですよ」とホームズは言いながらクランプトン青年に近付き、上着の襟元をつまむと、犬のようにくんくんと匂いを嗅いでみせた。「君からは、女性用の香水の匂いがする。それも、若い女性が好むタイプのね。女性用のものを使う男性もいるかもしれないが、これはそれほどの強さではない。移り香だ。しかしこれだけはっきり残っているということは、恋人、という可能性が一番高い。更に言えば、君の話に若い女性はひとりしか出てこなかった。そしてその名前を口にする際、楽しいとはとても言えない話をしている最中だというのに、君は口元に薄く笑みを浮かべた。よって、その女性――ヴェロニカ・モールズワース嬢が君の恋人に違いない」

クランプトン青年は、本格的に顔を真っ赤にした。

「ご名答です、ホームズさん。ぼくは初めて会った時から彼女の美しさに魅せられていました。その後も詳しく話を聞くために繰り返し訪問したのですが、それは半分以上、彼女に会いたかったからです。そして彼女にはもう頼るべき親類がいないことが判りました。それに妻子を殺された恨みを抱くタギーが、モールズワース大尉の血を分けた娘である彼女をも狙う可能性を考慮して、伯父と相談した上でうちの屋敷に身を寄せてもらうことにしたのです。彼女が落ち着いた頃を見計らってぼくは求婚し、それは幸いにも受け入れられました。彼女のほうでも、彼女を気遣うぼくの態度を快く思ってくれていたそうです」

危難は男女の仲を急接近させることがある。経験のある自分には、それがよく理解できた。己の推理が正解だったことに、ホームズは一瞬だけ得意そうな顔をしたが、すぐに考え込む表情に変わった。こういう際は邪魔しないほうがいいということを知っているわたしは、クランプトン青年と小声で話していた。

やがて旅程も半ばを過ぎた頃、走行中に空き個室を探しているらしい男性二人連れが通路を通りかかった。その片方がこちらの個室を覗くと、足を止めた。

「おや、クランプトンさんではありませんか」

クランプトン青年が顔を上げ、言った。「ダリウス・スコールズさん！　それにリ・ゾン・タンさんも。これは奇遇ですね」

ダリウス・スコールズと呼ばれたのは、最新流行の服を身につけた、ホームズよりも長身で、がっしりとした体格の人物だった。

二人目の人物は、名前からも明らかなように、英国人ではなかった。連れと対照的に小柄だ。髪も目も黒いその面立ち(おもだち)は東洋人のもので、表情が判りにくい。彼はクランプトン青年に向かって深々とお辞儀をした。

「お宅に伺うため、ロンドンからアドルトンに向かっていたのですよ」と、ダリウス・スコールズが言った。「同室の乗客が赤ん坊連れでしてね。途中まではよかったのですが、泣き始めたら止まなくなって。諦めて、別な個室を探しているところです」

彼はクランプトン青年と更に言葉を交わしていたが、ホームズとわたしがいることを気にしてか、結局は東洋人を連れて別な個室へと去った。

「クランプトンさん、今の方は？」とホームズは、すぐに尋ねた。

「ロンドンで貿易会社を経営しているダリウス・スコールズさんです。以前から取り引きがありましてね。一緒にいたのは、清国の商人のリ・ゾン・タンさんです。我が社の商品を輸入したいと、スコールズさんを通じて商談を持ちかけてきたところなんです。明日、打ち合わせをすることになっているのですよ」

ホームズはうなずき、やがて言った。

「ところでクランプトンさん。現地に適当な宿屋はありますか？」

「駅から街道に出たところに〈彷徨(さまよ)える騎士亭〉という旅籠(はたご)があります。これが唯一の旅籠です。一階は、土地の人々の集う居酒屋になっていますから、少々やかましいかもしれませんが」

「田舎の旅籠というのは、概ねそういうものですよ。食べ物が美味しいと良いのですが」

「魚料理が絶品なのは保証します。ぼくも時々食べに行きますから」

「それはいい。では僕とワトスン博士はそこに泊まることにしましょう」

いよいよ目的の駅が近付くと、降りる準備をしながらホームズはクランプトン青年に問うた。

「アドルトンの駅からはどのように？」

「最終列車で戻るかもしれないので、馬車で駅まで来て待っているように、戻らない場合は翌日何時に帰るか電報を打つ――とハモンドに言い置いてきました。ああすみません、ハモンドというのは、伯父がインド駐留時代から身の回りの世話などを任せている使用人です」

「あなたは非常に気の利く方ですね」

「いえ」とクランプトン青年は恥ずかしそうに言った。「このように、ホームズさんとワトスン先生がぼくに同行して下さるのではないか、と少しばかり期待しておりましたので」

列車を降りて駅舎から出ると、外は闇に包まれていたが、駅の明かりのおかげで一台の馬車が停まっているのが判った。馭者台にいた、日焼けしてなめし革のような肌をした中年男が、クランプトン青年の姿を見るや否や馬車から飛び降りて、駆け寄ってくる。これがハモンドであった。

「やあハモンド、ご苦労さん」とクランプトン青年が言った。「こちらのお二人が……」

だが深刻な顔をしたハモンドは、クランプトン青年に最後まで言わせなかった。

「エドガー坊っちゃん！　大変です！　少佐が——ご主人様がお亡くなりになりました！」

「なんだって！」

　クランプトン青年の顔が蒼白になった。

　わたしはその瞬間の、シャーロック・ホームズの表情を決して忘れられない。せっかくホームズに助けを求めてきたのに、救うことができなかったのだ。我々は可能な限り早くやって来たのだ、いずれにしても間に合わなかったのだ、と慰めようかと思ったが、彼の正義感に照らせばそういう問題ではないこともわたしには分かっていたので、あえて声はかけなかった。

　我々はハモンドが手綱を握る馬車に乗った。馬車中、ホームズは険しい顔で考えに耽り、クランプトン青年は悲嘆に暮れていたので、誰も言葉を発することはなかった。

　クランプトン家の屋敷に到着し、馬車から降りた我々を最初に迎えたのは、ひとりの女性だった。それがクランプトン青年の婚約者、ヴェロニカ・モールズワース嬢だった。彼女はクランプトン青年のもとへと駆け寄り、彼の手を取ると、湖のような青い瞳に涙をたたえ、彼を見上げた。

「おお、エドガー！　あなたの伯父様が……」

「皆まで言わなくていいよ、ヴェロニカ。もうハモンドから聞いた。君もさぞかし恐ろしかっただろう。そのような時に君の側にいなくて、本当にすまなかった」

　我々は、クランプトン少佐の遺体があるという彼の自室へと向かった。少佐は、寝台に横たわっていた。家族には見せたくない——この場合そうもいかないが——強烈な恐怖に歪んだ表情を貼りつかせていた。

ホームズはその死体を見るや否や、言った。「ここで死んでいたわけではないようだね」

「はい」と我々に従ってきたハモンドが言う。「屋敷の裏で倒れておられました。そのままにしておくわけにもいきませんので、わたくしがこちらへ運びました」

「気持ちは分かるが……捜査のためには、そのままにしておいて欲しかったな。あとでその場所へ案内してくれたまえ」

シャーロック・ホームズは、死体をざっと調べると、場所をわたしに譲った。脈拍、呼吸、共に停止しており、完全に死亡している。タギーのことを聞いていたわたしは、すぐに首筋を確認した。案の定、そこには首を絞めた形跡があった。少し不規則な紐の跡が。

「ひねって紐状にした布のようなもので絞殺された、と考えるのが妥当だろうね」とわたしは言った。「それが黄色いスカーフであっても、不思議でもなんでもない」

ホームズはそれが当然というような表情で大きくうなずいた。バーツで死体に実験を行った経験のあるホームズは、わたしの説明を受ける前から絞殺云々は判っていたようだ。彼はふと何かに気付いた様子で被害者の右手を持ち上げ、その指先を拡大鏡で確認すると、興奮したような声で言った。

「ワトスン君、これを見てくれたまえ！」

彼が示しているのは、被害者の爪だった。爪と肉との狭間に、何かが挟まっている。ホームズの拡大鏡を借りてよく見ると、それは黄色い繊維だった。首を絞められている際に被害者が抵抗して、自らの首にきつく巻きつけられたものを少しでも緩めようと足掻いた結果だ。やはり凶器は黄色い布だったのだ。

　死体を検分した後、ホームズとわたしはハモンドの案内で、クランプトン少佐の倒れていた現場を確認した。それは屋敷のすぐ裏で、ハモンドにランプを掲げてもらい、ホームズは周囲を丹念に調べた。

「大きめの砂利が敷いてあるから、足跡らしい足跡は残っていないな。特に気になるものも見つからない」

　我々が玄関ホールに戻ると、そこには新顔の人物がいた。地元警察の、シドマス警部だった。ハモンドが、我々の到着以前に警察に通報していたのである。

　シドマス警部は、背はあまり高くないが胴回りは太い。しかし太っているというよりも、がっしりとしているという印象だ。失礼だが猪や熊を想起させる、いかにも田舎の警察官らしい雰囲気をまとっていた。

　わたしのこれまでの経験からして、地方警察はシャーロック・ホームズの名前を聞くと感激するか、困惑するかのどちらかだ。シドマス警部の場合は、残念ながら後者だった。

「シャーロック・ホームズ氏と言えば、ロンドンの探偵さんですな。そんな方が、どうしてまたこんなところまで?」

「先に、エドガー・F・クランプトン青年から依頼を受けていたのです」

「ですが」とシドマス警部は言った。「この事件は、よくありがちな行きずりの強盗による犯行です。有名な探偵さんの出る幕はないと思うのですが」

彼の〝有名な探偵さん〟という言い回しには、褒め言葉というよりも、やや皮肉めいたところがあった。

「おや、強盗と決まりましたか？」とホームズは、何も知らぬ素振りで応えた。「それで犯人は捕まりましたか？　何か、決定的な証拠があったとか？」

「いえ、それはまだです」とシドマス警部は、急に自信なさげに言った。「状況からして、そうではないかと……」

「なるほど。何か判りましたら、是非教えて下さい」

ホームズは玄関ホールを去り、ハモンドに先導させて居間に向かった。そこでは、ソファに身を寄せ合うようにしてクランプトン青年とモールズワース嬢が坐っていた。

シャーロック・ホームズは屋敷周辺で怪しい誰か、もしくは何か怪しいものを目撃した人はいないかと尋ねたが、モールズワース嬢もハモンドも何も見ていなかった。ハモンドによれば、他の使用人も何も見ていないという。

モールズワース嬢には、大尉が死亡した際の状況についても質問したが、やはりこれはという情報を得ることはできなかった。

これ以上この屋敷でできることはなく、わたしとシャーロック・ホームズは旅籠〈彷徨える騎士亭〉へ移動した。宿の主人は、大柄な髭もじゃの男で、見た目はごついが喋らせるといつまでも止め処がなく、宿屋の主にありがちな話好きの田舎親爺だった。

わたしたちが食堂で遅い夕食をとっていると、主人は貴重な聞き手を手放すものかとばかりに、土地の住人ならとっくに聞き飽きていそうな話を嬉々として披露してくれた。この界隈には馬に乗った騎士の幽霊が出るとか、それにまつわる昔話があるとか、この宿屋の屋号はその幽霊伝説から取ったのだとか。

　そのうち、ネズミのようにくるくると動きまわる小柄な女将が「あんた、あんまりべらべらしゃべくって、お客さんを困らせるんじゃないよ」と、夫に釘を刺した。この夫婦の力関係は、身体の大きさとは反比例しているようだ。

　喉を湿してくれ、とホームズが主人に黒ビールをおごり、それを呑むため主人の話が途切れた隙に、ホームズは質問を発した。

「ところで、親爺さん。最近この辺りで、見慣れない人間を目にしなかったかい？　もしくは、目にしたという話を誰かから聞いたとか」

　突然の質問に、主人は戸惑ったような顔で黒ビールをもう一口呑んだ。

「よそもん、ってことですかい？」

「うむ、そうだ。特に、我々とは肌の色が違うような、ね」

　時々目的不明な質問を発するホームズだが、今回はわたしにもその意図は分かった。タギーがこの一帯に入り込んでいないか、確認したいのだ。

「それでしたらいますよ」と主人が即答した。「さっき、うちに投宿したばかりだ。東洋の人間らしい。連れは英国人だがね」

わたしとホームズは、顔を見合わせた。その人物に、我々は心当たりがあったからだ。

「宿帳にリ・ゾン・タンと書いていなかったかね?」とホームズが問うた。

「おや、よくご存じで。その通りです」

「その人たちのことなら、僕らも知っているよ。他には?」

ちょっと考えている様子の主人は、やがて何度も大きくうなずいた。

「ああ、そういえば。先週、我々とは違う連中を見かけたって、鍛冶屋のスミスが言ってましたね」

その答えに、わたしは緊張した。連中ということは、ひとりではなく複数ということか。

「ほう」ホームズは、身を乗り出した。「その鍛冶屋は、何かもっと詳しく言っていなかったかね?」

「ええ、言ってました。ジプシーのキャラバンが南の荒地に宿営しているのを見た、ってね。だから、近々何か売りに来るんじゃないか、とも」

わたしは期待はずれで、少々がっかりしてしまった。確かにジプシーたちも肌の色は濃いけれども、インド人とは異なる。だがホームズは、目撃された場所や、おおよその人数など、更に詳しく質問を重ねていた。

その答えを聞いたホームズは、新たな質問をした。

「では、よそものか否かを別として、この界隈に東洋人がいたら、その人物について詳しく教えてもらえないかね、親爺さん?」

主人が更にしばらく考え込んだ末に挙げたのは、〈アドルトン館〉のアニル少年の名前だった。そしてそれ以上は心当たりがない、とのことだった。

食後に部屋に下がると、シャーロック・ホームズは言った。

「気にせず、君は先に寝てくれたまえ。僕はまだ考え事をしたいのでね」

それから、彼はパイプに火を点けた。


息苦しくて目が覚めると朝になっていた。気が付けば、部屋中に煙が充満している。すわ火事か、と思ったが、ふと暖炉の前を見るとホームズが壁に寄りかかってパイプをふかし、煙を更に濃くしていた。

咳をしながらわたしは窓を開け、空気を入れ換えた。そこでようやくホームズが言った。

「やあ、すまない、ワトスン君。ずっと起きていたものでね。だがおかげで、どのように行動すべきかが決まったよ」

朝食後、我々はクランプトン家の屋敷に向かった。だが客間でクランプトン青年とモールズワース嬢とともに我々を迎えたのは、シドマス警部だった。我々を見るや否や、警部は大声で叫んだ。

「犯人を逮捕しましたよ！」

「なんですって？」ホームズは驚きの声を上げた。「一体、誰をですか」

シドマス警部は、にやりと得意げな笑みを浮かべた。「さすがのホームズさんも、地元の情報の詳しさでは我々に及びませんでしたな。今回の事件にはインドが関係していると聞きました。ならば、インド人が犯人です。〈アドルトン館〉のアニルが、この界隈にいる唯一のインド人だ。これは間違えようがありません」

「アニルというのは子どもでしょう」とホームズが、少々呆れ声で言った。

「子どもでも、インド人というのは秘術を使うそうですからな。ほら、催眠術の類ですよ。それを使って被害者を大人しくさせておけば、少年であっても絞殺は可能です。実際、捕まえる時も大暴れして大変でしたよ」

アニル少年が本当の犯人か否かはともかく、シドマス警部が物的証拠を何ら有していないことは明らかだった。

「しかし」シドマス警部は腕を組んで思案顔を見せた。「大人の共犯者がいた、というのも考えられますな。村の宿屋に、東洋人が滞在しているという情報を摑んでおります。こいつがアニルに指示を出していたのかもしれません。あとでちょっと、しょっぴいてやりましょう」

わたしは呆れ返ってしまい、何も言えなかった。この田舎警部は悪い人間ではないけれど、インド人と清国人の区別もついていないのだ。そもそもリ・ゾン・タンがアドルトンに到着したのは我々と同時だ。その時には、もうクランプトン少佐は亡くなっていたではないか。

「ワトスン君」とホームズが、わたしの横で小声で言った。「彼には何を言っても無駄だ。こちらの邪魔にならぬ限り、やりたいようにやらせておこう」

警部はアニル逮捕を我々に伝えるのが目的だったとみえて、それからすぐに立ち去った。

シャーロック・ホームズは咳払いをすると、クランプトン青年に言った。

「クランプトン少佐と同じタギー討伐隊に属しており、中でも例の幹部――ローハン・シングの家を襲撃した際に同行した面々の名前と住所を、リストにして頂けますか」

「連絡に際してはぼくも全面的に手伝っていますから、簡単に判ります。少しお待ち下さい」

クランプトン青年は幾つかの書類を参照しつつ、便箋（びんせん）にリストを書き上げていった。それを受け取ったホームズは、目を通しながら言った。

「この中でも、特にクランプトン少佐が頻繁（ひんぱん）に名前を出していたのはどなたですか」

「そうですねえ。ローランド・モールズワース大尉、アンセルム・パウエル大尉、ハワード・ロウ軍曹の順でしょうか」

「ありがとうございます」

しばらくリストを眺めつつ考え込んだ末、ホームズはいきなりクランプトン青年へ向き直ると言った。

「クランプトンさん、申し上げるのを忘れていました。僕はこれから、急いでロンドンに戻らなければいけなくなりました」

「えっ」

クランプトン青年は絶句した。彼の心情を考えれば、それも無理はなかろう。わたしですら、驚かされた。

「……ですが」と、クランプトン青年は喘ぎつつ声を絞り出した。「まだ……事件は何も解決しておりませんが……」

「その解決のためにこそ、向こうでの調査が必要なのです。急いで戻って、晩にはまたここにいるようにしますので。それに、僕の信頼するワトスン博士には、こちらに残ってもらいますから」

　そう言って、ホームズはわたしの顔を見た。「しっかり頼んだよ、ワトスン君。僕の不在の間、この屋敷の安全は君に任せた」

　わたしは黙ってうなずくしかなかった。ホームズはいつでも唐突に振舞う男であり、その行動に異議を唱えたとて意志を曲げるようなことは決してない。これまでの付き合いで、それは骨身に沁みて分かっていた。

「わかった」わたしは言った。「だから君も、成果を上げてきてくれたまえ」

　それからすぐ、シャーロック・ホームズはほとんど荷物も持たずに、馬車に乗ってアドルトンの駅に向かった。

　以降、クランプトン青年とヴェロニカ・モールズワース嬢には、なるべく近くにいてもらうようにした。ともにタギー討伐隊員の遺族であるから、家族まで狙われるとしたら二人とも可能性があったからだ。不安そうな彼らは当然ながら、一緒にいることにやぶさかでない様子だった。

　昼過ぎまでは特に変わったこともなかったが、夕方になって、屋敷に訪問者があった。応対に出たハモンドが、貿易商ダリウス・スコールズと清国商人リ・ゾン・タンがクランプトン青年に面会を乞うている、と伝えてきた。クランプトン青年はわたしのほうを窺った。

「今、余計な人間を屋敷に入れないほうがよいでしょう」とわたしは言った。「安全のため、わたしが断ってきましょう」

わたしが玄関ホールに向かうと、そこにはそわそわとした様子の長身のスコールズと、相変わらず表情の読みにくいリ・ゾン・タンが待っていた。出てきたのがわたしだったので、スコールズは明らかに落胆した顔を見せた。

「エドガー・F・クランプトンさんにお会いしたいのです。少佐はお亡くなりになったそうですが、本当は、今日の昼間のうちには商談をまとめているはずだったのです」

「事件はまだ解決していません。商売の話は、また日を改めて下さい。今はそれどころではないのです」

なおも言い募ろうとするスコールズを、リ・ゾン・タンが止めた。「帰りましょう。無理を申し上げては、礼を失することになります。ワトスン博士……でしたね。クランプトンさんに心からのお悔やみをお伝え下さい」

彼は深々とお辞儀をすると、不満げなスコールズを連れて去った。

だが、予期せぬ出来事はそれでは終わらなかった。その一時間ほど後、屋敷に一台の馬車がやって来たのだ。蹄と車輪の音を耳にして窓辺へ寄ったわたしは、クランプトン青年を呼び寄せて問うた。

「あれは誰の馬車です？　見覚えはありますか」

「駅の近くで小売商を営むアレックス・ホールのものですね。ここへ来ることは滅多にないのですが。ただ、汽車から降りた乗客を馬車で運んで、小銭を稼いだりもしています」

馬車から、ひとりの人物が降りてくるのが見えた。胴回りは太いが、動きは割合と機敏な、灰色の口ひげを生やした初老の男性だった。

「あれは知っている人ですか」

「いえ」とクランプトン青年は首をひねりつつ否定した。「どこかで見たことがあるような気はするのですが」

この折に現われた、新たな訪問者。一体何者で、何の用があるというのか。

いいと言うまで絶対に出てこないようにと言いおいて、警戒しつつ玄関へ向かった。初老の男は、玄関から出たわたしに気が付くとこちらへ歩いてきた。左足を僅(わず)かに引きずっている。

「クランプトン家の方かね?」と、男性は口ひげの端をいじりながら尋ねた。

「いえ、違います。……まあ、友人といったところですが。ワトスン博士と申します。あなたは?」

「儂はアンセルム・パウエル大尉だ。クランプトン少佐殿から連絡をもらったので、訪ねてきた。少佐殿はどこだね?」

わたしは幾つもの意味で、言葉を失ってしまった。インドでクランプトン少佐と一緒にタギーと戦った人物だ。彼は、クランプトン少佐がもうこの世にいないことを知らないらしい。そしてこの人は、暗殺者がまだどこかにいるかもしれない場所に、自らやって来てしまったのだ。

わたしたちのやりとりを聞いていたらしく、クランプトン青年とモールズワース嬢が出てきてしまった。わたしももう、あえて止めはしなかった。

「パウエル大尉ですって！」とクランプトン青年。「マサイアス伯父からお名前と武勇伝は伺っています。それにインド時代の写真も伯父に見せてもらって……ああ、確かにパウエル大尉だ。ぼくはエドガー・F・クランプトンです。マサイアス・B・クランプトン少佐の甥です」

「それはそれは。で、肝心の少佐殿は？」

クランプトン青年は黙り込んだ。彼の口からは、なかなか言い出しにくいのだろう。仕方なく、わたしがその役目を買って出ることにした。

「クランプトン少佐は、残念ながら昨日亡くなりました」

「なんと！」パウエル大尉は握り締めたこぶしを震わせた。「タギーの仕業なのか？」

「おそらくは。絞殺でした」

「残念。今一度、お会いして話をしておきたかった。……タギーめ、絶対に許さんぞ」

とにかく、パウエル大尉には中に入ってもらうことにした。応接間で、これまでの経緯を説明する。彼は、モールズワース大尉が先に殺されていたことも知らず、そのニュースには更に驚いていた。

「ですから」とわたしは言った。「このままだと、パウエル大尉、あなたもいつかタギーの標的になります」

タギー何するものぞとばかりに、パウエル大尉は怯える様子を見せなかったが、彼をこのまま帰すわけにもいかない。クランプトン青年と相談した末、パウエル大尉には今晩この屋敷に泊まってもらうこととなった。

それにしても、シャーロック・ホームズは一向に帰ってこない。わたしがまだかまだかと待ちわびていると、屋敷に電報が届けられ、ハモンドがそれをわたしのもとへ運んできた。

「あなた宛です、ワトスン先生」

わたしが戸惑いつつも受け取ると、それはロンドンからのもので、発信者は誰あろうシャーロック・ホームズだった。電文を読んだわたしは驚き、かつ困惑した。

僕は今晩戻れなくなった、だがタギーの脅威は迫っている、今夜は君が屋敷に泊まって警戒していて欲しい――そう書かれていたのだ。

わたしはそれをクランプトン青年たちに見せた。クランプトン青年は眉根を寄せた。

「ホームズさん、戻ってこられないのですか。ワトスンさんがいらっしゃるのは、心強いですけれども」

そうは言うものの、不安そうな表情は、隠しきれていなかった。

「でも」と彼は続けた。「今この屋敷で一番危険なのは、ぼくらよりもパウエル大尉ですよ」

そこでパウエル大尉が言った。「先ほど聞いたら、そちらのワトスン博士も元軍医だとか。儂の部屋を彼の隣にして頂けるかな。それならば儂も心強い」

大尉の言は理に適(かな)っていたので、そのようにすることとした。簡単な夕食の後、わたしたちはしばらく話をしてから、それぞれの部屋へ下がった。

夜更け過ぎ、わたしの部屋の扉をノックする音がした。

「少々よろしいですかな」扉越しの声は、パウエル大尉のものだった。

彼は入ってくると、わたしがまだ開いたままにしていた鎧戸を閉めさせた。彼が警戒するのも当然のことであり、わたしは言われた通りにした。

窓から振り返ると、そこに立っていたのはシャーロック・ホームズだった。

「ホームズ！　一体いつ……」

そこまで言って、彼が着ている服がパウエル大尉のものだと気が付いた。手にはグレイの鬘と付けひげを持っている。

「パウエル大尉は君の変装だったのか！　全く判らなかったよ。だが、クランプトン青年まで君をパウエル大尉と認めたのはどういうことだ」

「なに」という声は、いつも通りのホームズのものだった。「彼にしてもパウエル大尉を直接知っていたわけじゃない。写真で見たことがあるだけだ。僕はパウエル大尉に変装するに当って、本人そっくりになるよう細心の注意を払ったしね」

「本人そっくりにって、どうやったんだい」

「会ってきたのさ、パウエル大尉に。僕はロンドンに行っていたんじゃない。サウサンプトンに行ってきたのだよ。他にも行ってきた場所はあるがね」

「でも、君の電報は、ロンドンからだったぞ」

「なに、簡単なことさ。こういう内容の電報を打って欲しい、という電報を、ハドスン夫人に打ったのだよ」

判ってしまえば、確かに簡単なことだった。

「でも、わたしにぐらい本当のことを言ってくれても良かっただろうに」

「君は正直過ぎる。パウエル大尉が僕だと判っていたら、素人役者なみの演技で僕を迎えていただろうからね。何はともあれ、サウサンプトン訪問は有意義だったよ。重要な事実を知ることができた。それに大尉本人から、衣装を借りることができたよ。おかげで、より本物らしくなっただろう。サイズが違うから、ずいぶん詰め物をしなければならなかったがね」

「それで、君が正体を隠してここへ戻った目的は何だい」

「もうすぐ判るよ。僕が隣の部屋に戻ってしばらくしたら、拳銃を用意の上で、誰にも見られぬよう来てくれたまえ」

わたしはその指示に従った。彼の部屋は、もう鎧戸を閉めてあった。彼は荷物を開くと、中から覆い付きのランタンを取り出した。

「闇の中での待機があることは判っていたからね。これを用意しておいた。準備が整ったら、ランプのほうは消してくれたまえ。おっと、ひとつ忘れていた。これを君の近くに置いておいて、必要になったら僕に渡して欲しい」

そう言ってホームズは、布に包まれた小さな四角い板のようなものを手渡した。彼はランタンを点すと蓋をしめて片手に持ち、拳銃も用意して、服を着たままベッドに入り、布団を被った。

わたしはベッドの横に屈んで隠れ、ランプを消すと、闇の中で拳銃を握った。手のひらに汗をかいていることに気付き、ズボンの腿の辺りで拭いた。

暗闇の中での待機は、どれほどの時間だったろうか。懐中時計を見ることができなかったので正確には判らなかったが、数時間にも感じられた。だが、実際には一時間程度だったのかもしれない。

気が付くと、ドアが僅かに開いていた。しかしばらくはそのままで、ドアをきちんと閉めなかったためにひとりでに開いてしまっただけか、とすら思い始めた頃である。

少しずつゆっくりと、ドアの隙間が大きくなっていった。間違いない。誰かがドアを開けているのだ。それも限りなく密かに。

廊下は窓から月の明かりが差しているために室内よりは明るく、その薄明かりを背景に、黒い人影が部屋へ入ってくるのが判った。わたしはもう一度手のひらの汗を拭ってから、拳銃を握り直した。

人影は靴を履いていないのか、足音を全く立てずに一歩一歩ベッドへと歩み寄った。ベッドの手前で足を止め、懐から何かを取り出す。

長い布のようだった。それをよじって紐状にし、更にベッドへ近付いた時――。

ホームズが布団を撥ね上げ、同時にランタンの蓋を開いた。

わたしも立ち上がり、拳銃を構えて撃鉄を起こす。

光に照らされたのは、全身を覆うフード付きマントのようなものをまとった人物だった。フードを深く被っている上、光を避けるために片手の前腕を上げているので、顔は見えない。それでも布は両手で摑んだままだ。明かりの中で見れば、その布は黄色いスカーフだった。

「君の正体はもう判っている」とホームズは言った。「だからもう顔を隠す必要はないよ、ミス・ヴェロニカ・モールズワース」

わたしは耳を疑った。そんなはずはない。だが、侵入者の発した声は、確かに女性のものだった。

「ホームズさん、あなただったのですね。すっかり騙されました」

侵入者はフードを外し、手を下げた。そこに現われた顔は、間違いなくヴェロニカ・モールズワース嬢だったのである。

「ホームズ、どうして彼女がここに?」わたしは声を上げた。「まさか彼女が犯人なのか?この事件はタギーとは無関係だったというのか?」

「前半はその通りだが、後半は違うよ、ワトスン君」とホームズ。

わたしは、ますます分からなくなった。最早、何が何やらである。

「だって、彼女は白人じゃないか。タギーの仕業に見せかけて犯罪を行っていたというならまだ分かるが、彼女がタギーなわけがない」

「それがあるんだ。そうだろう、ミス・モールズワース」

彼女はため息をつき、口を開いた。「何もかもお見通しなのですね、ホームズさん。あなたは恐ろしい人です。だからこそあなたが戻らぬうちに、と行動に出たのですが、それが罠だったとは」

次のホームズの言葉も、それに対する彼女の答えも、わたしには驚天動地のものだった。

「僕は今日、ふたつの場所へ行ってきた。そのひとつが、ベージングストークでね。モールズワース家に赴き、使用人たちに話を聞いてきた。君はモールズワース大尉の実の娘ではなく、遠縁の娘だと彼らは証言してくれたよ。いや、それすらも本当のことではない」

「……もう隠しても意味はないようですね。おっしゃる通りです。わたしはローハン・シングの娘、クシュブーです」

ローハン・シングというのは、タギーの幹部の名前ではないか。

「そんな馬鹿な」とわたしは思わず口を挟んだ。「あなたはどこから見ても英国人だ」

彼女は悲しげな目をわたしへと向けた。「それこそが、わたしの存在意義なのです。わたしは確かに英国人ですが、半分だけ。父がローハン・シングで、母が英国人なのです。父は家族と子どもを殺され、必ず復讐すると誓いました。しかし復讐すべき相手は、次々に英国へ戻ってしまう。そこで父は、遠大な計画を立てました。彼らが母国に戻って警戒していても、絶対に油断してしまうような特別なタギーを育てあげようと。父はそのために――わたしのような娘をもうけるために、わざわざ白人である母を後添いとしたのです。そしてわたしはその目的を果たすべく、一方ではタギーとしてのテクニックを、他方では英国人としての立ち居振舞いを叩き込まれました。

モールズワース大尉のもとへは、彼の一族について詳しく調べた上で、遠縁の娘のふりをして入り込みました。十数年前に小さな子どもだった親戚が、大人になって会いに来た、という具合に。そしてしばらく滞在した上で、まず黄色いスカーフで彼に警告を与えました。ただ殺してしまうより、たっぷりと恐怖を味わわせたほうが、より効果的な復讐になるからです。そして頃合いを見計らって、命を奪いました。もちろん、この黄色い布で」

彼女は、手にした布を少し持ち上げてみせた。

「続いてはクランプトン少佐です。密かにここまで来て、庭の灌木に黄色いスカーフを結び付けました。その後、エドガーがモールズワースの屋敷にやって来た時には、使用人とあまり話をさせないよう、細心の注意を払いました。彼らはわたしをモールズワース大尉の親族とは思っていますが、娘とは思っていませんから。そして、うまくここに招き入れられるようにして、警告を繰り返しました。

ところが、エドガーがシャーロック・ホームズ氏に相談に行くと言うではありませんか。ホームズさん、あなたが来てしまったら、復讐が完遂できないかもしれない。そこで昨日、急いでクランプトン少佐の命を奪いました。あとはご存じの通りです」

「そう、僕は知っている」ホームズはうなずいた。「そして、君も知らない、非常に重要な事実まで知っているのだよ」

「それはどういうことですか?」ヴェロニカ嬢は眉をひそめてホームズを見つめた。

「君の本当の素姓(すじょう)だ。君はローハン・シングに育てられたけれども、彼の血を分けた娘ではない。君は、クランプトン少佐の次に命を奪おうとしていた、アンセルム・パウエル大尉の実の娘なのだ。パウエル大尉は、かつて家族とともにインドに在住していた。彼はタギー討伐を行い、英国に帰国する直前、子ども、それもまだ赤ん坊だった女の子を、何者かにさらわれているんだ。その赤ん坊こそ、君なのだ」

「嘘！　嘘よ、そんなの！」

「では、これをよく見てみたまえ。それでも、嘘だと言えるかね」

シャーロック・ホームズはわたしに手を差し伸べた。わたしは、先ほど彼に渡されたもののことを思い出した。足元に置いておいたそれを拾い上げ、彼に手渡す。

ホームズが布を広げると、中から写真立てが出てきた。彼はそれを彼女のほうに向け、ランタンの光で照らした。

彼女は、見るなり顔色を変えた。

「それは……」

写真には二人の人物が写っていた。右側には軍人、左側には女性が。軍人は変装していたホームズにそっくりだった。女性はよく見ると赤ん坊を抱いている。二人はぴったりと寄り添っており、いかにも仲睦まじそうだった。その女性は、今目の前にいる、ヴェロニカ・モールズワース嬢としか思えなかった。

「右にいるのはアンセルム・パウエル大尉だ。そして左は君のようだが、君にはこんな写真を撮った覚えはないだろう。それも道理でね、彼女はパウエル大尉の夫人だ。つまり君の本当の母親というわけだ。どうだい、君にそっくりだろう。これを見ても、君はまだ自分がこの二人の子どもであることを否定できるかな? そこに写っている赤ん坊のカトリーナこそが、君だ」

彼女は完全に血の気を失い、固まったように写真を見つめていた。

ホームズは、更に言葉を続ける。「君の母親は、今はこの世の人ではない。パウエル大尉宅が襲撃され、君がさらわれた時に、殺害されたのだ。君を連れ去ろうとする賊に、必死ですがりついたがためにね。その賊こそ君が父親だと思っていたローハン・シングだ。君は実の母親を殺した人間の命令に従って、実の父親を殺すところだった。君の育ての父親は、英国人に復讐するために、君の思っていた以上に残虐なことを企んでいたのだ」

気付けば、モールズワース嬢――本当はカトリーナ・パウエル嬢なのだろうが――は目に恐怖の色を浮かべ、身を震わせていた。

「ローハン・シングは、君に言い聞かせていたように、英国人女性に子どもを産ませることも考えただろうね。だが、それでは確実に英国人に見える子どもが産まれるという保証はない。彼はより確実に復讐を遂げる道を選んだのだ。君に説明するのもおかしなものだが、タギーは必ずしも血の繋がりを重視しない。跡継ぎがいない場合、養子を取ることはごく普通だったからね。とはいえ外国人、それも西洋人の赤ん坊を、というのはあくまで目的ありきのことだろうな。それにしても君が無駄に抗弁せず、素直に認めてくれて良かった。きっと君は……」

その時、部屋の入口で声がした。

「皆さん、何をしてらっしゃるんです?」

そこに立っていたのは、寝巻き姿でランプを手にしたクランプトン青年だった。彼は室内を見たが、何が起こっているのか、よく分かっていない様子だった。

その瞬間、モールズワース嬢は身を翻(ひるがえ)し、彼の脇をすり抜けるようにして部屋を飛び出した。わたしははっとしたが、クランプトン青年がいるので撃つわけにもいかなかった。最初にホームズが反応して動き、わたしもすぐに続く。廊下に出たが、そこにはもう誰もいなかった。

そのすぐ後、玄関のほうから扉を開く音が聞こえてきた。

部屋に戻ると、モールズワース嬢が立っていた辺りに、黄色いスカーフが落ちていた。


翌日。事件は終わったけれども、忙しい一日だった。ホームズは地元警察に赴き、ヴェロニカ・モールズワース嬢が犯人であることをシドマス警部に話した。だがシドマス警部はそれを鼻で笑い、信じようとはしなかった。

わたしは、ホームズがあえてそのような伝え方をしたのではないか、と推測している。彼女はタギーに操られていたのであり、ある意味では被害者でもあったのだ。真相を知った彼女がこれ以上罪を犯すことはないだろう。

ホームズとわたしは聞き込みをして回り、シドマス警部に逮捕されたアニル少年の無実を証明した。犯行時間にアニル少年が別な場所にいたことを示す証拠を入手し、警察に提出したのだ。シドマス警部は、しぶしぶアニル少年を釈放した。

依頼人であるエドガー・F・クランプトン青年には、詳細な説明をせざるを得なかった。それが、彼にとって苦痛となることは分かっていたが。クランプトン青年は黙ってホームズの説明を聞いていた。前夜の出来事で、ある程度の予想はしていたのだろう。

シャーロック・ホームズとわたしがロンドンへ向かう汽車に乗ったのは、もう夕刻のことだった。

わたしは車中でホームズに問うた。「君はいつ、彼女が犯人だと気付いたんだい」

ホームズは窓から外を眺めつつ、答えた。「確信を持ったのはもっと後だが、実は最初に会った時から、疑惑は抱いていたんだよ」

「それはまた、どうして？」

ホームズは少し間をおいてから、言った。

「僕は依頼人が来た日に、恋人のことを匂いから推理しただろう。あれと同じなんだよ。モールズワース嬢本人に会って最初に気付いたのは、やはり匂いだった。彼女は、クランプトン青年に匂いが移るほど香水をつけていた。そして僕の鼻は、香水が覆い隠している匂いにも気が付いた」

「その匂いとは？」

「スパイスの匂いが、隠されていたんだよ。インド人は、スパイスのたっぷり入った料理を、毎日、毎食のように食べる。そのため、身体からスパイスの匂いが滲み出てくるようになるんだ。身体の中にある成分ゆえだから、身体を洗ったからといって消えやしない。彼女も、鼻が麻痺して自分の匂いは判らなくなっているものの、そのことは自覚していたがゆえに、まめに香水を使っていたのだろう。だが、僕の鼻から逃れることはできなかったわけさ」

「君はまるでブラッドハウンドみたいだね」

「嗅覚にはちょっとばかり自信がある。知り合いに調香師がいるんだが、その彼に、君も調香師になるべきだと言われたことがあるよ。まあ、本物の探偵犬のように匂いをたどって追跡、という真似まではできないがね」

ここでホームズは、少しだけ笑みを浮かべた。

「東洋のスパイスの香りと、西洋の香水との入り混じった香り。そうとは知らずに嗅いでいたクランプトン青年にとって、さぞかし蠱惑的だったことだろうね。中毒者にとっての阿片の匂いのようにすら感じられたかもしれない。君は東洋に行っていた時、どうだったね?」

振り返ってみて思い当たる節がないわけではないわたしは、ただ黙って肯定も否定もしなかった。

ふと思い出したことがあり、ホームズに質問をした。

「そう言えば君は、最後に彼女に何かを言いかけていたね。あれは、何を言おうとしていたんだい」

「ああ、あれか。……彼女が素直に告白してくれたのは、クランプトン青年のことを本当に愛するようになっていたからだろう、ということさ」

あとはホームズが沈黙し、わたしも考えに耽った。

後日入ってきた情報によれば、アドルトンの警察では結局、クランプトン少佐殺害は流しの強盗によるものだった、という見解に落ち着いたようだった。その流れ者も彼らの管轄区域からいなくなったものと見做(みな)していた。地元の新聞もそれを追認する形で報道している。世間の人々はそう信じているのだろうが、それが真実でないことを我々関係者だけは知っていた。

その後、クランプトン青年は一族の跡継ぎとなり、また後見役抜きで銃砲販売会社の経営者となった。彼は傷心を抱えつつも、精一杯やっている様子だ。リ・ゾン・タンとの契約も無事にまとめて、会社は益々繁栄している。その成功を受けて、貿易商のダリウス・スコールズが、清国以外についても色々と話を持ってきてくれているそうだ。

往診の仕事の合間にこの事件の記録を書き進め、もう少しで完成という頃の、ある日のことだった。長椅子に寄りかかって新聞を読んでいたホームズが、急に身体を起こした。そして「ワトスン君、これを読んでみてくれたまえ」と、わたしに新聞を手渡したのである。

それは、ボーンマスで起きた悲劇を報じた記事だった。街に来ていたサーカスの象が突然暴れ出し、象使いの手にも負えなくなり、サーカスで働いていた軽業師の女性が象に踏み殺されたという内容だった。だが途中まで読んだわたしは、思わず声を上げてしまった。

「ホームズ！　これはヴェロニカ・モールズワース嬢のことじゃないか！」

「報道されている彼女の名前を見る限り、そうとしか思えないね。それでその象というのがインドの象らしいのだよ、ワトスン君。……何の因果かねえ。カーリー神の戦士が、ガネーシャ神に殺されるとは」

ホームズの言葉が気になったわたしは、記事を読むのを途中でやめ、ホームズのスクラップのGの巻を取り出し、調べてみた。〝ガネーシャ〟というのはインドの神様で、象の頭をしているとのことだった。

新聞に戻って更に記事の続きを読んだわたしは、ホームズに尋ねた。

「ホームズ。『この婦人は、象が迫ってきても、逃げようともせずにその場に立ち尽くしていた。おそらく恐怖のあまり、動くことができなかったのであろう』と、記者は書いているが、どう思う？　彼女に限って、そんなことがあると思うかい」

ホームズは、じっと考え込むような目で暖炉の炎を見つめ、やがて言った。

「あり得ないだろうね。つまり、彼女は象に踏み潰されそうになった時、自らの意志で動こうとしなかったんだ。ガネーシャ神の裁きが下るのだと考えてだろうか。それとも、本当の父親の仲間たちの命を奪ってしまった自分を罰するためだろうか……」

彼女がなぜ、そんなところで軽業師をやっていたかは判らない。タギーとしての訓練を受けてきた彼女には朝飯前の仕事ではあっただろう。インドに戻ることもできず、だからといって今さら英国人になることもできず、あちらからこちらへと彷徨っていたのだろうか。

しかし、わたしの心を最も揺り動かしたのは、事故の被害者がヴェロニカ・モールズワース嬢であると我々が気付いた理由である。

――新聞の報道によると、彼女は「カトリーナ・クランプトン夫人」と名乗っていたというのだった。

一八九四年度の私たちの活動を記録した分厚い三冊の事件簿を見るとき、（中略）アドルトンの悲劇やら、古代ブリタニアの墳墓から出た奇怪な発掘品の件やら、さまざまな事例がここには含まれている。

――「金縁の鼻眼鏡」（深町眞理子訳）

ノーフォークの人狼卿の事件

シャーロック・ホームズのもとへは、しばしばスコットランド・ヤードの警察官たちが助言を求めてやって来る。レストレード警部やグレグスン警部ほどではないが、時折やって来るのがアレック・マクドナルド警部である。

ヤードの警察官というと頭脳よりも体力勝負の感があるが、マクドナルド警部は珍しく知力に優れ、かつ体力も兼ね備えている。

ヤードの警官には少々手厳しいところのあるホームズだが、素直に敬意を示してくるマクドナルド警部に対しては好感を持っているようで、親しみを込めて「マック君」と呼んでいた。

マクドナルド警部はその実力を十二分に発揮し、今ではロンドンのみならず、全国にその名声を轟かせている。ホームズとわたしはつい先頃も、彼と捜査を共にする機会があった。とはいえ、これは事件記録を発表するほどのものではなかった。「なぜシャツのカフスなど盗まなければいけなかったのか」という魅力的な謎こそあったもののそれは本筋ではなく、犯罪自体は単純でホームズの活躍する余地はあまりなかったのだ。しかしこれをきっかけに、マクドナルド警部が初めてベイカー街へ相談しに来た事件を筐底に秘したままだったことをわたしは思い出した。

その事件については公表を躊躇う理由があったのも確かだが、既に年月を経ていることもあり、ホームズにも相談した結果、名前を一部変更すればもうそろそろ明かしても構わないだろう、という結論に達したのである。


彼が初めて訪ねてきた朝、シャーロック・ホームズはちょうど前日に保険金目当ての殺人事件を解決したばかりで、反動による倦怠をわたしは心配していた。だがそこへ、給仕のビリーが電報を運んできた。受け取ったホームズは、電文を読み始める。

「誰からだい」とわたしは声をかけた。

「レストレード警部からだよ」と言いながら、ホームズは電報用紙をサイドテーブルの上に放り出した。

「おや、電報で連絡してくるとは、警部はどこか遠方にでもいるのかね。それで、君の手助けを必要としているとか」

「いや、そうではなかった。今日、マクドナルドというヤードの警部がベイカー街二二一Bへ伺うのでよろしく、だとさ」

「ほう。そういう理由で打電してくるとは珍しいね。どういう用件だろう」

「そこまでは判らない。だが初めての警察官が全く何の理由もなしに来るとは思えない。これは期待できそうだぜ」

ホームズは口元に笑みを浮かべ、両手をこすり合わせていた。

やがて呼び鈴が鳴り、しっかりとした足取りの、重い足音が響いてきた。

「お待ちかねの警部が来たみたいだな」とわたしは言った。

「うん。詰まらない奴じゃなければいいが。持ち込んでくる話も、少しでも面白いところがあるといいんだがね」

部屋に入ってきたのは、上背のあるがっしりとした筋肉質の人物で、その体格が人並みはずれた力の持ち主であることを如実に語っていた。しかし彼が持ち合わせているのは頑健な肉体だけではなさそうだった。大きめの頭蓋骨はその中身も大きいことを示唆していたし、両目に宿る輝きは深い知性の表われだった。ヤードにはなかなか珍しいタイプだ。

彼はボウラー・ハットを取ると、口を開いた。

「シャーロック・ホームズさんと、ワトスン博士でいらっしゃいますね。スコットランド・ヤードより参りました、アレック・マクドナルドと申します。何卒、お見知りおきをお願い致します。まずは、こちらをご覧下さい」

彼がそう言ってホームズに手渡したのは、レストレード警部からの紹介状だった。

それを読み終えたホームズは、笑みを浮かべて言った。「ずいぶんと几帳面だねえ。わざわざこんなものを持ってこずとも、スコットランド・ヤードの警察官ならば追い返したりしないよ」

「いいえ、高名な諮問探偵のシャーロック・ホームズ氏のもとをお訪ねするのに、そんなわけにゃ参りません。レストレードからの電報は届いておりますか。打電するよう、彼に頼んでおいたのですが」

マクドナルド警部は勧められて腰を下ろしたが、椅子の上でもぴんと背筋を伸ばしていた。そんな彼を面白そうに見つつ、ホームズは言った。「アバディーン出身だね」

「ええっ」マクドナルド警部は、坐ったばかりの椅子から飛び上がりそうになった。「どうしてお判りになったんです？」

ホームズはくすくすと笑った。「訪ねてくるという警部の名前がマクドナルドだという段階で、十中八九スコットランドの人間だろうと予測していた。そして君が喋るのを聞いて、アバディーンだと確信した。……君にはかなり強いアバディーン訛りがあるけれど、自覚はないのかね」

「はあ。自分は普通に喋ってると思ってました」

これにはわたしも笑いそうになった。ホームズほどの観察力のないわたしでも、すぐに判るほどのはっきりした訛りだったのだ。

「それで、僕を訪ねてきたということは、何か事件があるのだろうね？　早速だが、どんな事件か、教えてくれたまえ。前もって言っておくが、必ずしも引き受けるとは限らない。詰まらない事件だったら、レストレード君が持ち込んできても断ることはあるのだよ」

マクドナルド警部は、ちょっと複雑な顔をした。「興味を持って頂けるかどうか、難しいところではあるのですが。実は、地方警察からヤードにでばって欲しいと要請を受けておりまして。ノーフォーク警察からなんです。あちらで今、おかしな事件が起こっていましてね。それが、その」

話し始めたばかりだというのに、マクドナルド警部は言葉を途切れさせた。

「どうしたね？」とホームズが促す。

「ええとですね、それがもしかしたらまるで信じて頂けないようなおかしな話でして」

「ほう」ホームズは身を乗り出した。「そう言われると、かえって興味がわくね。さあ、こちらから是非とも頼むよ、どうか続きを」

「わかりました」マクドナルド警部は安堵したような表情を見せた。「では単刀直入に申し上げます。……にわかには信じがたいのですが、今、ノーフォークで人狼が跳梁跋扈しているのです」

これにはホームズよりも先に、わたしが反応してしまった。「人狼だって？　人間が狼に変身する、という伝説の怪物のことかい」

この話を持ち込んだのが印象の悪い依頼人だったならば、ホームズはこれ以上聞かずに追い出していたかもしれなかった。わたしが思うに、篤実そうでかつ決して馬鹿ではなさそうなマクドナルド警部だったからこそ、ホームズも話を最後まで聞くことにしたに違いない。

とはいえマクドナルド警部は、今のわたしの口調に驚きや呆れを感じ取ったのか、恐縮するようにちょっと身をすくめてうなずくと言った。「ええ、自分も最初にノーフォーク警察から連絡をもらった際は、そんな馬鹿なと一笑に付したんですよ。ですが、再三の要請があったばかりか、どうしてもと懇願されまして。どうやらその地方では、結構な騒動になっているらしいんです。どうしたものかとレストレード警部に相談したところ、シャーロック・ホームズさんに相談してみろ、と勧められた次第でして」

わたしはちょっと苦笑いしてしまった。レストレードは、ホームズが一風変わった事件には興味を抱いてしまう性質だということを分かっていて、面倒を押し付けてきたのだ。

実際、ホームズが好奇心を刺激されていることは明らかだった。マントルピースからクレイのパイプを取り、ペルシャ・スリッパの中の煙草の葉を詰めると、石炭ばさみで掴んだ赤々と燃える石炭で火を点けて、煙を吐き出し始めた。そして、わたしに向かって言った。

「ワトスン君。そこの書棚から、百科事典の『W』の巻を取ってくれないか」

わたしから分厚い百科事典を受け取ったホームズは、素早くページをめくって目的の部分に達し、該当箇所を読み上げた。

「人狼――ウェアウルフ。獣人の一種で、狼に変身することができる人間を指す。ヨーロッパにおいてはライカンスロウプ、ルー・ガルー、ルカンスロポイなどと呼ばれる。変身後は外見のみならず、狼の能力も持つようになる。非常に古くから伝説として残っているが、その起源ははっきりとせず、東欧の民間伝承、もしくは北欧伝説とも考えられている。狼に変身する能力を持った血筋に生まれる場合と、魔術の力によって狼に変身できるようになった場合とがある。月の満ち欠けが、その変身に影響するという説もある。獣人が変身する動物としては、狼以外に熊や犬がおり、ノルウェイではラップランド人が熊に変身する能力を持っていると考えられている……といったところかな」

「そういえば」とわたしは思い出して言った。「フレデリック・マリアットの『幽霊船』という物語を読んだことがあるが、その中にも狼男が登場するエピソードが出てきた覚えがあるな」

「君は海洋小説が大のお気に入りだからねえ」とホームズは言って、百科事典を小卓の上に放り出した。「取りあえず、この百科事典が今回はあまり役に立たないことは確認できた。それではマクドナルド警部、どうして伝説上の話に警察や僕が出馬しなければならないのか、ことの始めから教えてもらえるかな」

「はい。ですが、先にお断りさせて頂きますが、今からお話しする内容は、自分もノーフォークの人間から聞かされたものであって、自分自身が見聞きしたことでもなければ、自分が全てを信じているわけでもないということを、ご留意の上でお聞き下さい」

　警部が目で同意を求めていたので、わたしとホームズはうなずき、ホームズが身振りで先を促した。

「それでは。……ノーフォークの西側に、リーハムという一帯がありまして。地主は、〈リーハム館〉に住むレヴァリッジ家です。このレヴァリッジ家にはずっと、先ほどから話題になっている人狼伝説が残っていましてね。歴史的なエピソードをお話ししますと、今から数百年前、隣接する所領を持つサーキス一族と領地を巡って争いとなり、敵の軍勢に屋敷を包囲されるという出来事がありました。その際に、サー・ロデリック・レヴァリッジが狼に変化（へんげ）して敵を殺戮（さつりく）し、勝利を収めたと伝えられているのです。彼には〝人狼卿〟という異名も残っています。

そのサー・ロデリック・レヴァリッジの子孫が、現在の当主であるサー・アドルファス・レヴァリッジなのです。……何かおかしなことでも言いましたでしょうか？」

ホームズは面白がるような笑みを浮かべていた。「いやいや。人狼の血筋を引いていて〝アドルファス〟とは出来過ぎだと思ってね」

マクドナルド警部は、きょとんとした表情を見せた。「それはどういう意味ですか、ホームズさん？」

「アドルファスというのはドイツ古語に由来する名前で〝高貴なる狼〟という意味合いがあるのだよ」

これはわたしも知らなかった。ホームズの知識の豊富さに、マクドナルド警部は圧倒されたようだ。

「へええ。ホームズさんは何でもご存じなんですねえ」

「何でもではないさ。人間の頭脳の容量には限りがあるから、余計なことは覚えないようにしているぐらいだ。十年前にスコットランドで隣の一家を皆殺しにした殺人鬼がアドルファスという名前だったから、記憶していただけだよ」

「いやはや、そんなことを覚えてらっしゃるということに、ますます感服致しました」

「だが僕が最も興味のある事件は、現在進行しているものさ。では続きを頼むよ、マクドナルド警部。話はそれだけではないだろう。当主が伝説の人物の子孫だというだけでは、騒動にはなるまいからね」

「おっしゃる通りです。ですが、サー・アドルファス・レヴァリッジが先祖と同様に人狼と化してしまったとあっては、騒ぎになろうというものです。サー・アドルファスは、屋敷に残っているサー・ロデリック・レヴァリッジの肖像画にそっくりで、以前より人狼卿の血を濃く受け継いでいると噂されていました。とはいえサー・アドルファスに乱暴なところはなく、どちらかというと地元の人々からは尊敬を集めていました。ところが最近、このサー・アドルファスの様子が少々おかしくなったのです。深夜、両手両足を地面について獣のように駆けていたり、遠吠えしていたりするところを目撃されているのです。その様は、まるで狼みたいに見えたということでした」

「要するに」とわたしはメモを取りながら言った。「あたかも〝伝説の人狼〟であるかの如き様子だった、ということだね」

「おっしゃる通りです、ワトスン先生。なまじそれまでは信望厚かっただけに、住民たちの抱く不安たるや、多大なものがあったようでしてね。何やら地方全体に不穏な空気が漂っているらしいのです。ノーフォーク警察としては、それを治めようにも事件自体が常ならぬものゆえ、どのように対処したらいいか判らず、困りきってスコットランド・ヤードに頼ってきた、という次第なんですよ。上司からはこんな難題を押し付けられるわ、同僚からは助力を断られるわで、自分はほとほと手をこまねいておるのです。シャーロック・ホームズさん、どうかお助け下さい」

マクドナルドは、本当に弱りきった表情をしていた。だがホームズもまた、複雑な顔をしていた。はっきりとした犯罪事件が発生していれば、どれほど不可思議な要素があろうともホームズは喜んで引き受けただろうが、話を聞いたところでは少なくとも現時点ではそうではなさそうなのだ。

二人の顔をとっくりと眺め、現状を勘案した上で、わたしは言った。

「では、こうしてはどうだろう。ホームズ、君はここのところ多忙を極めていたから、ここら辺りで休暇を取るんだ。都会の喧騒(けんそう)と汚れた空気から離れ、食べ物も空気もうまい田園地方で、しばらく過ごすことにする。主治医としてわたしも同行する。その場所として選ぶのが、ノーフォークなんだ。マクドナルド警部がたまたまその土地に詳しいから、案内してもらうことにしよう。そしてその地で起こっている騒ぎが単なる噂と迷信によるものだったならば、ホームズとわたしは純粋な休暇を過ごし、もし何か重大な事件が起こっていたならば、ホームズが乗り出す」

「さすがはワトスン君だ」ホームズが笑みを浮かべた。「僕のことをよく分かっているし、マクドナルド警部の面子(メンツ)も立つ。……どうだろう警部、僕たちの休暇の案内をしてもらえるかな？」

「もちろんですとも。どうかよろしくお願い致します」マクドナルド警部はわたしに感謝の表情を向けつつ、頭を下げた。

翌日、ホームズとわたしは、迎えに来たマクドナルド警部が待たせておいた辻馬車に乗り、リヴァプール・ストリート駅へ出た。グレート・イースタン鉄道の汽車に乗り、三人で個室を占めた我々は、一路ノーフォークへと向かった。車中でのホームズは饒舌で、その話題は蚤からレオナルド・ダ・ヴィンチにまで至り、マクドナルド警部は終始目を白黒させていた。

ノリッチ駅から地方鉄道に乗り換え、リーハム・ヒル駅で下車すると、駅前には一台の馬車が我々を待ち構えていた。それは駅者台に若い巡査が坐った、ノーフォーク警察の馬車だった。馬車の前に立って駅舎のほうを窺っていたひとりの男性が、我々へと歩み寄ってくる。五十歳前後で背は高く、ごましお頭で口ひげも灰色の、人の良さそうな人物だ。警察の馬車がなかったら、商人とでも思ったかもしれない。彼はマクドナルド警部へと手を差し出し、握手をしながら言った。

「スコットランド・ヤードのマクドナルド警部ですね。ノーフォーク警察の警部、エリック・ライディングです。ご足労頂き申し訳ありません。……そちらのお二人は？　ヤードの同僚の方でしょうか」

ライディング警部は、わたしとホームズに視線を向けた。我々二人とも警官らしからぬ服装だったから、彼の目にやや不審そうな色があったのもやむを得まい。

「いえ」とマクドナルド警部。「今回、こちらでの休暇がてら手を貸して下さるという、諮問探偵のシャーロック・ホームズ氏とワトスン博士です」

それを聞くなり、ライディング警部が目を丸くした。「なんと！　お名前はよく存じ上げておりますよ。そんな高名な方をお連れ下さるとは、マクドナルド警部、本当にありがとうございます。ホームズさん、ワトスン先生、どうかよろしくお願い致します」

我々とも握手をしながら、ライディング警部は続けた。「では、何はともあれこちらにお乗り下さい。宿へご案内しますので」

わたしたちを乗せた馬車は、田舎道をがらがらと走り出した。車中、ライディング警部がこの始まりから説明しようとするのを、ホームズが片手を上げて押しとどめた。

「マクドナルド警部から、基本的な話は聞いています。それよりもライディング警部、あなたがこの一件を手がけることになったきっかけを教えて頂けませんか？　誰か人が殺されたとでもいうのならともかく、土地の名士が狼のように振舞っただけでは普通、警察は乗り出しませんよね。と言って、サー・アドルファス本人が『自分が狼になってしまうかもしれない』と警察に相談をするとも思えませんし」

「おっしゃる通りです」と、ライディング警部は口ひげをひねりながら言った。「実を申しますと、そもそもは村の教会のポートマン神父からの訴えを受けてのことだったのです。ポートマン神父は、今の村の状況に不安を覚えていましてね。このままでは、本当に大事件に発展しかねない。そうなる前に、事態を沈静化して欲しい、そう頼まれたのですよ」

「そうですか。では、いずれポートマン神父からも直接話を伺わねばなりませんね。それで、サー・アドルファスは〈リーハム館〉というところにお住まいと聞いていますが、他にそちらに住んでおられるのは？」とホームズが問うた。

「まずはサー・アドルファスの奥方、レディ・メルヴィナです。それから子息のハワード・レヴァリッジ。あとは使用人です。住人はそれだけですが、レヴァリッジ家の主治医であるドクター・ジェイムズ・キャラハンが毎日のように館へ通ってきています」

彼の説明を聞いているうちに、〈牧神の葦笛亭〉という旅籠に到着した。我々はここの二階に部屋を確保して荷物を降ろし、一階の食堂で昼食をとることになった。ホームズは食事をしながら、ヴァイキングに殺害されたエドマンド殉教王の本当の死地について自説を披露した。マクドナルド警部はなかなかの大食漢で、ホームズの話を聞きながらも、全ての料理を我々より多めに平らげていた。

それからわたしたちはまたしても警察の馬車に乗り、村の教会へと向かった。ライディング警部に事件の相談をしたという、ポートマン神父に会うためである。教会は村の中央近くに位置していた。その教会に接した自宅で、ポートマン神父は我々を迎えてくれた。初老の神父は、表情も喋り方も柔和だったが、長年に亘り人々の悩みに耳を傾けてきたゆえか、苦悩の皺を眉間にくっきりと刻ませていた。

「皆さん、わざわざロンドンからお越し頂き、ありがとうございます。全村民に代わりまして、御礼申し上げます。どうか、この村の平和を取り戻して下さい。この地は今、悲劇の淵に沈もうとしているのです」

「悲劇とおっしゃいますが」とホームズは言った。「あなたはこれから具体的に何が起こるとお考えなのですか」

「正直に申し上げましょう。人狼と化したサー・アドルファス・レヴァリッジが村人を襲って殺してしまうか、それを恐れた村人たちが集団で暴動を起こしてサー・アドルファスに私刑を加えてしまうかの、どちらかが起こりかねません。下手をしたら、その両方が起こるかもしれない状態なのです。一体、どうしてこんなことになってしまったのか……」

それが本当ならば、予想していた以上の大事である。マクドナルド警部はきっと表情を引き締め、ライディング警部は神父の言葉を裏付けるように繰り返しうなずいた。

だがホームズは、平然と質問を発した。

「しかし村民たちは、サー・アドルファスが人狼卿の血を引いていることは元から知っていたわけですよね。サー・アドルファスの先祖たちにしても、そうだった。それがなぜサー・アドルファスの代になって、しかも今になってそんなことになったのか。――神父さん、そこのところをご存じでしたら教えて下さいますか」

「ええ、おっしゃる通り、村民は人狼卿の伝説をよく知っています。人狼卿の末裔たるサー・アドルファスに尊敬の念を抱いてすらいました。初代人狼卿のサー・ロデリックは、狼に変化することによってこの土地を守ったわけですから。それが変わってしまったのには、当然それなりの理由があります。最近、サー・アドルファスの奇行が目撃されるようになったのです」

「それは伺っていますが、詳細を教えて頂けますか」

「何週間か前の、月明かりの晩のことでした。羊飼いをしているダニー・ブースが自宅にいたところ、狼の遠吠えを耳にしたのです。それに続いて、外で羊たちが怯えたように鳴く声を聞きました。羊を心配したブースは猟銃を手にして家から出ると、辺りの様子を確認したそうです。彼は黒っぽい影が荒野を横切るのを目にしました。狼に違いない、と猟銃を構えましたが、すんでのところで止まり、改めてその影をよくよく見ると——それは四肢でもって大地を走りぬける、サー・アドルファスだったのです」

「サー・アドルファスと判ったということは、完全に狼に変身していたわけではないのですね？」

「ご指摘の通りです。しかし両手両足を使って走るその姿、ブースに気付き彼に向かって牙をむき出して唸った様子、きらりと光った両眼など、狼の化身としか思えなかったそうです。ブースは、即座に人狼卿の伝説を思い出したと言っていました」

「それでサー・アドルファスは、その羊飼いを襲ったのですか」

「いえ、そこまでは。サー・アドルファスは再び四肢でもって走り、たちまち姿を消したとのことです。ダニー・ブースは自分の見たものを疑い、己の正気をすら疑った末に、わたしに相談をしてきました。わたしもことの真偽を疑い、ブースには他言せぬよう固く口止めをしました。しかしそんな配慮も、すぐに無駄になってしまいました。やがてブース以外の村人も、同じような光景を目撃するようになったからです。それでもまだ、そういった出来事だけでしたら、サー・アドルファスの身体に流れる人狼の血が以前よりも表に現われるようになった——と話題になるぐらいだったかもしれません。しかし、ことはそれでは済まなかったのですよ」

「もっと深刻な出来事が？」

「はい。それも、とても深刻な。サー・アドルファスが完全に狼化し、羊を襲うようになったのです」

わたしは思わず、驚きの声を上げてしまった。シャーロック・ホームズは無言で片方の人差し指を唇に当て、静かにするようわたしを諫めた。わたしの声で一旦途切れたポートマン神父の話が再び続く。

「ダニー・ブースは、自宅近くでサー・アドルファスを目撃した際、羊たちが怯えていたことをずっと気にしていました。彼は、羊飼いたちの中でも、特に羊を大切にする男だったのです。実際、彼が育てた羊の毛はとても上質で、彼のところの羊毛は普通の何割増しかで買い取られていました。ですから、狼の遠吠え――サー・アドルファスの遠吠えが聞こえる度に、彼は必ず羊の様子を確認していたのです。そして先日、満月の晩のことです。ブースは、またしても遠吠えを聞きました。急いで外に出ると、四肢で走るサー・アドルファスが月明かりの中でちらりと見えました。その時のサー・アドルファスの様子には、以前にも増して鬼気迫るものがあったそうです。次の瞬間、月が雲に隠れて、牧草地は闇に包まれました。しばしの後、再び満月が現われると――サー・アドルファスの姿は、狼と化していたのです」

わたしは先ほど以上の驚きを覚えたが、今回は声を上げずにこらえることができた。理性の人であるシャーロック・ホームズがどのような反応を示すか、興味があったからだ。わたしが横目で様子を窺ったところ、ホームズは特にポートマン神父の話に不信の念を抱いた様子もなく、真剣に聞き入り続けていた。

「狼の姿と化したサー・アドルファスは、一頭の子羊に襲い掛かりました。子羊は逃げる間もなく、狼の爪に捕えられたのです。身動きのできないように子羊を大地に押さえつけた狼は、大きく口を開くや否や、鋭い牙で噛み付きました。子羊は断末魔の鳴き声を上げ、息絶えたそうです。狼は、子羊の肉を貪（むさぼ）り続けました。……ブースは、もうそれ以上とても見ていられず、家に駆け戻って鍵をかけ、ベッドに潜（もぐ）り込んで震えていたそうです」

「その後は?」

「ブースは、日が出て明るくなったところで、恐る恐る外へ出てみました。子羊の死体は跡形もなかったけれど、その辺りには大量の血の跡があったとのことです。他の羊たちは遥（はる）か遠くにまで逃げてしまい、ようやく見つけた時には互いに身を寄せ合って、震えていたのだそうです」

「その件について、そのブースか誰かが、サー・アドルファスを問い質（ただ）さなかったのですか」

「できませんでした」ポートマン神父は首を振った。「レヴァリッジ家はずっとこの地方の領主だったわけですし、サー・アドルファスは地元の名士です。糾弾するような真似は、とてもできません」

「そうですか。ではその役目、僕がやりましょう」

「えっ……」ポートマン神父は、絶句してしまった。

「土地の人にはできないことでも、よそものにならできるということはあるでしょう。いずれにせよ、一度サー・アドルファス本人にお会いしないことには何も始まりません。どなたかご手配願えますか」

ポートマン神父とライディング警部が相談した末、ポートマン神父がわたしたちをサー・アドルファスに引き合わせてくれることになった。

我々は馬車に乗り、〈リーハム館〉へと向かった。それは村全体を見下ろす丘の上にある、なかなか大きな邸宅だった。馬車は敷地内に入ってからも、私設車道をしばらく進んだ。ようやく屋敷前の車回しに達し、我々は馬車から降りた。

周囲を庭園に取り巻かれた館は、晴れた空を背景にどっしりとそびえ立っていた。外壁は白い漆喰(しっくい)と黒々とした木骨(ティンバー)が美しい幾何学(きかがく)模様を描いている。中央の棟から左右に翼棟(よくとう)が延びており、かなりの部屋数があるのは間違いなかった。

建物正面には数段の階段があり、それを上ると石柱に支えられた玄関前のポルティコがあった。ここで慇懃(いんぎん)な態度の若い女中が現われて、我々を迎えた。玄関を入るとそこは広々としたホールで、天井も非常に高い。ここだけで、ベイカー街二二一Bの部屋を全部合わせたよりも面積があるだろう。ホールの先には大階段があり、階上へと続いている。

応接間へと通された我々は、そこでしばらく主(あるじ)が現われるのを待った。その間、ホームズは室内を歩き回っていた。その態度から、彼が室内を何やかやと観察していることがわたしには判った。

大陸産のタペストリーが壁を飾り、部屋の隅では象嵌(ぞうがん)細工の入った大時計が時を刻んでいる。暖炉の上の陶磁器は、はるばる清国から渡ってきたものだろう。いずれの装飾品も派手ではないが歴史を感じさせるものばかりで、それでいてきちんと手入れされていた。歴史ある領主一族の居所に相応しいと、わたしには思えた。

やがてホームズは、壁に掛けられた一枚の大きな肖像画の前で足を止め、それを見上げた。わたしが彼の横に並んで一緒に絵を眺め始めたところで、入口から声が聞こえた。

「そこに描かれているのが、その名も高き初代人狼卿、サー・ロデリック・レヴァリッジ。我が祖先ですよ」

我々がそちらを振り返ると、ひとりの人物が立っていた。

「どうもお待たせした。サー・アドルファス・レヴァリッジです」

狼に変身するというから、どれほどごつい体格で、どんなに毛深い男性が現われるかと思いきや、柔らかい灰色の髪をした、痩身の男性だった。歳は五十ぐらいか。領主としての貫禄が、全身から滲み出ている。

鼻筋の通ったその顔立ちは、確かに肖像画の人物にそっくりだ。そんなわたしの思いを見抜いたかのように、サー・アドルファスは言葉を継いだ。

「わたしにそっくりだろう。血の繋がりの濃さは明らかだ。歳をとればとるほど、更に似ていくように思えるよ。……おや、ライディング警部もおられたのか。それでポートマン神父、こちらの方々は?」

ここでポートマン神父が、わたしたち三人をサー・アドルファスに紹介した。

「ほう。ロンドンの警部殿や探偵さんたちが、わたしに何用かな」

「お時間を無駄にしては申し訳ありませんので、単刀直入に申し上げます」とホームズは言った。「僕たちがこちらへ呼ばれたのは、この地方で人狼騒ぎが起こっているからです。そしてこの館に伺ったのは、サー・アドルファス、あなたがその人狼だという噂が流れているからです」

この時、サー・アドルファスの頬がぴくりと引きつったように思えたのだが、気のせいかもしれない。少なくとも姿勢に関しては微動だにせず、直立不動のままだった。

しばしの沈黙の後、サー・アドルファスは再び口を開いた。

「まあ、そんな噂が流れるのも致し方あるまいな。何せ、人狼だったということはこの地方の人間ならば知らぬ者とていないサー・ロデリックの、直系の子孫なのだから。それにサー・ロデリック以降にも、レヴァリッジ家の当主には人狼だったと伝えられる人物がいるのだよ。例えば、サー・ロデリックの孫に当たる、サー・オーラフなどがそうだ。わたしはそんな一族の末裔だ。噂も当然と言えよう」

そう言って、サー・アドルファスは口元に小さく笑みを浮かべてみせた。それがあまり自然に見えなかったのは、わたしだけではないだろう。

「しかし」とホームズはすぐに言った。「それは以前からの話でしょう。僕がお伺いしているのは、最近のことです。かつて周辺の住民たちは、あなたのことを人狼卿として、尊敬していた。ですが今では、あなたのことを人狼卿として恐れているのです。最近の、あなたの行動によって」

「さて、住民ひとりひとりの考えていることまでは、分かりかねるな」

「では、具体的にお尋ねします。あなたが深夜、まるで狼のような恰好で荒野を駆け回っているのを目撃したという人がいます。そして、あなたが目撃された直後に狼が出現し、羊が襲われるという出来事がありましたが、これらは本当にあなたがやったことですか」

サー・アドルファスは、また黙った。彼が再び言葉を発するのを待っているうちに、様子がおかしいことに気が付いた。おそらく、最初に気付いたのはわたしだっただろう。医師という、その職業ゆえに。

サー・アドルファスは、両目を見開いたまま表情を凍りつかせた末に、ばったりと背後に倒れてしまったのである。

わたしは即座に彼のもとへと駆け寄って、彼を支えた上で状態を確認した。呼吸はあったし、意識も失っていなかった。しかしその様子からして、かなりの精神的ショックを受けていることは明らかだった。わたしが聴診器を出したところで、背後から声が聞こえた。

「サー・アドルファス！　どうなすったんですか！」

振り返ると、右目に片眼鏡（モノクル）を着けた男性が立っていた。目の輝きや引き締まった顎（あご）の力強さからは、知性が感じられる。その手にしている診察鞄から、彼がわたしの同業者であることはホームズの推理を待たずしてわたしにも判った。片手に抱えたボウラー・ハットには膨らんだ跡があり、わたしのように普段から帽子の中に聴診器を仕舞っていることが明らかだった。

その人物は、ようやくわたしに気付いた。

「おや、あなたも医師のようですな。とすると……」

「わたしはドクター・ジョン・H・ワトスンと申します。あなたは?」

「これは失礼をば。ドクター・ジェイムズ・キャラハンです。ご協力に感謝します、ドクター・ワトスン。ですが主治医をしているわたしのほうがサー・アドルファスの健康状態についてはよく存じておりますから、ここからはわたしにお任せ下さい」

それにあえて反対する理由もなく、わたしは場所をキャラハン医師に譲った。だがその頃には、サー・アドルファスも回復してきていた。

「……ありがとう、もう大丈夫だ」とサー・アドルファスは、まだ元気一杯とは言えないものの、割合しっかりした口調で言った。立ち上がりこそしなかったが、自分の力で姿勢を変えられるようになった。

「失礼しますよ、サー・アドルファス」

キャラハン医師はサー・アドルファスの上に屈み込むようにして片手を伸ばし、サー・アドルファスの目蓋を開いて、眼球を確認した。

「ふむ。確かにそれほど悪くないようですな。しかし油断は禁物。しばらくお休み下さい」

「あ、ああ、わかった」

我々数人がかりで、サー・アドルファスを長椅子へ移す。

「あなた!どうなすったの?」

そう言いながら、ひとりの中年女性が部屋に駆け込んできた。もとから色白なのだろうが、その顔色は蒼白で、黒い髪と鮮やかな対照をなしている。彼女がサー・アドルファスの夫人、レディ・メルヴィナだった。夫よりは若く、結婚した時点では歳の差がより顕著だったのではと推察された。

夫人は、ほっそりとしているというよりも痩せ細っているといったほうが妥当で、しかも両目の下には黒々と隈ができている。心労の大きさを、はっきりと見て取ることができた。

「ああ。ちょっとめまいがしただけだ」とサー・アドルファスは彼女に向かって言った。「大したことじゃないから、安心しなさい」

「でも、いつもの発作じゃ……」

「黙りなさい」と、サー・アドルファスは声を強めた。「……ああ、いや、すまん。本当に大丈夫なんだ。ああ、ハワード、お前もいたのか」

レディ・メルヴィナの背後には、二十代半ばぐらいの若者が立っていた。彼はサー・アドルファスにそっくりな顔をしていた。顔だけでなく線の細い体格まで父親にそっくりで、若い頃のサー・アドルファスはこうだったのだろう、という姿だ。彼もまたレヴァリッジ家の血を色濃く継いでいるのは、見るからに明らかだった。——サー・アドルファスの息子、ハワード・レヴァリッジである。

息子は両手の指をよじり合わせるようにしており、その心情が推し量られた。

そうこうするうちに使用人たちが駆けつけ、彼らに支えられるようにして、サー・アドルファスは寝室へと運ばれていった。キャラハン医師とレディ・メルヴィナは彼に付き添って一緒に部屋から退去したが、ハワード青年は残って、何か言いたげにわたしたちのほうをちらちらと見ている。

　そこで、こちらから水を向けてみることにした。

「お父上なら大丈夫だよ」とわたしは言った。「ドクター・キャラハンもついているし」

　ハワード青年は躊躇いに躊躇った挙句、おずおずと口を開いた。

「ロンドンの探偵のシャーロック・ホームズさんと、ワトスン博士ですよね。ぼくが父のことを憂慮しているのは確かですが……今の体調不良のことではありません。わざわざロンドンからおいでになったのですから、話はご存じですよね。教えて下さい。父は……父は、本当に人狼なのでしょうか？」

　ここでシャーロック・ホームズが問い返した。「父君が狼になってしまうことが、そんなに心配かね？」

「もちろんです。だって……サー・ロデリックが人狼だったがゆえに父も人狼になるのだったら、息子であるぼくだって、人狼になる可能性があるんですから」

　ハワード青年はそう言うと、結局は我々の答えを待たずして、部屋を去った。

　我々が〈リーハム館〉を後にする際、入れ違いに一台の馬車がやって来た。その馬車から降りてきたのは、中年の男と、うら若きご婦人だった。

　男はでっぷりと太っており、首の肉がカラーからはみ出している。服を仕立てた時点から更に太ったらしく、上着はボタンを留めるのがぎりぎりなようだ。唇は肉厚で、少しだらしなく開いている。男は足を止めて無遠慮にじろじろとこちらを眺めてから、ステッキを突き、片手を女性に支えられるようにして館に入っていった。

女性もちらりとこちらを一瞥し、彼とともに去った。彼女は黒髪に黒い瞳の持ち主で、目鼻立ちはくっきりして均整が取れており、どことなく華やいだ雰囲気があった。動作は力強く、男性をしっかりと支えていた。

「あれは？」ホームズがその後ろ姿を見つめながら問うた。

「ああ、あの二人ですか」とライディング警部が言った。「あれはエドマンド・サーキス氏と、その娘のアビゲイル嬢ですよ」

「サーキス——ということは、先ほど名前の出た、かつてレヴァリッジ家と戦争をしたという一族の関係者ですかな？」

「ええ、そうです」とライディング警部。「彼は、サーキス一族の現在の当主です」

「だが、そんな彼らがどうして〈リーハム館〉へ来るんだろう」とマクドナルド警部が首を傾げた。

「そんな彼らだからこそ、なんですよ。レヴァリッジ家とサーキス家の戦争の原因を覚えてらっしゃいますか。そう、土地の所有権争いです。そしてエドマンド・サーキス氏は正に守銭奴の権化みたいな人物でしてね。改心前のスクルージもかくやというほどですよ。それで、レヴァリッジ家の土地の一部の所有権は自分にある、という訴えを今になって起こしたのです。その訴えは、誰が聞いてもさすがにちょっと、と思うほどかなりずうずうしいものですが、そのごく一部でも認められたら大もうけ……という意図を持ってのことでしょうね」

「それで、娘のほうは？」とホームズ。

「サーキス氏は極度の吝嗇家なので、普通ならば秘書にやらせるような仕事を、彼女にさせているのです。自分の娘ならば、給金を支払わずに済みますからね。しかも今ご覧になった通り、サーキス氏はかなり太っている上に足を悪くしているため、彼女は父親の松葉杖代わりの役目まで担わされている、という次第ですよ」

「それは可哀そうに」とマクドナルド警部が言った。「彼女、父親に似ず、なかなか美人でしたな」

それを聞いて、わたしは彼に小声で言った。「ほう。マクドナルド警部は、ああいうタイプがお好きですか」

たちまち、マクドナルド警部は首まで真っ赤になった。

「やめて下さいよ、ワトスン先生」

後ほど、シャーロック・ホームズがわたしだけに聞こえるように言った。

「君にすっかりお株を奪われてしまったが、そもそも君が、マクドナルド警部にお株を奪われたのだから、仕方あるまいねえ」

その言葉の真意を問い質すことは、あえてしなかった。

〈リーハム館〉の次にどこへ行くかと思えば、シャーロック・ホームズが指示した行き先は、村の郵便局だった。窓口で働いていたのは、頬の赤いうら若き黒髪の女性だった。地元警察、ロンドン警視庁、そして高名な探偵が揃って現われたので、彼女はホームズが問うままに何でも答えてくれた。

「最近、どこか変わったところに手紙を送った人物はいなかったかね」とホームズは、窓口のカウンターに両肘をついて尋ねた。

「ああ、それなら」と、女性局員は窓口越しに即答した。「ドクター・キャラハンですね。何か月か前から、ウィーンに何回も手紙を出しています。分厚い封書のことが多かったです」

「ほう」ホームズは身を乗り出した。「それで、返事は来ただろうか?」

「はい。ドクターが手紙を送るたびに、毎回ウィーンから返信が届いていました。やはり分厚い封書ばかりでしたよ」

彼女はその相手の名前までは覚えていなかったが、ホームズは根掘り葉掘り質問を重ね、できる限りの情報を収集した。

マクドナルド警部が、わたしに近寄ってきて言った。

「シャーロック・ホームズさんは、いつもあのようにして捜査を行うのですか?」

「そうだね。我々には理解しがたい細かいことが彼にとっては重要な証拠で、こちらには全く何が何やら分からぬうちに真相に達しているのさ」

「ははあ。やはり自分などとは頭の出来が違うのでしょうなあ」

そう言いつつも、マクドナルド警部はホームズと女性局員のやりとりをじっと見つめている。熱心な男だな、とわたしは思った。ライディング警部に至っては、ホームズが何をしているのかも理解できていないようだった。

　聞けるだけのことを聞き出したホームズは、続いて電報局へと向かった。ここでも同様の質問をしたが、今度ははかばかしい答えは返ってこなかった。しかしホームズは落胆する様子もなく、どこかに電報を打っていた。どうやら今の質問は、あくまで打電のついでだったようだ。

　電報局を出た頃には日が傾きかけており、この日の調査はここまでとなった。

　ホームズとわたし、そしてマクドナルド警部は、〈牧神の葦笛亭〉へと戻った。夕飯時の旅籠の食堂は、エールを呑む地元の人々がたむろしていた。

　ホームズは黙ったまま、食堂の隅でゆっくりと夕食をとった。無論、わたしと警部もである。やがてホームズの意図が分かった。彼は、地元民たちの話を極力聞こうとしているのだ。

　地元民たちも、当初は隅のほうとはいえよそものが紛れ込んでいることもあってか静かに呑んでいたのだが、人数が増え、酒が進むにつれて喧騒は激しくなっていった。やがて、あちこちから人狼に関する話題、サー・アドルファスに関する話題が聞こえてくるようになってきた。

　中でも、特に声の響く男がいた。見れば田舎の農夫といった服装で、三十歳前後だろうと思われる。宿の主人にホームズがこっそりと尋ねたところ、「ありゃ、ダニー・ブースって奴でさぁ」とのことだった。

「ダニー・ブースっていいますと」とマクドナルド警部がエールのジョッキを置いてわたしたちに言った。「狼に羊を殺された、羊飼いですね」

「その通り」とホームズが、マクドナルド警部に顔を近付けて言った。「こういう話こそ、正に僕が求めていたものさ」

　ダニー・ブースは話をしているうちに興奮してきたのか、声がどんどん大きくなり、語調がどんどん強くなっていく。

「そりゃあ、確かにレヴァリッジの殿様は代々この土地を守ってきてくれたさ」と、ダニー・ブースはジョッキをカウンターに叩きつけるように置いて怒鳴った。「だがよ、俺ら下々が殿様を尊敬するのは、守ってくれてこそのことだろう。それが、今のサー・アドルファスはどうだ。守るどころか、狼になって俺の大事な羊を食い殺しちまったじゃねえか！」

　それまでは遠回しに言っていた事柄が、遂に堂々と口に出されてしまった。ダニー・ブースの相手をしていた男だけでなく、周囲の人々がたちまち参加する。少なくともわたしの受けた印象では、サー・アドルファスを擁護（ようご）する声よりも、糾弾する声のほうが優勢だった。

「ポートマン神父の憂慮していた通りですな」マクドナルド警部が真顔で言った。「これは下手をすると、暴動に発展しかねません」

「確かに」とホームズ。「そろそろ、潮時だな」

　ここでホームズは、わざと大きな音を響かせて椅子を引いて立ち上がり、「ご主人、ご馳走さま！　旨かったよ」と大声で言った。

　わたしとマクドナルド警部も、がたがたと立ち上がる。

　さすがにこれで食堂の中に我々よそものがいることを思い出したのか、侃々諤々（かんかんがくがく）の議論が止まり、沸騰しかけていた空気が一気に冷えた。

我々が食堂を去ると、途端に背後で話し声が大きくなるのが聞こえた。

翌日、同じ巡査が手綱を握る馬車が、〈牧神の葦笛亭〉に我々を迎えに来た。移動用の足として、前日のうちにホームズがライディング警部に頼んでおいたものである。

シャーロック・ホームズが指示した行き先は、ダニー・ブースの自宅だった。村の中心から離れると、あちこちに羊の群れが散らばっているのが見られる。

牧羊仕事の最中なのか、ダニー・ブースは生憎と不在だった。

「なに、いいのさ。第一目的は、狼になったサー・アドルファスが羊を襲ったという現場を確認することだったからね。まあ、日にちが経っているから、痕跡は期待できないかもしれないが」

しかし巡査の証言で、この地方はここ数週間ほとんど雨が降っていないことが判明した。

「それは好都合だ。……申し訳ないが君たちは、かえって現場を荒らしかねないから、馬車の中で待っていてくれないか」

彼の指示通り、わたしとマクドナルド警部は馬車に戻って、そこから、ホームズがあちこちうろついたり、地面に這いつくばったりするのを眺めていた。

わたしにとっては見慣れた光景だが、マクドナルド警部には物珍しかったらしく、ホームズの行動を逐一見物しては感嘆の声を上げていた。

「いやあ、ホームズさんというのは凄い方ですねえ。実を申し上げると、ベイカー街に伺うまで、もっと尊大な、偉ぶった人を想像してましたよ。なのに実際は、犯罪捜査のためならば泥にまみれることをいとわない、探偵の鑑のような方だったんですから。レストレード警部から聞いていたのとはずいぶん違いますよ、全く」

これにはわたしも苦笑いしてしまった。レストレードがホームズのことを周囲にどのように言っているか、なんとなく想像がついたからだ。

こちらから水を向けて、マクドナルド警部がどうして警察官になろうと思ったかなどという話をしているうちに、ホームズが戻ってきた。

「いかがでしたか、ホームズさん？」マクドナルド警部が言った。

「思っていたよりも収穫があったよ。裸足の足跡と、両手をついた跡が粘土質の軟らかい地面に残っていた。その先には、狼の足跡もしっかり残っていたんだ。更には羊の蹄の跡、そして乾いた血痕——これは羊のものだろうね。あと、それ以外のものも。特に注目すべきは、石だ。元の位置から移動している、石だよ」

思わせぶりに言ったシャーロック・ホームズは、それ以上は説明せず、馬車を出発させた。村の中心部へ戻り、ホームズが馬車を停めさせたのは、昨日も来た電報局だった。用事はすぐ済むから、とホームズはひとり馬車から飛び降り、電報局の中へ入っていくと、ややしばらくして出てきた。手には電報用紙を持っている。

「それは？」とわたしは問うた。

「ああ、昨日打電した問い合わせの返事だよ。僕の推理が概ね正しかったことが、これで裏打ちされた。さて、一旦宿に戻ろう」

一旦と言うからまたすぐに出かけるのかと思いきや、ホームズはしばらく休んでおけと言う。

「どうしてだい？」

「おそらく今日は、遅くまで色々とあるだろうからさ。しっかりと英気を養っておいてくれたまえ」

驚いたマクドナルド警部があれやこれやと質問するが、ホームズは「時がくれば分かるよ」とだけ答え、口を閉ざした。

結局、次に我々が馬車で出かけたのは、もう夕暮れ時になってからのことだった。馬車は村の中、一軒の建物の前で停まった。その建物の玄関には、わたしのよく知っている赤いランプが点っている。

「ここは医院じゃないか」とわたしは言った。

「その通り。プレートを見たまえ」

ぴかぴかに光るプレートに刻まれていたのは予想通り、ジェイムズ・キャラハン医師の名前だった。

「キャラハン医師はこの時間にならないと戻らないと聞いてね。さあ、行こう」

中へ通された我々を、キャラハン医師が迎えた。

「急患かと思ったのですが」とキャラハン医師。「何のご用でしょうか」

「前置きは抜きにしましょう」ホームズは言った。「僕はあなたのしたことを知っています。

ウィーンへ照会し、その裏付けも取れました。ですから、正直に全て話して下さい。悪いようにはしません」

わたしには全く予想外の展開だった。マクドナルド警部にとってもそうだったらしく、彼は驚きに目をみはっている。

「さあ、本当のことを話して頂けますね」ホームズが丁寧に、だが断固として言った。

きっと口元を結んでいたキャラハン医師だったが、やがて口を開いて、はあっと息を吐き出した。

「最初にお断りしておきますが、サー・アドルファスのほうからわたしに頼んできたんです」

「いつ、どのようにしてですか」

「半年ほど前のことです。わたしはいつものように〈リーハム館〉へ行き、サー・アドルファスを診察しました。その際に二人きりになると、サー・アドルファスが言ったのです。自分は人狼の血筋だから、いずれ狼と化してしまう可能性がある。だからそれを医学的に阻止して欲しい——概ねそんな内容でした。わたしは昔からこの地に住んでいますので、レヴァリッジ家の伝説、人狼卿サー・ロデリックの伝説についてはよく知っていました。サー・アドルファスの主治医を務めていますので、彼が若い頃から自分の血筋を気になさっていたことも知っています。ですから、この依頼を断ることができようはずがありません。そこでサー・アドルファスに、依頼は引き受けるけれども、少し待って欲しいと伝えました。そして、色々と検討を進めたのです」

「それでその成果はあったのですか」とホームズ。

「ええ、それなりに。わたしは医学全般を見直した上で、ワクチンによる免疫というシステムを応用できないかと考えついたのですよ。……これについては、ご存じですかな?」

わたしは当然知っていたので、ホームズのほうを窺うと、彼も大きくうなずいて言った。

「弱い病原体を体内に入れることで免疫をつけ、感染を防ぐというものですね。百年前、ジェンナーが牛痘によって天然痘を防いだのもそれと同じ理屈でした」

「そう、正に牛痘が、わたしの頭に浮かんだのです。これを応用できないだろうか、と考えました。人狼というものが何らかの病であるとして、狼に対する免疫をつければ、狼になってしまうことを防げるはずです。そこでわたしは狼の腺からエキスを抽出し、それを投与するという手法を考えつきました。手法が手法なだけに、わたしはサー・アドルファスにきちんと説明をしました。ジェンナー医師も種痘を行った際に患者を牛にしてしまうなどと非難を受けたけれども、逆に天然痘を防ぐ役目を果たしたのだと。わたしの考えた処置も、サー・アドルファスを狼にしてしまうのではなく、逆にそれを防ぐ役目を果たすのだと。サー・アドルファスは自分の体内に狼のエキスを入れるということに少々恐れを抱いていたようでしたが、わたしの説得により処置を受け入れる決意をしたのです。その頃には、サー・アドルファスが人狼と化して彷徨している、という噂が流れ始めていたからです。狼を手に入れるのは至難の業でしたが、以前から医療用の特別な材料を仕入れるのに使っていたウィーンの業者に相談したところ、金はかかるけれども入手してもらうことが可能となりました。ようやっとのことで手元に届いた狼から、わたしは自らの手で腺を取り出し、エキスの抽出作業を行ったのです。その希釈液を、サー・アドルファスに注射しました。サー・アドルファスは非常に緊張していたようですが、エキスを体内に入れた途端に狼に変身してしまうようなことはありませんでした。この処置のおかげで、人狼の目撃談は止みました……一旦は」

「要するに、結局は効き目がなかったということですね」とホームズが遠慮なしにずばりと言った。

ジェイムズ・キャラハン医師は一瞬黙り込み、しばしの後にまた口を開いた。

「厳しいお言葉ですが——反駁のしようがありませんな。わたしとしては、サー・アドルファスの発症を一時的とはいえ止めることができた、と考えるしかありません」

わたしはひとつ思いついたことがあり、質問してみた。

「エキス抽出に用いた狼が、狂犬病に罹っていたというようなことはありませんか？　それだと、サー・アドルファスも狂犬病に感染する。あの病が発症すると、凶暴になったり、よだれを垂らしたりと、獣のようにも見えますよ」

「いえ」と言ってドクター・キャラハンはかぶりを振った。「わたしもその危険は念頭に置いていましたから、十二分に注意を払いました。狂犬病は感染から早くて数週間、長くて数か月で発症します。今回エキス抽出に用いた狼は、ウィーンから送られて三か月飼育して様子を見たものですから大丈夫です。万が一サー・アドルファスが狂犬病の症状を見せていたのだとしたら、それから更に日にちが経っていますので、今頃は死亡しているはずですよ」

「なるほど、おっしゃる通りです。狂犬病説は撤回します、失礼しました」

「いえ、全ての可能性を検討するのは非常に科学的な態度です。ワトスン先生がその可能性に思い至ったことに感服致しました」

話がそこに至った際、ふと、ホームズが唇の前に人差し指を立てた。

「あれはなんだ?」

彼が何のことを言っているのか、すぐに判った。どこかから、人々の騒ぐ声が聞こえてくるのだ。ホームズが外へ飛び出したので、わたしやマクドナルド警部もそれに従った。

そこには、異様な光景が展開されていた。日没後の暗闇の中に点々と炎が灯り、その光が幾つもの顔を照らし出している。片手に松明(たいまつ)を持った村人たちが、群れ集(つど)っていたのだ。

彼らが手にしているのは、松明だけではなかった。猟銃を持っている者が何人もいたのだ。先が三叉になっている干し草用の長いピッチフォークを手にしている者もいる。

人々の中心に立っているのは、ダニー・ブースだった。彼は赤々と燃える松明を頭上に掲げると、声高(こわだか)に叫んだ。

「狼狩りだ！　狼狩りしかねえ！　さもなきゃ、俺たちの羊は全部食われちまうぞ！　羊の次は、女子どもが狙われるかもしれねえ。そうなる前に、狼狩りだ！」

ついに恐れていた暴動が、勃発してしまったのだ。

我々は慌てて彼らを制止しようとしたが、遅かった。彼らは口々に喚(わめ)きながら、動き始めてしまったのだ。更に他の村民たちを引き入れた上で、サー・アドルファス襲撃に向かうつもりなのだろう。最早こうなっては、我々だけでは止めることはできない。

「どうする、ホームズ？」わたしは叫んだ。

「止めるのが難しいとあれば、手立てはひとつ。彼らに先んじて、〈リーハム館〉に警告を発するしかない。幸か不幸か、彼らは今のところ仲間を引き込んでいる途中だ。だから急げば、我々が先にサー・アドルファスのもとへ着くことができるかもしれない」

わたしたちは馬車に乗り込んだ。巡査が手綱を握る馬車は、すぐに〈リーハム館〉を目指して出発した。田舎道を、馬車はがらがらと走り続ける。

もう少しで〈リーハム館〉というところで、ホームズが「停めてくれ！」と巡査に向かって叫んだ。巡査はすぐに手綱を引いた。

「どうした、ホームズ？」とわたしは問うた。

「あそこだ！」

わたしたちは、ホームズがステッキで指し示した先を見つめた。月明かりで、すぐに見つけることができた。四肢で大地に立つ姿――サー・アドルファスだった。サー・アドルファスは、〈リーハム館〉で会った時とは、全く異なる様子だった。目には理性の片鱗もなく、宿っているのは野性だけ。衣服こそ着ているものの、靴は履いていない。

「サー・アドルファス！」ホームズが叫んだ。だが、サー・アドルファスは反応しなかった。その単語が、自分の名前であることすら判らなくなっているのかもしれない。

馬車の横を駆け抜けたサー・アドルファスは、我々の背後へ向かって走る。

「まずい」とホームズが言った。「このままだと、村民たちと遭遇してしまう」

馭者に命じて馬車を方向転換させ、元来た道を戻る。サー・アドルファスの後ろ姿は見えている。だが、その進む先に、ちらちらと明かりも見えてきた。村民たちの松明だ。

やがて、遂に両者が足を止め、対峙する構図となった。僅かな距離を取っての、睨み合いだ。一触即発、もし村民の誰かが均衡を破ったら、群衆は一気にサー・アドルファスに襲い掛かっていただろう。

だが、その前にシャーロック・ホームズが動いた。彼は馬車から飛び降りると、群衆に気を取られているサー・アドルファスの背後に近寄ったのである。そしてステッキを振るって、サー・アドルファスの後頭部を殴ったのだ。

がつりという鈍い音とともにサー・アドルファスはばったりと倒れ、ぴくりとも動かなくなった。村民たちも、突然のことに唖然としているようだった。

そんな彼らに向かって、シャーロック・ホームズは大声で叫ぶ。

「サー・アドルファスの狼としての部分は、わたしが責任を持って取り除く。わたしは探偵のシャーロック・ホームズ、外科医のワトスン博士もいる。あとはどうか我々に任せて、諸君は解散して頂きたい」

わたしの名はともかく、シャーロック・ホームズの名はノーフォークの片田舎にまで知れ渡っていたようだ。群衆の間から驚きの声が上がるとともに、彼らが醸していた怒りの雰囲気が、徐々に薄れていくのがはっきりと判った。

その間に、マクドナルド警部と巡査が意識を失ったままのサー・アドルファスを抱きかかえ、引きずって馬車に乗せた。

「さあ、皆さん、家へお帰りを。サー・アドルファスの症状が回復したら、皆さんにも報告することを約束しよう。では、失礼する」

ホームズがくるりと踵を返して馬車へ向かったので、わたしもそれに従った。馬車に乗る際に背後を確認すると、村民たちは三々五々引き返していく。最後までこちらを見ていたダニー・ブースも戻っていくようだったので、心の底から安心した。

走り出した馬車の中で、わたしは言った。

「それにしてもホームズ。昏倒するほど激しくサー・アドルファスを殴らなくても良かったんじゃないのか。あれで群衆の暴力的感情の堰が切れて、私刑が始まってしまったかもしれないぞ」

「いや、逆だよ」とホームズは手の甲で額の汗を拭いながら言った。「村人たちの気持ちは、激しく盛り上がっていた。あそこで何らかのカタルシス、ショックを与えたからこそ、彼らも収まりがついたんだよ。あの場合、あれはどうしても必要な行為だったんだ。僕はボクシングをやっていたから、どれぐらいの強さで殴れば怪我をさせることなく気絶させられるかは判っていたしね」

我々はサー・アドルファスを〈リーハム館〉に運び込み、使用人の手を借りてベッドに寝かせた。少ししたところでキャラハン医師が、続いてライディング警部が駆けつけてきた。医師がサー・アドルファスを診察するのを、レディ・メルヴィナはおろおろとした様子で、息子のハワードは顔面を蒼白にして、見つめている。医師がカバンから気付け薬を取り出して嗅がせると、サー・アドルファスはようやく意識を取り戻した。そこにいた全員が、安堵の吐息をついた。

「一体何が……」と、サー・アドルファスがかすれ声で言った。

「ここはあなたの寝室ですよ」ホームズが言った。「何があったか、覚えておられますか?」

「わたしは……ずっと寝ていたはずなのだが……」

「あなたは発作を起こしていたのです」キャラハン医師が言った。「今度こそ、大変な騒ぎになるところでした」

「そうだったのか……」

サー・アドルファスを休ませるため、使用人をひとりだけ残し、我々は彼の寝室を出ると、居間へと移動した。

ここでシャーロック・ホームズは、鋭い眼差しを医師へ向けて、言った。

「ドクター・キャラハン。あなたは先ほど、我々に告白をしたようでいて、その実、全てのことを語ってはいませんでしたね」

「……何がおっしゃりたいのですかな、ホームズさん」

「何もあなたを罪に問おうというわけではありませんよ。僕はただ、真実を確認したいだけです。……どうやら自分の口からは言いにくいようですね。では、僕から申し上げましょうか。

ドクター・キャラハン——あなたは例の狼を飼育していた間、逃がしてしまったことがありましたね、違いますか」

　しばしの後、医師は口を開いた。

「……あなたには何も隠すことはできないのですな。おっしゃる通りです。隠していて本当に申し訳ありませんでした。あれは……狼を手に入れて二か月ほど経った頃のことだったでしょうか。わたしは村はずれの小屋で狼を飼育していたのですが、狼の様子を確認した上で餌を与えようとそこへ行きました。しかし檻を覗き込んだわたしは、全身から血の気が引くほどの衝撃を受けました。檻の扉が開いており、中は空っぽだったのです。懸命に前日のことを思い返しましたが、最後に餌を与えた時にきちんと掛け金をかけたかどうか、記憶は曖昧でした。わたしは大慌てで付近を探し回りました。ですが狼の姿はどこにもなかったのです。探し物が探し物だけに、誰かに手伝ってもらうことはおろか、見かけなかったかと人に尋ねることすらできません。結局、すごすごと自宅に帰るしかありませんでした」

「ですが結果的には、狼は見つかった。そうですね」と、ホームズが鋭く言葉を挟む。

「そうです。狼が消えた翌日も、わたしは丸一日探し続けましたが、無駄骨に終わりました。ところがほぼ二日が経過し、わたしが絶望していた頃になって、狼は姿を見せたのです。わたしが小屋に入ると、檻にこそ入っていなかったものの、そこに狼が待っていました。狼は腹を空かせていたらしく、餌を用意した檻の中に自分から入っていったので、元通り檻に閉じ込めることができたのです。ほっと安心したわたしは、檻の掛け金をかけ忘れたために狼が脱走し、しかし食べ物に不自由して戻ってきたのだ、と考えました。だから何も問題ない、と思ったのです。いえ、そう思いたかったのです。なのにその後、狼と化したサー・アドルファスがダニー・ブースの羊を襲ったという話を聞きました。わたしはそれはサー・アドルファスの変身した姿ではなく、逃げ出した自分の狼だったのでは、と疑いました。その疑いをもっと早く口にしておくべきだったとは思います。ですが、自分の責任を問われかねないことが分かっていたので、とても言えなかったのです」

「狼って、一体何のお話ですの?」夫人が言葉を挟んだ。

「すみません、レディ・メルヴィナ」ホームズが彼女に言った。「貴女(あなた)には、何のことやらお分かりにならないでしょう。ですが、君にはよく分かっているはずですよ——ハワード・レヴァリッジ君。今回の一件をこれだけの大事件にまで発展させたのは、君なのだから」

その台詞(せりふ)を聞いて、居合わせた全員が驚いた。……いや、全員ではなかった。ホームズに名指しされたハワード青年は、明らかに動揺していた。

しばらく黙りこくっていたハワード青年は、皆の注目と沈黙に耐えきれなくなったのか、やがて口を開くと力なく言った。「誰も傷つけるつもりなどなかったんです。本当です。それだけは信じて下さい。父も、村人も。ダニー・ブースの羊についてだけは意図的にやったことですが、本当に申し訳なく思っています。ただただ、父が病院に入るように仕向けたかっただけなんです。そして父に責任能力なしとの判断が下されれば、家督は実質的にぼくに譲られる。それが目的だった。財産が目当てだったわけじゃない。ぼくはあくまで、アビーと結婚したかっただけなんです」

「アビー?……アビゲイル・サーキス嬢のことかね」とホームズが問うた。

「そうです。ぼくとアビゲイルは、実は子どもの頃から好き合っていたんです。でも、親同士が憎しみ合っていることは子ども心にも分かっていましたから、ぼくたちの感情は隠しておいたほうがいい、というぐらいの知恵は働きました。そして大人になり、二人の愛情はますます強くなりました。愛は秘めれば秘めるほど深まるものなのかもしれませんね。そこでぼくたちはお互いに、自分の親に仄めかしてみることにしたのです。ぼくたちが結婚すれば、両家の長年に亘る反目が解消されるのではないか、と。アビゲイルの父親の反応は、悪くありませんでした。しかし、ぼくの父はまるで駄目だったのです。サーキス家の血がレヴァリッジ家の血に混じるなど汚らわしい、と言わんばかりで。ですから、とても口に出すことはできませんでした――『ぼくたちは長年愛し合っており、今すぐにでも結婚したいのです』などとは」

「それで考えたのが、サー・アドルファスを入院させる手だてだったのだね」

「はい。迷信深い父は、なまじレヴァリッジ家の血筋を誇りに思っているだけに、自分も人狼となる可能性について昔から恐れを抱いていたことは、身近にいるぼくはよく知っていました。しかも父には夢遊病の気があり、夢うつつのうちに狼になってしまうのではないか、と非常に恐れていたことから、ぼくは計画を思いついたのです。ぼくはメスメリズムについて詳しい本を読み、研究しました。そして就寝中の父の耳元で囁いたり、夢遊病で眠ったまま歩き出した時に暗示を与えたりしたのです。その効果が現われ、遂に父は両手両足で狼のように駆け回ったり、吠えたりするようになりました」

「とはいえ、それは誰に対してもできるというものではなかったでしょうな」ホームズが言った。「あくまで、自分自身が〝狼になるのでは〟という強迫観念に駆られている、サー・アドルファスゆえに効果があったのかもしれません」

ハワード青年はうなずいた。「父から相談を受けたドクター・キャラハンが狼を取り寄せ、しばらく飼育することを知りました。その情報源はまあ、医師の使用人のひとり、とだけ申し上げておきましょう。ぼくは、この狼も利用することにしました。医師がいない間に小屋に侵入しては餌を与え、手なずけました。狼がぼくに馴れたところで、狼を盗み出したのです。犬用の首輪をはめ、紐で引いたところ、狼は大人しくついてきました。その頃には、父はたびたびうろつき回るようになっており、その日も獣のような恰好で徘徊を始めたので、早速その狼を連れて父の後をつけました。あの晩、父は羊飼いのダニー・ブースの家のほうへ向かいました。これは好機だと思い、ダニー・ブースが出てきて父を目撃した後、石を幾つも投げて父を追い払ったのです。父がいなくなったところで、狼を子羊に向かって放ちました。狼は、大喜びで飛び掛かりました。ぼくは叢の陰に隠れていたのですが、ダニー・ブースが家の中に逃げ込んだので、狼のもとへ行って紐を摑んで引っ張りました。しかし狼は子羊にかぶりついて離れようとしません。そこでそのまましばらく食べさせ、狼が満腹になり子羊が骨ばかりになったところで、残りをぼくが運んで処分しました」

「その経緯は、僕も概ね推理していましたよ」とホームズが言葉を挟んだ。「ダニー・ブースの家の周囲は、僕も検分しました。大分薄れてしまってはいたけれど、血の跡の周囲に獣の足跡、靴の足跡、そして裸足の足跡が残っていました。裸足はサー・アドルファス、獣は狼、靴跡は狼を連れてきた人物のもの、と推測できましたからね。投げられた石もありました」

現場を確認した際、ホームズが「元の位置から移動している石」云々と言っていたのはこのことだったのかと、今さらながら彼の人並み外れた観察眼と推理力に感服するばかりだった。

「その翌日も狼を使って、父が人狼になったのだと多くの人に思い込ませるようにしました。しかしいつまでもそれをやっていてバレてしまったら元も子もなくなってしまいますから、狼は二日後に小屋へ戻しておきました。勝手に逃げ出して、食べ物に困って戻ってきたのだとドクター・キャラハンが考えてくれることを期待して。その狼が処理されてしまってからは、もうその手は使えません。しかし医師が狼の腺のエキスを父に注射したことを知ってからは、そちらの方向で父を誘導しました。免疫力をつけるはずの狼の成分のせいで、かえって狼と化してしまうのではないか、と父が心の底で恐れていたのは確実です。ですから、また父に暗示を与えました。『これで完全に狼になってしまうぞ』と。これで父は、無意識のうちに自分が狼だと思い込んで、毎夜のように村を走り回るようになり、村中、その噂で持ちきりになりました。これでもう、ぼくの目的は達せられたと思っていました。……まさか、狼狩りなどという恐ろしいことが起きようとは、考えてもいませんでした。神かけて誓います。父を傷つけたり、生命を奪おうなどというつもりは、これっぽっちもなかったのです。どうか許して下さい」

ロンドンへ帰る汽車の中で、マクドナルド警部がシャーロック・ホームズに尋ねた。

「ホームズさんは、いつから真相に気付いてらしたんですか？」

「そうだねえ」ホームズは煙草の煙を吐き出しながら言った。「僕は人狼なんて超自然的存在がいるなどとは、最初から思っていなかった。だから、何らかの合理的な説明がつくだろうとは、君の話を聞いた時点から確信していたんだ。まあ、ハワード青年の行動については、羊が殺された現場を捜査して判ったんだがね。残されていた靴跡の大きさと形状を見て、最もそれに近いものを履いていたのがハワード青年だったと思い出し、何があったのかをほぼ推理できたよ」

「彼とアビゲイル・サーキス嬢の関係については、お気付きでしたか？」

「基本的に男女関係については、ワトスン君の得意分野なんだがね。それでもまあ、〈リーハム館〉でアビゲイル・サーキス嬢を見かけた際、彼女の様子にはおやっと思った。敵対する一族の館へ、しかも父親の秘書代わりという面倒な役割で来ているというのに、浮かべている表情や振舞いに、彼女があそこを訪問するのを喜んでいる節があったんだよ。あれは愛しいハワード青年に会えるがゆえだったのだね」

「いやはや、ホームズさんはやっぱり凄い！　自分の知る限り、世界一の探偵ですよ！」

マクドナルド警部の手放しの賞賛に、シャーロック・ホームズは少しだけ得意げな表情を見せていた。

後日、ノーフォークのライディング警部から手紙が届いた。それを読んだホームズは、内容をかいつまんで説明してくれた。

羊飼いのダニー・ブースは、普通の羊なら二頭は買える金額をレヴァリッジ家に補償してもらったので、一切文句を言わなくなったという。

羊以外には実害のなかった事件なので、ハワード青年は罪に問われることはなかった。サー・アドルファスは近々オーストラリアの開拓会社に出資するのだが、ハワード青年はこの会社の一員としてオーストラリア大陸へ派遣されることになった。彼は南半球へ出発する前に、アビゲイル嬢と婚約することになっている。彼が困苦を乗り越えて立派に働けば、英国に戻って結婚してよい、とサー・アドルファスが約束してくれたそうだ。

「ところで」とわたしは言った。「サー・アドルファスの人狼行動はその後どうなったか、書いてあるかい」

「ああ。ハワード君の暗示がなくなり、キャラハン医師から普通の夢遊病の治療を受けた結果、深夜の徘徊はなくなったそうだよ。村民たちの信頼も回復し、関係はまた良好に戻ったらしい」

「そいつは何よりだ」

「そうそう、それからこれはロンドンでの話だが。マック君――マクドナルド警部も、地方警察からの要請を無事にこなしたということで、ヤード内での評価が上がったらしいよ。この間、レストレード君がそんなことを言っていた」

「それは良かったが、君が手伝ったことを知っているのは、ヤードでは本人以外にはレストレード警部だけなのかい。それも理不尽な気がするが」
「なに、僕は自分の評価なんて二の次さ。これでマック君がまた面白そうな事件をベイカー街に運んできてくれれば万々歳だよ」
そう言って彼は、手紙を書類の山の一番上に置いたのである。

これは一八八〇年代も終わりに近い年の年頭で、このころはまだアレック・マクドナルドも一介の若手刑事、現在のような全国的な名声には程遠いところにいた。(中略)
これまでにすでに二度、ホームズの協力で事件を解決したことがあるが、ホームズ自身がそれから得た報酬といえば、事件そのものの与えてくれる知的な喜びだけ。

——『恐怖の谷』(深町眞理子訳)

詮索好きな老婦人の事件

わたし――ジョン・H・ワトスン博士が諮問探偵シャーロック・ホームズの記録係兼相棒という立場にあることは、これまで彼の事件記録を読んできた方ならば、既にご存じの事柄だろう。そんな立場にあるわたしがホームズに事件を持ち込むということは、滅多にない。だが物事には例外が付き物だ。ヴィクター・ハザリー氏の事件や、ウォーバートン大佐の事件などは、正にその例外だった。

またそれとは別に、わたしにはその意図すらなかったのに、ホームズへ事件をもたらす結果になったことがある。それが、ここに記すホスキンズ夫人の一件なのである。

わたしの本業は、あくまで外科医だ。しかしベイカー街二二一Bの下宿に、診療専用の部屋を確保することはできない。それゆえ、わたしの外科医としての仕事は、往診によるものがほとんどであった。

一八八七年六月の、ある晴れた日のこと。シャーロック・ホームズは数日前から「ベルギー大使と器用な白熊」に関する事件を抱えていたものの、推理を働かせる余地がほとんどない、とぼやいていた。これは我が国の外務省の依頼で捜査することになったものだが、「外務大臣じきじきの頼みでさえなければ、最初から引き受けはしなかったのに」とまで言っていた。「政府の一役人が、わざわざ僕を使うよう大臣に進言したらしいんだ」とも。

なんでも、事件の真相は最初から明々白々だが、ベルギー政府に報告するには証拠が不十分で、それを得るためには頭よりも足を使って調べ回らねばならないということだった。

「だから」とシャーロック・ホームズはわたしに言った。「君に記録係を務めてもらうほどのものじゃないんだ。同行してもらっても、面白いことはほとんどないだろうしね。だからさっさと調べて、さっさと終わらせてしまうことにするよ」

そして彼は、ひとりで出て行ってしまった。ベルグラヴィア方面へ出かけて、ベルギー大使館界隈で聞き込みをしてくるらしい。

そこでわたしは、その日の当初の予定通りに、ホームズとは別行動を取って往診に出かけることにした。診察鞄を片手に、ベイカー街の下宿を出発する。目的地は、ウォルワース地区だった。テムズ河を渡った向こう側で、歩いてだと一時間以上かかるが、わたしは最近少し胴回りが気になっていたので、辻馬車には乗らないことにした。幸いにして、天気も良好だったので、歩いていて気分がよかった。

途中から額に汗をかきつつも、予定通りの時間でウォルワース界隈に到着した。トラファルガー街の裏、デイト街の北側に住むホスキンズ夫人が、わたしの患者だ。

ホスキンズ夫人は、十年ほど前に夫を亡くした老婦人だ。今では、息子夫婦と一緒に暮らしている。最近腰を酷く痛めてしまい、それ以来ベッドから起き上がれないでいる。そのために病院へ行くことができず、わたしのように往診する医師に頼った、というわけだった。

「具合はどうですか、ミセス・ホスキンズ」

「おかげさんで、だいぶ具合はいいですよ、ワトスン先生」

わたしが腰の具合を確認したり、湿布を換えたりしている間、彼女は暇でしょうがないのか、話し相手が欲しくてたまらないのか、ずっと話し続けていた。

「もうお話ししましたっけ。あたしゃ、昔はコヴェント・ガーデンで花売りをやってたんですよ。『旦那様、きれいなお花はいかがですか』ってね。ロイヤル・オペラ・ハウスの前で商売をやってたんですけど、これでも、その界隈じゃ結構名の知れた花売り娘だったんですよ。若い頃は男どもがほっといちゃくれなかったんですから。今の皺くちゃばばあしか知らない先生は、信じちゃくださらないかもしれませんけどね」

「いやいや、信じますとも」

実際、彼女はすっかり歳をとってしまい、頭は銀髪になってはいたけれども、昔の美貌の名残はとどめていた。幸いにもそれほど太ってしまってはいなかったので、かつての様子は十分に想像できた。さぞかし、男たちから声をかけられたに違いない。

「しょっちゅう観劇に来る有名人——作家とか政治家とか教授といった人たちは、あたしのことをずいぶんと贔屓にしてくれたんですよ。そんな中で、弁護士だった夫に見初められましてね。結婚して家庭に入り、花売りは引退しました。今じゃ息子も亡き夫と同じ職について、あたしが悠々と養生できる身分にしてくれたんですから、元花売り娘としちゃ果報者ですよ」

「そうですね。……ここ、まだ痛みますか？」

「はいはい。先生に診てもらう前ほどじゃありませんが、まだ少し痛みますねえ。まったく、この痛みのおかげでベッドを離れられないもんですから、もう退屈で退屈で。できることっていえば、窓から外を眺めることだけなんですからね」

彼女はその出自ゆえ、文字を読むのがあまり得意ではない。だから、本を読むのも彼女にとっては結構な苦労を要する作業であり、暇つぶしとはなりにくいのだった。

わたしが診察を終えて器具の片付けを始めても、彼女は話をやめようとはしなかった。誰かに話をすることが、彼女にとっては重要な気晴らしだと分かっていたわたしは、そのまま聞き役を務めることにした。

「そうそう。ほんとに暇なもんで、ずうっと外を眺めてたら、気が付いたことがあるんですよ。はす向かい、こっから見て右手の建物がありますでしょ。あの二階は貸し部屋になってるんですけど、ずいぶんと前から空き部屋だったんですが、こないだ、急に借り手がついたみたいなんで、驚いてしまいましたよ」

「右手って……あれですね」

振り返ると、窓から確かに共同住宅らしき建物が見えた。

「ええ、そうです」

「しかし、貸し部屋に借り手がついたぐらいで、どうして驚いたんですか」

「いえね、それには訳があるんですよ、先生。ずいぶんと前から空き部屋だったというのには、理由がありましてね。前は、ずーっと借り手がいたんですけど、最後の住人が、あの部屋で首吊り自殺をしたんです。しかも、その幽霊が出るって噂まで流れまして。そのせいで、わざわざあそこを借りようっていう酔狂な人間がなかなか現われず、空き部屋のままだったんです。なのに、急に人が住み始めたもんで、びっくりしてしまったんですよ、先生」

「ほう、そうだったんですか」

その後も彼女は、親族の話や、昔話などを延々と続けた。かなりの時間それに付き合ったけれども、診察を終えてとうに一時間が経過していたので、さすがに話の切れ目を待って立ち上がった。

「申し訳ないが、次の用事があってね。ではホスキンズさん、安静になさって下さいよ」

「言われなくても動けやしませんよ、ワトスン先生」

彼女のもとを去ったわたしは、復路も歩くことにした。ようやくベイカー街へ帰り着いたわたしは、ハドスン夫人にお茶を頼んだ。彼女は温かいお茶と一緒にサンドイッチも持ってきてくれた。それらを味わい、わたしはようやく人心地ついたのだった。

そこに、シャーロック・ホームズが帰ってきたのである。

「ただいま、ワトスン君。おや、いいものを食べているじゃないか。ハドスンさん、僕にも同じやつをお願いしますよ」

そう言いながら彼は、わたしの皿からサンドイッチをひとつつまみ上げ、食べてしまった。

「いやはや、疲れきったよ。今回の事件、もしかしたら少しぐらい面白いところがあるかもしれないと内心期待していたんだが、全く駄目だったね。全てが予想の範囲内で、意外性のかけらもなかった。ただひたすら、足を使って調べるばかりで、少しも楽しくない。外務省には、依頼料を多めに請求することにしてやろう。そうでもしないことには、割に合わないよ」

ホームズは長椅子に身を投げ出し、ぐったりとしていたが、ハドスン夫人が彼の分のお茶とサンドイッチを運んでくると、起き上がって飲み食いし始めた。

「やあ、やっぱりハドスンさんのお茶とサンドイッチは絶品だね。おかげで少し気分が良くなった」

そこで先に食べ終わったわたしは、ホスキンズ夫人の話をした。シャーロック・ホームズは黙って聞いていたが、ホスキンズ夫人の観測内容に話が及ぶと、はたと手を止めた。

「ワトスン君、待った。君はウォルワース地区へ往診に行ったんだったね」

「ああ」

「それではす向かいに、かつて住人が自殺した空き部屋があるということは……もしや、その老婦人の部屋があるのはデイト街の北側かい？」

我が友の指摘に、わたしは驚いた。

「うむ、その通りだが、どうして判ったんだい、ホームズ？」

「ちょっと心当たりがあってね。いや、君の患者の老婦人ではなく、デイト街で自殺した男のほうにだが」

そう言うと、シャーロック・ホームズは何やら考え込んでしまった。お茶とサンドイッチに手を伸ばすのも忘れ、両手の指を山形に突き合わせている。どこか中空を見つめ、わたしが声をかけても耳に入らない様子なので、それ以上話をするのはやめにしておいた。

しばらくしてホームズは思索から我に返り、わたしのほうを向くと、言った。

「君が次にその老婦人のところへ往診に行くのは、いつの予定だい?」

「金曜日だから、四日後だ」

「よし。ワトスン君、その時、僕も同行させてくれたまえ」

この言葉には、先刻の指摘以上に驚かされた。これまで彼がそんなことを言い出すなど、一度もなかったのだ。

「構わないけれども、君は外務大臣に頼まれた事件を捜査中じゃないのかい?」

「ああ、あれか。あの事件なら、今日の調査で目鼻がついた。三日以内に解決してみせるよ」

シャーロック・ホームズの言葉に偽りはなかった。彼は翌日、朝から晩まで駆けずり回り、翌々日には「ベルギー大使と器用な白熊」事件を完全に解決してしまったのだ。

その結果を外務大臣に報告してきたというシャーロック・ホームズは、上機嫌で帰宅した。ソファに腰を下ろすと、伸びをしながら言う。

「一緒に食事を、と大臣に言われたけれど、断ってきたよ。あんな連中と食事をしても、楽しくもなんともないからね。僕にとっては、明日のことのほうがよっぽど楽しみだ。よろしく頼むよ、ワトスン」

そして紙巻き煙草に火を点けると、煙を吹き上げながら調子よく鼻歌を唄っていた。それは彼自身が時々ヴァイオリンで弾いている曲だった。

金曜日、ホームズは本当にわたしの往診に同行した。いつもなら歩いて行くところだが、ホームズが「運賃は僕が持つから」と言うので、一緒に辻馬車に乗って行くこととなった。

ホスキンズ夫人は最初、わたしが我が友を従えているのを見て、不思議そうな顔をした。だがそれも、短い間のことだった。気が付けば、わたしが診察をしている間、ホスキンズ夫人はホームズ相手に喜色満面で喋っていた。

シャーロック・ホームズは、恋愛は頭脳を理性的に働かす邪魔になることはあっても、ためになることはない、という考えの持ち主だ。だから美しかろうと若かろうと、彼が女性に恋愛感情を抱くことはない。しかしその一方で、女性に対して上辺だけでなく心から紳士的な態度を取る。若かろうが年寄りだろうが、貴婦人だろうが職業婦人だろうが関係なく。そのためか、彼には女性の信頼を得る特別な能力がある。女性に心を開かせる天性の術を身につけているのだ。

今回も、ホスキンズ夫人はシャーロック・ホームズと初対面である上、往診の場に居合わせているだけの医者でもなんでもない人物だというのに、全く疑問も抱かずに話を交わしているのだ。その様子からして、早くもホームズに全幅の信頼を寄せているようだった。

ホスキンズ夫人は、自分の家族関係の事柄をとうとうと話し続けていた。シャーロック・ホームズはそれに大人しく耳を傾けていたが、彼女がちょっと話を途切れさせた瞬間、素早く口を開いた。

「ところでホスキンズさん。先日、ワトスン博士にしたという、はす向かいの空き部屋が埋まった話、僕にも詳しく聞かせて頂けませんか。また、あれ以降に何か変化があったら、そちらについても是非お願いします」

ホスキンズ夫人は一瞬驚いた表情を見せたものの、一度使ってしまった話の種を新しい聞き手にまた使えるということ、それも乞われてという嬉しい事実を理解したようで、咳払いをひとつすると、一から話を始めた。

ホームズは繰り返し繰り返し大きくうなずき、夫人の話を促す。やがて、前回わたしが往診に来て以降の話となった。ここからは、わたしも聞いていない内容だ。

「その後も、相変わらずこのベッドから動けないあたしは、窓から見える狭い範囲の景色に、ずっと注目してました。それが、唯一のひまつぶしですからね。特に例の部屋については、何か動きがないか、ずっと注意してました」

「あの部屋を借りたのは、どんな人物でしたか？　出入りしているのは何人ぐらいいますか？」

ホームズが問い掛ける。

「基本的にはひとりです。ここからですので細かく判るわけじゃありませんが、黒髪で中肉中背の男性です。……でも、ちょっとおかしいんですよ、ホームズさん」

「ほう」ホームズが身を乗り出した。演技でもなんでもなく、本当に強い興味を抱いたようだ。

「どうおかしかったんです？」

「それがですね、使用人を使わずに、自分で掃除をしてるんですよ。それもずっと。一体、何をしてる人なんでしょうね」

「実に面白い。……ホスキンズさん、まさかあの部屋を扱っている管理会社までは、ご存じではないですよね？」

「あら、判りますわよ。だって、窓のところにずっと『貸し部屋あります』の看板が出てましたから。その看板に『ケンナード&モーガン商会　オールド・ケント・ロード一二〇番地』って連絡先が書かれてましたわ。いつも見てたから、すっかり覚えてしまいました」

「素晴らしい！……さて、ホスキンズさん。そんなあなたにしか頼めない、とても重要なお願いがあります」

「なんなりとどうぞ、ホームズさん。あたしにできることでしたら、喜んで」

「今後も、あの部屋を監視し続けて頂きたいのです。あそこの動きなら、どんなことでも見逃さないで下さい。できれば次の往診の時も僕が一緒に来ますから、その際に様子をご報告頂けると助かります」

「わかりましたわ、お任せ下さい」

ホスキンズ夫人は、ホームズの手の甲をぽんぽんと叩いた。

肝心の診察の結果は——最早、今回の訪問の主目的が何だったか判らなくなっていたが——悪くなっていないけれども良くもなっていない、というものだった。

この日は、ホスキンズ夫人の息子も在宅していた。弁護士をしているという四十代半ばの彼は、帰り支度を済ませて玄関へと向かうわたしたちに言った。

「母がご迷惑をおかけしてすみません。腰を診て頂くために遠くから来てもらっているだけでも申し訳ないのに、なんだか妙なことに巻き込んでしまって。年寄りの妄言ですから、適当にあしらって下さい」

「いやいや」とホームズはホスキンズ氏に言った。「あなたのお母さんは、実に素敵な方ですよ。それでは、失礼致します」

ホスキンズ家の部屋を出て階段を降りる途中、わたしは言った。

「さてホームズ、次は問題の部屋へ行ってみるのかい?」

「とんでもない」とホームズは強い声で答えた。「そんなことをするわけがないだろう」

「それはどうしてだね?」

シャーロック・ホームズは、さも呆れ返ったと言わんばかりに、頭を左右に振った。

「僕なんかが訪ねていったりしたら、警戒されてしまうかもしれない。それは最悪の手だし、あそこで何が起こっているのか、はっきり判らないままに終わってしまう可能性がある。僕は〝真実〟を知りたいのだから、それだけは絶対に避けねばならない」

とはいえ、我が友がこれだけで帰るような人間ではないことを知っていたので、歩道に出たところでわたしは言った。

「それでは、次は何をするんだい」

「せっかく彼女に教えてもらったじゃないか——ケンナード&モーガン商会さ。管理会社なら何か情報を仕入れられるはずだ。だけどワトスン君、僕が探偵だなんて言っちゃ駄目だぜ。かえって話を聞き出せなくなるから」

そう言ってホームズは、さっさと歩き出した。ホームズの頭の中には、ロンドンの詳細な地図が入っている。だから通りの名前を聞いただけで、それがどこなのかすぐに判るのだ。

彼の先導は正確で、気が付けば道路標示はオールド・ケント・ロードになっていた。更に進み、一軒の建物の前でぴたりと足を止める。

「ここだ」

確かに、その建物には〈ケンナード&モーガン商会〉の看板が出ていた。

我々を迎えたウェールズ訛りのある事務員に、この会社が扱っている物件について訊きたいことがあるから責任者へ取次いで欲しい、と頼んだ。待つことしばし、背丈は平均的だがお腹の部分が少し出っ張った、口ひげを生やした人物――グスタフ・ケンナード氏が奥から現われた。セヴィル・ローで仕立てたと思しき高級そうな衣服と、カフスにはめた宝石入りのボタンから見て、稼ぎがかなりいいのが窺えた。

だが折角相手が現われたのに、ホームズは用向きをすぐに伝えるかと思いきや、事務所の壁に飾られている絵画――若い婦人を描いたもの――を見ながら、全く無関係な話をし始めたのである。

「いやあ、これはまたいい絵ですね。色使いは伝統的だが、タッチは大胆。モデルの選択もいい。胸元に配された宝石がまた、ご婦人の美しさを引き立てている。このような事務所に飾るのに、実に相応しい絵です」

一体何を言い出すのかとわたしは半ば呆れてしまった。ケンナード氏も同様ではないかと思って彼の様子を窺うと、あにはからんや、その顔は緩んでいたのである。

「それで、どの物件についてのご用ですかな」

ここでようやくホームズは本題に入った。「デイト街の南側に、空き部屋があったと思うのですが」

「〝パラドールの部屋〟のことですかな。生憎と、あそこはつい最近埋まってしまいまして」

「それは残念。ですがどうしてまた、そんな名前で呼ばれているのでしょう」

「もう何十年も昔ですがね。あそこにムッシュ・カミーユ・パラドールというフランス人がずっと住んでいたのですよ。本当か嘘か知りませんが、彼はオペラ歌手のルサンダ・パラドールの弟だと名乗っていましてね。タロット・カード占いを得意にしていて、あそこで客を占っていたんですよ。それで〝パラドールの部屋〟と呼ばれるようになり、彼が亡くなって住人が入れ替わっても、その名が残ったのです」

「なるほど。ですが、数年前に住人が自殺して以来、借りる人がいなくなってしまったそうですね」

「おや」とケンナード氏は、少し驚きの色を滲ませた声で言った。「そんなこともご存じでしたか」

「ええ。実は、いわくつきの部屋なら、安く借りられるかもしれないと思っていたのですよ」

「ご存じなら、まあ、喋ってしまってもいいでしょう。売れない役者をしていたディーン・ジェイクスという男が住んでいたのですが、首を吊って死んだんです。全く、こちらにとっては迷惑な話ですよ。しかも『ディーン・ジェイクスの幽霊が出る』などという噂まで流れてしまいましてね、パラドールの部屋に住もうとする人はいなくなってしまったのです。まあようやく、借り手が現われたので、当方もほっとしております」

「その借り手主は、やはり占い関係の人とかですか」

「いえ違いますよ。ごく真っ当なお仕事をされている方です」

「そうでしたか。ところであの部屋は、家具付きだったんですか」

「ええ、そうです。新たな住人も、そこを気に入って下さったようです」

シャーロック・ホームズは更に幾つか質問をしたけれども、それ以上の情報を得ることはできなかった。我々はケンナード氏に礼を述べ、ケンナード&モーガン商会を後にした。

ホームズは、笑みを浮かべつつ手をこすり合わせて、言った。

「だいぶ収穫があったぞ。この調子なら、あっという間に解決だ」

「そうなのか。わたしには、どこがそれほどの収穫だったのか、さっぱり判らないよ。それにしても、君が彼の審美眼を褒めた途端、態度が急に変わったな。あれは君の計算かい、ホームズ?」

「なんだ、君は判っていなかったのか」ホームズが呆れたような声で言った。「彼がご機嫌になったのは審美眼を褒められたからではなく、自分の作品を褒められたからさ」

「自分の作品っていうと——あれを描いたのは、彼自身だったのか！　どうしてそんなことが判ったんだ？」

「全く、君はものを見ていても観察していないねえ。彼の爪の先をちゃんと観察したかい。きちんと洗ってはいたけれども、様々な色の汚れが落としきれずに残っていただろう。あれは絵の具だよ。そして飾られている絵も古いものではなく、比較的新しい臭いがした。とすれば、彼が日曜画家であり、あの絵の作者であると考えるのが当然じゃないか」

確かに、言われてみればその通りだった。だが、わたしにはそれが全く判らなかったのである。

「実は」と言いながらホームズは笑みを浮かべた。「決め手となったのは、絵に入れられたイニシャルだったんだがね」

その後ホームズは、パラドールの部屋の一件に、すっかり魅惑されてしまったようだった。犯罪事件の依頼がちょうど途切れており、ホームズはそういう時期には憂鬱になるのが常だったのだが、まるで難事件を追っている最中のように上機嫌のままだった。

数日後、ハドスン夫人が大慌てで、我々の部屋に駆け込んできた。彼女がお盆に載せていたのは、外務大臣閣下の名刺だった。

外務大臣は、「ベルギー政府とのやりとりに成功し、ひとつ貸しを作ることができた」と、わざわざホームズに礼を言いに来たのだった。いつものホームズなら、けんもほろろな応対をするところだが、機嫌の良さのおかげか実に紳士的に振舞っていた。外務大臣が感謝のしるしにと差し出した、精密な細工のなされた銀製のシガレットケースを、彼は受け取ったのだった。

その後ホームズは宣言通り、次のホスキンズ夫人宅への往診に同行した。馬車の中で、ずっと口笛を吹いているほどのご機嫌ぶりだった。

我々が現われるとホスキンズ夫人は、診察しようとするわたしのことなどほったらかしにして、我が友に向かって言った。

「お待ちしてましたわ、シャーロック・ホームズさん。ほんと、あなたがいらっしゃるのが待ち遠しくて」

ホームズもまた、これが往診であることなど忘れたように、すぐに夫人のベッドの脇へ立った。

「何かありましたか、ホスキンズさん」

「それがあったんですのよ。あの部屋に、とっても意外な人物が現われたんです。誰だと思います?」

ホームズは苦笑いした。「僕でも判りませんねえ。誰だったんですか?」

「煙突掃除夫です。煙突掃除夫が来たんですよ」

一体どんな予想外の人間がやって来たのかと期待して聞いていたわたしは、ちょっと肩透かしを喰らってしまい、思わず口を開いてしまった。

「別に煙突掃除夫なんて、この街に珍しくもなんともないんじゃありませんかね」

わたしの台詞（せりふ）を聞き、シャーロック・ホームズはやれやれというように頭を左右に振って言った。

「まったく、一番近いところで僕の手法を見ていながら、判らないのかい。ホスキンズ夫人のほうが、よっぽど判っているよ。ホスキンズさん、すみませんが、鈍い彼のために説明してやって下さい」

「よろしゅうござんすとも」とホスキンズ夫人は大きくうなずいた。「あの部屋は、ずっと空き部屋だったんです。空き部屋ということは、暖炉も焚（た）いていない、ということです。だから、煙突も汚れていないはず。新たな住人は、まだ部屋に入ったばかりです。なのに煙突掃除夫を呼ぶというのは、おかしいじゃありませんか」

「ブラヴォー！」ホームズはそう言って、ホスキンズ夫人に向かって手を叩いた。「あなたは素晴らしい観察力、そして洞察力の持ち主だ。探偵になったら、結構な腕前を発揮できると思いますよ」

ホームズのこういうところこそ、ご婦人方に受ける要素なのだろう。実際、ホスキンズ夫人は、まるで美貌を讃（たた）えられたかのように、頬を紅潮させた。

ホームズは続ける。「ではホスキンズ夫人、そんなあなたに少々質問させて頂きましょう。その時の煙突掃除夫は、どんな人物でしたか？　次に顔を見た時に、確認できますか？」

我が友の問いかけにホスキンズ夫人は考え込むかと思いきや、得意満面で答えた。

「顔を確認できるどころか、名前まで判りますわ。あれはエセルバートでした。〝ヘビ（サーペント）のエセルバート〟です。この界隈を縄張りにしている煙突掃除夫ですし、何より、あの体型。一目でそうと判りましたし、絶対に間違いありません」

「ヘビのエセルバート？　体型ですって？」

「ええそうです。煙突掃除夫って、煙突の中に入るのは身体の小さな子どもにやらせるでしょ。でもエセルバートは、自分で入るんですよ。身体が細い上に柔らかくて、普通の大人には入れないような煙突の中にまで入れるんです。だから、ヘビのエセルバート。自分だけでやれば、子どもを食べさせてやらなくて済むから経費が安上がり、ということもあるらしいんですけど。とにかく、あのヘビみたいな身体は見間違えようがないんです」

ホームズは手を伸ばし、ホスキンズ夫人の皺だらけの手を握った。

「これはもう、お見事としか申し上げようがありませんな、ホスキンズさん。スコットランド・ヤードのぼんくら警官に、あなたを見習わせたいくらいです。では、エセルバートの家はご存じで？」

「エルステッド街とバーロウ街に挟まれた路地裏の奥に住んでます。煙突掃除をやってもらう時は直接頼みますから、住所を知っていないと」

「完璧です。ワトスン君、メモしてくれたかい？　よしよし。……ホスキンズさん、他に変わったことは？」

もう他にはない、ということなので、ホームズによけてもらい、ようやっとわたしは診察をすることができたのだった。

診察を終え、先に外に出たホームズは、わたしがついてきていることを確認もせずに、さっさと歩き出した。

「早く来たまえ、ワトスン君」

わたしはため息をついて、それに従った。

「次はどこへ行くんだい……というのは愚問か」

「愚問だとも。煙突掃除夫のエセルバートの家へ行くに決まっているからね」

徒歩でエルステッド街へ移動し、裏道に入ると、そこは日の当たらない、湿った路地だった。夜になれば、街灯の光も届かずに真っ暗になるだろう。どこかから、ごみの臭いがした。

ようやく探し当てた目的の建物も、その路地裏に相応しい、年を経てすっかり汚れきったものだった。ホームズがドアをノックすると、すぐに男が顔を出した。これが〝ヘビのエセルバート〟だと、一目で判った。胴体も手も足も病的に細いが、それでいて枯れ木みたいな硬い印象はなく、動きがなめらかで、確かにホスキンズ夫人の言葉通り、ヘビのようだった。上着こそ着ていたが継ぎあてだらけで、古着屋で買ってきたのは明らかだった。

我々を見て、男は言った。「なんかご用ですかい、旦那方」

「ああ」ホームズが答えた。「エセルバートだね？　煙突掃除の」

「そうでさ。煙突掃除のご用命で？」

「残念ながら、そうではないんだ」

それを聞いたエセルバートは、急に物言いがぶっきらぼうになった。

「なんでぇ。物売りか？　とっとと帰ってくんな」

ホームズはひるまず、にやりと笑みを浮かべた。

「そう邪険にしなさんな。君から金を巻き上げようというわけじゃない。逆に、ちょっと話さえ聞かせてくれれば、礼はするよ。煙突掃除よりよっぽど楽な仕事だぜ。どうだい？」

そう言いながら、ホームズは右手を一旦ポケットに突っ込んでから出した。親指と人差し指の間に、ソヴリン金貨が一枚挟まっていた。

金貨を凝視して、エセルバートはころっと態度を変えた。黄色い歯を見せて笑いながら言う。

「そういうことでしたら、なんなりと。何をお話しすればよろしいんで？」

「君は先日、デイト街の〝パラドールの部屋〟の煙突掃除をしただろう」

「へえ、よくご存じで」

「はす向かいのホスキンズ夫人が教えてくれたのさ」

「なんでぇ旦那、ホスキンズ夫人の紹介だったんですかい。そうならそうと、とっとと言ってくれりゃいいのに。あっしゃ、彼女が花売りをしてた頃からの崇拝者なんですよ。もっとも、その時分あっしはまだ、こーんな餓鬼でしたがね。で、パラドールの部屋がなんですって？」

「まずは、掃除を頼んだ人物について教えてくれ」

「あそこに住んでいる、ジャック・ブラウンって人に頼まれやした」

「それで実際に掃除した際、おかしなことに気付かなかったかね」

「おや旦那、よくご存じで。あっしも餓鬼の頃からこの道におりやす。作業を始める前に、暖炉の様子を一目見て判りやしたよ。ありゃあ、何年も使ってなかった代物です。溜っているとしたら、煤じゃなくって埃です。使ってない煙突を掃除しろなんて依頼をされたのは、初めてでさあ。こちとら、正直を売りにこの稼業をやっておりやす。ですからブラウンさんに『こりゃずっと使ってなかったみたいですから、掃除する必要はないんじゃありやせんか』と申し上げましたよ。そうしたら『構わない。使ってなかったからこそ、鳥が巣を作っているかもしれない。ちゃんと代金を払うから、とにかく掃除をしてくれ』と言われやした。こっちもお代を頂けるなら、やりますとも。楽ができるから、かえってありがたいぐらいのもんです。で、いざ始めようとしたら、何やかやと注文をつけて寄越すんですよ」

「ほう。どんな注文だね」

「大して汚れてねえわけですから、道具だけで済まそうとしたんでさあ。そうしたらブラウンさんは『子どもを潜らせてちゃんと掃除しろ』ってえんですよ。あっしが子どもは使わねえで、自分で潜ることを説明すると、『なら、とっととお前が潜れ』ですとさ。仕方なく潜る準備をしてると、今度は『煙突の中に入ったら、鳥の巣でも紙切れでも、とにかく何かが引っかかってないか確認してくれ。どんなものでもいいから、見つかったものは必ず報告するように』と命令しやがるんですよ」

「ふうむ。……それで結局、見つかったものはあったかい」

「いえ、全く何も。煙突の中は案の定ほとんど汚れてなくって。で、煙突を潜って出てきた途端、ブラウンさんはあっしの全身を探って、調べやがるんですよ。何か隠してやしないかってね。正直者のあっしは、たとえ紙幣が一枚出てきたとしても、ちゃんと依頼主に報告しやすとも。憤慨(ふんがい)して抗議したら『掃除代金に色を付けてやるから黙ってろ』と言われやしてね。まあ、こっちも黙るしかありやせんよ」

「では、そのブラウン氏について教えてくれないか。どんな人物だった？」

「歳は三十代後半ってとこかな。背の高さは普通で、痩(や)せても太ってもいない。髪は黒くて、目の色は……どうだったかな……確か茶色だったかと。そうそう、手首に刺青(いれずみ)をしてましたね」

そこまで聞いて、ホームズの目が急に細くなった。

「それは左手の手首で、稲妻模様の刺青じゃなかったかね？」

「おお、旦那のおっしゃる通りでさ。ジグザグのやつ。手を伸ばした拍子に見えたんですが、慌てて隠してましたね」

「エセルバート、君は非常に重要な情報を提供してくれたよ。ありがとう、これは礼だ。さあ、手を」

ホームズはもう一度ポケットを探ると、ソヴリン金貨を二枚にして、煙突掃除夫の手のひらに落とした。

エセルバートは目を丸くした。「旦那。こりゃいくらなんでももらい過ぎだ。あっしもロンドンっ子の端くれでぇ、もらういわれのない銭はもらうこたぁできねえよ。一枚で十分だ」

「とんでもない。こっちこそ、納めてくれないと困る。君のくれた情報は、本当はその金額以上の価値があるんだ。なんなら、もっと出そうか」

「やめて下せえ旦那。……そこまでおっしゃるならしゃあねえ、ありがたく頂いておきやすよ。そんかわり、今度お宅で煙突掃除する時にゃ、必ずあっしに連絡を下せえ。ただでやらせて頂きますから」

「わかったわかった、うちの家主にそう伝えておくよ。きっと、大喜びするだろう。では失礼するよ」

エセルバートがドアを閉めると、わたしは我慢しきれずにホームズに言った。

「ジャック・ブラウンの刺青の模様を、君は知っていたね。ジャック・ブラウンという男を知っているのかい」

「いや、知らないね」

予想と正反対な答えにわたしが戸惑っていると、ホームズは口元をにやりと歪(ゆが)めて言った。

「だが、ザカライア・リスターという男ならよく知っている。あの部屋の借り主のジャック・ブラウンというのは、確実にザカライア・リスターだ。単に偽名を使っているだけのことだよ」

「どうして、そのザカライア・リスターだと判ったんだい」

「エセルバートの説明を聞いていて、気が付いたんだ。これはリスターの特徴と合致するぞ、と。それで刺青の模様で確かめたのさ。ああ、どうしてリスターの名が思い浮かんだかと聞きたいんだね。それはね、ザカライア・リスターはディーン・ジェイクスと関係があったからなんだ」

「ディーン・ジェイクスっていうと、例のパラドールの部屋で自殺した住人だね。売れない役者だったという」

「そう。だがジェイクスには裏の顔があった。実は、泥棒稼業に手を染めていたんだよ」

「そうだったのか。……そういえば、君は最初にわたしの話を聞いた時から、あの界隈で自殺した男に心当たりがあると言っていたが、それはジェイクスが泥棒だったからなんだな」

「ご明察だよ、ワトスン君。そしてジェイクスが泥棒を働く際にコンビを組んでいたのが、リスターという男だったのさ。だが、ジェイクスが死んだ頃に、リスターは質屋へ強盗に入った件で逮捕され、投獄されたはずなんだが」

シャーロック・ホームズは通りかかった辻馬車を停め、スコットランド・ヤードへ、と命じた。

馬車上で、ホームズは言った。「レストレード警部に挨拶して、ついでに、ザカライア・リスターの最近の動向について情報を仕入れてこようじゃないか」

スコットランド・ヤードの受付でレストレード警部を呼び出すと、少々警戒するような、いぶかしむような顔で警部は現われた。

「これはこれはホームズさんにワトスン先生、お揃いで。お二人がこちらへお越しとは、どんなご用件です?」

「申し訳ない、警部」とホームズが言った。「実はちょっとばかりお願いがあってね」

「なんです?」レストレード警部は問うた。その顔に、濃い警戒の色が浮かぶ。

「なに、そんな大したことじゃないよ。ザカライア・リスターが今どうしているか、教えて欲しいんだ」

「ザカライア・リスターですって」レストレード警部の表情が、不思議そうなものに変わった。「強盗犯のリスターですか？　奴ならとっくの昔にダートムア監獄入りしたじゃありませんか。そんな過去の人間のことをどうして……ああ、いやちょっと待って下さいよ。リスターは刑期を務め上げて出所したって、割と最近聞いたような……」

そう言うなり、レストレード警部は我々をその場に残したまま、いきなりどこかへと走り去ってしまった。待つことしばし、レストレード警部は書類を手にして再び現われた。

「やはりそうですね」と、彼は書類を読みながら言った。「先月、ザカライア・リスターは出所してます。……奴が何かやらかしたんですか？　娑婆に出たばっかりだっていうのに」

「いや、それはまだはっきりしていないんだ」とホームズ。「だが、君のくれた情報のおかげで少し進展があったよ」

「何かあったら、一番に連絡を下さいよ、ホームズさん」

「もちろんだとも。何かことが起こったり、起こりそうになったら、君に助力をお願いするから。それじゃ、失礼するよ」

疑惑顔のレストレード警部を残して、わたしたちはヤードを後にした。

その翌日、午後のこと。わたしがホスキンズ夫人とは別な患者の往診からベイカー街へ戻ってくると、シャーロック・ホームズが外出の準備をしていた。

「いいところへ帰ってきてくれたね、ワトスン君。もうちょっと遅かったら、君抜きで行っていたよ。さあ、帽子をもう一度被ってくれたまえ。出かけるぜ」

面くらいつつもわたしは言われた通りにし、ホームズに問うた。

「どこへだい？」

「パレ・ド・シャイヨ劇場さ」

それを聞いて、階段を降りようとしていたわたしの足が止まった。

「パレ・ド・シャイヨ劇場だって？　それはミュージックホールじゃないか」

「ほう」とホームズが面白がるような声で言った。「よく知っているね」

彼がわたしを置いてどんどん進むので、仕方なくわたしも従った。

「そりゃあ、昔、一度ぐらいは行ったことがあるさ。友人に付き合わされたんだ」

「本当はどっちが誘ったのかは、この際おいておこう。君が行ったことがあるなら好都合だ、道案内してもらおう。生憎と僕は行ったことがなくてね」

「構わないが、どうしてミュージックホールなぞに行かねばならんのだね？」

「君が往診へ行っている間、無為に時間を過ごしていたわけじゃないんだぜ。今は亡きディーン・ジェイクスについて、洗い直してね。当時、ジェイクスには恋人がいたことを突き止めたんだ。シルヴェーヌ・ドゥイユという、フランス人の女優だ。今はパレ・ド・シャイヨ劇場に出演中なんだよ」

表へ出て、わたしは辻馬車を捕まえた。二人して乗り込み、わたしはパレ・ド・シャイヨ劇場の場所を馭者（ぎょしゃ）に指示した。

　馬車はピカデリー・サーカス方面へと走った。やがて、ウィンドミル街のパレ・ド・シャイヨ劇場の前に到着する。

　馬車を降りた我々は横手に曲がり、ステージ・ドアへと回り込んだ。番をしている中年のがっしりした守衛に尋ねると、今は夜の公演に向けてのリハーサルが終わった頃だと言う。ホームズが身分を明かすと、その令名を知っていたらしい守衛は驚いた顔をしつつも通してくれ、シルヴェーヌ・ドゥイユの楽屋の場所まで教えてくれた。

　彼女の部屋は、ステージ・ドアを入ってすぐのところにあった。ということは、彼女はこの公演の主役級らしい。

　我々を迎え入れてくれたのは、化粧着を着て、紙巻き煙草をくわえた女性だった。豊かなブルネットで、瞳は薄い茶色。鼻は高く、唇（くちびる）は少しぽってりとしている。三十代に入るか入らないか、というところだろう。

　部屋の中は、煙草の煙でもうもうとしており、まるでホームズがパイプを吸っている時のベイカー街の下宿のようだった。

「探偵のオルメスさんが、なんのご用かしら」とシルヴェーヌ・ドゥイユは艶（つや）っぽいけれどもよく通る声で言った。「ムッシュ」とこそ言わなかったが、発音はフランス風だった。

「ご休憩のところをすみませんね」とホームズは言った。「少々、故ディーン・ジェイクス氏についてお尋ねしたくてお伺いしました。彼は以前、貴女（あなた）の恋人でしたよね」

「あら」と彼女は妙な顔をした。「あなたもですの」

ホームズが、ぴくりと反応するのが判った。

「待って下さい。『あなたも』というのは、どういう意味です？」

シルヴェーヌ・ドゥイユは深々と煙草を吸うと、煙を吐き出した。

「だって。ついこないだも、ディーンのことを聞きたいって人が来たのよ。今さら、一体何があったの？　こっちが訊きたいわ」

ホームズの表情が、少し厳しくなる。「それはどんな人物でした？」

彼女の述べた特徴は、煙突掃除のエセルバートによるジャック・ブラウンことザカライア・リスターについての描写と同じだった。但し、名前はジェイムズ・ブラックと名乗っていたと言う。

「そうですか」とホームズはうなずいた。「では改めまして、ディーン・ジェイクスとのことを教えて下さい」

「彼とは、どこかの公演で知り合ったのよ」彼女は懐かしそうな瞳をして、煙をくゆらせた。

「最終的には、結婚の約束までしてたの。彼ったら、結婚しよう、君の故郷で――フランスで暮らそう、って言ってたのよ。あたしもすっかりその気になってたのに、いきなり首をくって死んじゃうなんて。全く酷い男だわ」

その時、ドアにノックの音がして、男が顔を覗かせた。

「シルヴェーヌ、お客さんだって？　批評家の方かい」

「いえ、違うのよ、マティアス。オルメスさんっていう、探偵さん。ああ、大したことじゃないみたいだから、大丈夫よ。そっちは手が離せないんでしょ」

「ああ。じゃ、悪いけど」

男は、我々に軽く目礼すると、すぐにドアを閉めた。

「そうそう、言い忘れてたわ」とシルヴェーヌは我々に向き直って言った。「あたし、芸名は昔のまま『シルヴェーヌ・ドゥイユ』にしてるけど、今の本名はシルヴェーヌ・ドゥイユ・アロースミスよ。ジェイクスが死んだあと、今のマティアス・アロースミスに言い寄られて結婚したの。いつまでもジェイクスの思い出を引きずってるわけにもいかないでしょ」

「それもそうですね」とホームズは柔らかく答えた。「で、ジェイクスですが、亡くなった際、あなたに何か遺していませんでしたか」

「それ、先日の男にも訊かれたわ。……実は当時、あたしに宛てた封筒が、彼の部屋に残ってたのよ。それを開けたら便箋が一枚入ってたんだけど、書いてあることの意味はよく分からなかったわ」

「その便箋はまだありますか？」

「あなたも野暮天ねえ。結婚するのに、前の恋人のものを残しておくわけがないじゃない。捨てちゃったわ」

ホームズは、あからさまに残念そうな顔を見せた。「中身については覚えてらっしゃいますか？」

「覚えてるわ。何だかヘンな内容だったから」

それを聞いて、途端にホームズが勢いづいた。「どんなことが書いてあったんです？」

「こんな文章だったのよ。『鎖を修繕し、最後の挨拶を為せ（Repair a chain, and make a last bow.）』全く、どういう意味かしらね。あなた、探偵さんでしょ。判ったら教えてちょうだい」

ホームズはうなずいたが、どこか上の空な様子だった。

忘れないよう、わたしはしっかりと文章をメモしておいた。

劇場を出た後、ホームズは言った。「遂に全貌が見えてきたよ、ワトスン。解決は近いぞ」

その言葉に、間違いはなかった。二日後、わたしが少し遅く起きると、すでにホームズの姿はなく、朝食を運んできてくれたハドスン夫人に尋ねると、彼は早起きをして、もう出かけてしまったと言う。

昼前に、メッセンジャーの少年がホームズからの手紙を携えて現われた。慌ててそれを読むと、これからベイカー街に訪問者が現われるから、その人物が来たらすぐに、一緒にデイト街へ辻馬車で向かうように、と指示されていた。

どういうことか、といぶかしんでいると、本当に訪問者がやって来た。それは、お馴染みのレストレード警部だった。

「呼び出しの連絡を頂いたので来ましたが」レストレードは言った。「リスターの件で進展がある、というのは本当ですか。……そもそも、連絡を寄越したホームズさんはどちらに」

わたしはホームズの伝言を見せた。レストレード警部はそれを読んで、眉をひそめた。

「そちらにいる、ということでしょうか」

「判らない。とにかく行ってみよう」

わたしたちは辻馬車で出発し、デイト街に向かった。伝言には更に細かく指示がなされており、それによるとデイト街に入る前に馬車を降りるように、とのことだった。

その指示の通りにすると、横丁からホームズが現われた。

「来たね。待っていたよ」

「どういうことですか、ホームズさん」レストレード警部が戸惑い顔で言った。

「今回の一件が、いよいよ大団円に向かっているので、レストレード君にも立ち会ってもらおうと思ってね」ホームズはいたずらっぽい笑みを浮かべて答えた。

「朝から一体何をしていたんだい」とわたしも問うた。

「なに、色々と準備を整えていたのさ」

それ以上は、彼は何も言わなかった。ホームズには、人を驚かせて喜ぶ、少し子どもじみたところがある。今日、わざわざ早起きをしてわたしを置いてきぼりにし、ひとりで動き回っていたのも、我々を呼び寄せておいてはっきり説明をしないのも、おそらくそのためだろう。

ホームズは建物の角からデイト街を覗き込み、ホスキンズ夫人の部屋の窓を見上げた。それに気付いたわたしも、更にレストレード警部も窓を見上げる。その窓は少し開いていたのだが、隙間から片腕が伸びて、白いハンカチが振られた。ホームズは片手を上げて、それに応えた。

「あれはなんです？」レストレード警部が不審げな声で問うた。

「もちろん、ホスキンズ夫人だよ。パラドールの部屋を監視して、住人が外出したら白いハンカチを振って合図してくれるよう頼んでおいたのさ。彼女の日々の観察のおかげで、住人は毎日この時間に昼食をとりに出かけることが判っていたんだ。よし、行こう」ホームズはそう言うと、足早に歩き出した。

　わたしもそれに従い、レストレード警部も慌てて続く。パラドールの部屋がある建物の横に、勝手口があった。

「さてと」シャーロック・ホームズは懐（ふところ）から器具一式を取り出した。それを見たレストレード警部は眉をひそめた。

「ホームズさん、まさかそれは」

「そのまさかさ。開錠器具セットだよ」

　そう言いながらもホームズは膝（ひざ）をつき、針金のように細くて先端だけ曲がった道具をふたつ取り出すと、鍵穴へと挿入し、かちゃかちゃと金属音を立てながら動かし始めた。

「困りますよ、ホームズさん」とレストレードが言った。本当に、困りきった様子だった。

「これじゃ不法侵入だ。あなたは民間探偵だから『それぐらい構わない』とお考えかもしれませんが、私は公僕です。大いに構います。駄目ですよ。上司に知れたら、クビになりかねません」

「固いことを言いなさんな、レストレード警部」ホームズが、動かし続ける手を止めようともせずに言った。「君がこれから上げる功績を知ったら、君の上司はかえって賞賛するだろうさ」

「そうは参りません。無理ですよ」

「では、不法侵入者――僕とワトスン君のことだ――を見つけて、逮捕しようと後をつけた、と理由付けしてくれてもいい。とにかく今日は、一緒に来てくれ。そうしたら、場合によっては複数の事件の真相が解明される。その功績は、全部君のものにしてもらって構わない。……開くぞ」

その言葉と同時に、かちりという音がした。両手が塞がっているホームズが目で合図を寄越したので、わたしがノブを回し、押した。扉はすんなりと開いた。

器具を引き抜き、ホームズが先頭に立って中へと入ったので、すぐにわたしが続いた。レストレードはしばし躊躇(ためら)っていたが、ことここに至って覚悟を決めたのか、渋々といった様子で従い、しんがりを務めた。我々はすぐに階段を上り、二階へ進んだ。

「ここだ」ホームズがひとつのドアの前で止まり、そっとノブを回す。「こちらも鍵がかかっている。まあ、予想通りだがね」

彼は仕舞わずに手にしていた例の器具で、再び同じ作業を開始する。もうレストレード警部も何も言わずに、黙って見守っている。

しかし、今回はホームズもてこずっているようで、時間は刻一刻と過ぎていく。

「ホームズ、大丈夫かい?」わたしは少しはらはらしてしまい、思わず声をかけた。

「問題ないよ、ワトスン君。心配ありがとう。チャブ式錠なので、さっきのより時間がかかるのは当然のことさ。……よし、やったぞ」

待ち構えていたわたしは、ホームズが合図しなくても手を伸ばし、ドアを開いた。

「さあ諸君」ホームズが立ち上がって言った。「ようこそ、〝パラドールの部屋〟へ」

ホスキンズ夫人の部屋から窓越しに眺め、周辺についてはあれだけ調査を重ねてきた場所だが、実際に入るのはこれが初めてである。無人だとは分かっていても緊張しつつ、わたしは足を踏み入れた。レストレードも入ったところで、ホームズが鍵をかける。

この街にありがちな、小さな貸し部屋だった。テーブル、椅子、ソファなどが部屋のあちこちに置かれ、壁際には書棚や机が配されている。テーブルの上にマッチなど細々とした物が放り出されているところは生活感があるけれども、長年の間に染み付いた空き部屋の臭い――かび臭いような埃臭いような――は、まだ抜けきっていなかった。

ふと気が付けば、ホームズは窓辺でひざまずき、ポケットから小さなハサミを取り出して何やらやっている。

わたしは部屋を見て回り、別室へ通じる扉があったので、開けてみた。「ふむ、こちらは寝室だな」

レストレード警部は、居心地悪そうに、わたしの後ろでうろうろしている。彼の立場を考えれば、それも当然だろう。

その時、何かの光がわたしの目を射た。眩しくて目をつぶってしまったが、それは繰り返しわたしの目を襲う。そこではたと気が付いた。通りを挟んだはす向かいの部屋――ホスキンズ夫人の部屋で何かが光っているのだ。

　そちらに目を向け、ようやくわたしは何が起こっているのか理解した。

「ホームズ、ホスキンズ夫人が手鏡でこちらに信号を送っている。同時に、赤いハンカチを振っているよ」

　ホームズは立ち上がると言った。「赤か！　早いな。よし、そっちに隠れるぞ、ワトスン君、レストレード警部、さあ急いだ急いだ。リスターが昼食から戻ってくる」

　ホームズは問答無用でわたしと警部を寝室の中へ押し込み、自分も入ると扉を閉めた。それと同時に、階段を誰かが上がってくる足音が聞こえてきた。ホームズが唇に人差し指を当てて、沈黙を求める。そうされずとも、わたしもレストレードも息を殺して身を潜めていた。

　やがて、がちゃがちゃと鍵を開ける音に続いて、入ってくる足音が聞こえた。足音がこちらへ近付いてくるのではないかとはらはらしながら、わたしたちは耳を澄ましていた。

　だが、すぐに入口の扉をノックする音がした。

「誰だ」と誰何（すいか）する声。

「私だ。入れてくれ」

「なんだ、あんたか。どうした風の吹き回しだ。びっくりしたぜ。ほら、早く入れよ」

　それはロンドン訛り（コックニー）のきつい声だった。「入れよ」と言っているのだから、部屋の住人ザカライア・リスターなのだろう。

「で、どうしたんだい、いきなり」

「まずいことになっている」ともうひとりの人物。こちらは、もっと上品な喋り方だった。

「シャーロック・ホームズが動いている」

いきなり我が友の名前が出たので、わたしは驚いてしまった。声こそ出さなかったが、それが表情に出たのか、ホームズは沈黙を守るよう合図を寄越した。

「何だとっ」リスターらしき人物が鋭く言った。「なんであいつが。俺は何もやっちゃいねえぞ」

「だが、どこかで何かに気付いたらしく、嗅ぎ回っているんだ。だから早く、肝心の物を見つけてくれ。お前が昔、ディーン・ジェイクスを殺したことがばれたら、困るだろう」

「くそっ。何をひとごとみたいに言ってやがる。あんたがレディ・ヴァレンティナの宝石箱を盗んでくれって俺たちに頼んできたのが、そもそもの発端だろうが。それに俺がジェイクスを殺してなかったら、あいつは宝石箱を独り占めしやがるつもりだったんだぞ」

「私はジェイクスを殺してくれなんて頼んでないぞ。しかも渡された宝石箱には、一番肝心の『トライアッド・ダイヤの指輪』が欠けていたし、それを伝えようとしたら、お前はダートムア監獄に入れられてしまうし」

ダートムア監獄といえば、この間までリスターが入っていた刑務所だ。やはり、コックニーの男はザカライア・リスターで間違いなかろう。だが、もうひとりは何者なのか。

「レディ・ヴァレンティナの宝石箱のことは一切吐かなかったんだぜ。あんたに感謝されることはあっても、非難されるいわれはねぇな。そんで、ようやく出所して残りの報酬をもらいに行ってみりゃ、ブツが足りねえからカネは払えねえときやがった」

「だから、探してくれれば約束の金に上乗せすると言っているだろう。シャーロック・ホームズがこれ以上しゃしゃり出てくる前に、片付けてしまおう。私も手伝う。そのために思い切ってここまで来たんだ」

「しかし前にも言った通り、ジェイクスの野郎が残した言葉が、まるで暗号でよ。もういっぺん見せるから、あんたも考えてくれ。ほら、これだ……」

ここまで聞けばもう十分だ、とシャーロック・ホームズは判断したらしく、わたしたちにうなずいてみせると、いきなり寝室の扉を大きく開け放ち、言った。

「すまないね、諸君、もうしゃしゃり出てきてしまったよ。残念ながら、君たちの探し物は終了だ」

そこに立つ二人の人物は、一瞬何が起こったのか判らずに呆気に取られているようだった。だがじきに事態を飲み込んだらしく、ひとりが脱兎のごとく入口に向かって駆け出した。扉を開けることにには成功したが、そこまでだった。即座に走った警部とわたしが追いつき、同時に男の上着の背中を摑んで、ひきずり倒したのだ。百戦錬磨のベテラン警官レストレードと、大学時代はラグビーでならしたわたしとの二人がかりでは、逃れようがなかった。レストレードが手錠を取り出し、両手にはめた。これで、さすがに男も大人しくなった。その手首には、稲妻の刺青があった。

もうひとりの人物は、呆然と立ち尽くしたままこの騒動を見つめている。その男の顔に、わたしは見覚えがあった。

「ミスター・ケンナード！」とわたしは思わず叫んでしまった。

「誰ですって？」レストレード警部は、荒っぽい言葉で悪態をつくリスターを押さえつけたまま言った。

「この部屋を管理している不動産管理会社、ケンナード＆モーガン商会の経営者、グスタフ・ケンナードだよ」わたしは説明した。

「そして」ホームズが後を引き取った。「美術愛好家であり、宝石愛好家でもある。もっと加えれば、レディ・ヴァレンティナの持つ宝石が欲しくてそれを盗み出すよう、そこにいるリスターと今は亡きジェイクスに指示した人物さ」

レディ・ヴァレンティナは由緒正しい一族の血を引くご婦人で、社交界では常に話題となる有名人だ。本人の美しさのみならず、彼女が身に着けている豪華な宝石類でもよく知られている。数年前、そんな彼女の宝石箱が盗難に遭ったことは、大いに世間を騒がせた。その後、それが見つかったという話は聞いていない。

「わ、わたしは何も……」ケンナードが、ようやく口を開いた。「ただ、この部屋の借り主と話をしにここへ来ただけで……」

「適当なことを言って誤魔化そうとしても無駄だよ」ホームズがぴしゃりと言った。「君たち二人の今のやりとりは、僕やワトスン君だけでなく、スコットランド・ヤードのレストレード警部もしっかり聞いたからね。さて、まずは色々と確認しようか。ワトスン君も聞いていないことがあるし、レストレード警部は知らないことが多いしね。……なあリスター、お前さんが転がったままじゃ、こちらも話がしにくい。大人しくしてくれると約束するなら、レストレード警部が椅子に坐らせてくれるそうだ。どうだ？」

「ちっ」ザカライア・リスターが舌打ちした。「この状況で、こっちにゃ選択権はないだろうに。わかった、約束すらぁ。どうせ手錠をはめられてちゃ、ずらかれやしねえ」

レストレード警部に引きずられるようにしてリスターは立ち上がり、テーブルの前の椅子にどっかりと腰を下ろした。

「さあ、ケンナードさん。あなたも彼の隣の椅子にどうぞ」

ホームズに言われて、ケンナードはよろよろと椅子のところまで歩き、足の力が抜けたかのように、すとんと腰を下ろした。

「では諸君」ホームズは両手をこすり合わせながら言った。「そもそもの始まりから、整理することにしよう。何か足りなかったり間違っていたりしたら、遠慮なく指摘してくれたまえ。ザカライア・リスター、お前は昔からディーン・ジェイクスを相棒に、泥棒稼業をやっていた」

「あいつは相棒なんかじゃねえよ」リスターが吐き捨てるように言った。「手間のかかる仕事の時に手伝わせる、臨時雇いだ。変装だけは得意だったから使ってやってたが、盗みの腕前は三流だった。俺と同等扱いされちゃ、かなわねえ」

「わかった、わかった」ホームズは苦笑いした。「対等なのか、どちらかが下っ端なのかは、この際問わないことにしよう。とにかくお前とジェイクスは、一緒に盗みをやることがあった。

そしてそちらにいらっしゃるケンナード氏は、無類の宝石好きだった。そんな彼が、レディ・ヴァレンティナの宝石コレクションに興味を持った。レディ・ヴァレンティナと不動産をやりとりする機会があって、現物を見せてもらったのかもしれない。いずれにせよ、ケンナード氏はレディ・ヴァレンティナの宝石、わけても厳選されたものを収めた宝石箱――それ自体が芸術品でもある――が欲しくて欲しくてたまらなくなった。いやはや、欲望というのは恐ろしいものだね。その欲望がモラルを凌駕したのだ――盗み取ってでも宝石を手に入れたい、というほどに。だが自分には盗みの技術はない。そこで考えた末、ジェイクスとリスターに、盗みを依頼することになったわけだ。ジェイクスはケンナード氏の管理する部屋の住人だったし、以前から同様の依頼をしていたのかもしれない。まあ、今はそれはおいておこう。ケンナード氏の家を捜索すれば、判ることだからね」

「ちょっと待て」

「また君かい、リスター君。なんだね」

「言っておくが、あいつの家から色々と盗品が出てきたからって、必ずしも俺がやったとは限らねえからな」

「それぐらいは心得ているから安心したまえ。とにかく、今はレディ・ヴァレンティナの宝石の話だ。見事盗み出してきた後、ケンナード氏に渡すまでの保管はジェイクスに任せた。君は別件で、警察に目を付けられていたからだ。ところが、リスター君が宝石を取りに行くとジェイクスは、宝石は自分で処分したほうが金になる、渡さないと言い出した。そんな目先の利益に囚われちゃ駄目だ、後々のことを考えれば依頼者に渡さなければ、と言っても聞く耳を持たない。実は、ジェイクスはその金でフランス人女優と結婚してフランスに渡ろうと考えていたんだよ。だがリスター君にはそんなことは関係ない。宝石を出せ、出さないで口論となり、それが格闘に発展し、結果的に君はジェイクスの首を絞めて殺してしまった。殺人事件として捜査されると面倒なことになるのは明白だったので、首吊り自殺に偽装したのだね。そして宝石箱は、ケンナード氏のもとに届けた。しかしケンナード氏があとで確認すると、足りないものがあった。一番欲しいと思っていた宝石だ。リスター君がピンハネしたのだと思い込み、文句を言おうと彼を探したけれども、見つからない。それも道理で、その頃リスター君は警察に捕まっていた。全く無関係な件での逮捕ではあったけれども、それを知ったケンナード氏は生きた心地がしなかっただろうね。しかしリスター君は泥棒としての仁義があったのか、レディ・ヴァレンティナの宝石については口を割らなかった」

「もらってなかった残りの報酬をフイにしたくなかっただけだ」とリスターがぶっきらぼうに言った。

「まあ、そんなところだろうね」ホームズは続けた。「出所した君は、その残りの報酬をもらいにケンナード氏のもとを訪ねたが、逆に足りない宝石を渡せと言われる。まあ、それはジェイクスが宝石箱とは別なところに隠していたらしいと判明するのだが、その在り処が判らない。幸いにして、ジェイクスの住んでいたこの〝パラドールの部屋〟はケンナード氏の管理のもと、そのままになっていた。そこでリスター君がここに住み、隅々まで徹底的に捜索することにした。目撃者が、ここの新しい住人は掃除ばかりしていると思い込んでしまうほどにね。挙句の果てには、煙突掃除夫を使って、煙突の中まで探させた。だが、それでも見つからないので、何か知らないかとジェイクスの婚約者だった女性を訪ねたところ、謎の言葉が残されていたことが判る。それが『鎖を修繕し、最後の挨拶を為せ（Repair a chain, and make a last bow.）』だ」

「俺はその意味をずっと考えていた」とリスター。「『Bow』だから、弓矢の弓とか、ヴァイオリンの弓がないかとそこらじゅう探したけど、見つからなかった」

ホームズが、ふいと顔を横に向け、窓辺を見た。それを目にして、リスターは再び口を開いた。

「張り出し窓（bow window）かい？　かなり入念に調べたが、何もなかったよ」

シャーロック・ホームズは首を左右に振り、言った。

「君の考え方は直截に過ぎ、しかも誰がその文を書いたかを考えていない。ジェイクスが演劇関係者だったことを忘れちゃいけないよ」

リスターが眉をしかめた。「演劇だと？　それが何の関係があるっていうんだ」

「大ありさ。――ワトスン、君なら判るかい。舞台で、最後の挨拶と言えば？」

突然の指名に戸惑いつつも、わたしは考えた。

「舞台のお芝居で、最後にする挨拶は……」そこでわたしははたと気付いた。「カーテン・コールだ！……カーテンか！」

「ご名答だよ、ワトスン君」

それを聞くなり、リスターがいきなり立ち上がろうとしたが、レストレード警部に押さえつけられ、再び椅子に腰を下ろした。

「リスター君、探し物はもうそこにはないよ。ここにある」

そう言うとホームズは、ポケットから右手を出した。その指先には、きらりと輝く指輪があった。

「ああっ」これまで大人しくしていたケンナードが声を漏らし、手を伸ばそうとした。それは自分のものだと言わんばかりに。

指輪には、小ぶりながらも三つのダイヤがはめ込まれていた。しかも青、黄色、無色と色違いである。

ホームズはそれをハンカチに包むと、改めてポケットに仕舞った。

「この『トライアッド・ダイヤの指輪』は後で君に引き渡すよ、レストレード君。僕は、ジェイクスの元婚約者から話を聞いて、すぐに隠し場所が判った。文章の前半に『鎖を修繕』とあるが、壊れた鎖を直せばそれは輪になる。つまり指輪のことだ。文章の後半はそれがどこにあるかを示しているのだが、その意味は今言った通りだ。ジェイクスは、その指輪を婚約者に贈ろうと思ったのだろう。そして自分に何かあったとしても、それが彼女の手に渡るようにと考えたのだ。しかし彼女にはその意図は伝わらなかった。本当は、ジェイクスはもう少し説明しようと思っていたが、その前に殺されてしまったのかもしれない。だが、僕にはこれで十分だった。だからここへ来て最初にカーテンを確認したところ、指輪はカーテンの裾の折り返しの端、一番厚くなっているところに縫い込まれていたよ」

リスターが力なく言った。「俺が必死で考えて解き明かせなかった謎を、あっという間に解いちまった……」

「ひとつだけ不思議なのは」ホームズはケンナードのほうを向いて言った。「リスターが隠匿したと思い込んでいたとはいえ、ジェイクスがこの部屋に指輪を隠したかもしれないと、ケンナード氏が全く考えなかったことだ」

ケンナードは、うつむいて黙ったままだった。やがて、リスターが鼻を鳴らして言った。

「ふん。こいつもな、少しはそうかもしれないと考えたんだよ。だからこそ、この部屋を自分の会社で管理し続けてた。ところがこいつ、こう見えて生まれついてのびびり屋でね。ジェイクスの幽霊が出たらどうしようと思って、恐くてひとりじゃここに来られなかったんだとさ。今日も、俺がいるから来られた始末でね。俺が娑婆に出てくるまで何年もあったんだから、じっくり探してりゃあ自分で見つけられただろうによ、まったく」

「なるほどね」とホームズが言った。「さてそれでは警察の馬車を呼ぶとしようか、レストレード警部。ヤードへ凱旋だ」

その晩、シャーロック・ホームズとわたしは、ベイカー街の部屋でゆったりと夕食をとっていた。食べながら、わたしはホームズに質問した。

「リスターはともかく、不動産屋のグスタフ・ケンナードが怪しいって、君には判っていたのかい？」

「ああ。正確には、彼に会う前からね」

「会う前からだって？　どうしてそんなことが可能なんだい。わたしにはさっぱりだよ」

「ケンナードの事務所に飾られていた絵があっただろう。彼を待っている間にあれを見て、僕は気が付いたのさ」

「わたしも見たけれども、何も気が付かなかったがなあ。何か、犯罪者に特有のタッチでもあるというのかい？　ベルティヨンの犯罪者分類のような」

「いや、そうじゃないよ。あの絵の中に描かれているものが、問題だったのさ。題材は覚えているだろう」

「うむ。女性を描いた、人物画だったね」

「さすがはワトスン君、ご婦人に関しては目ざといね。あの女性の胸元には、大きな赤い宝石――ルビーを中心にした、豪華な宝飾品があった。あれを一目見て僕は、数年前に盗まれたままのレディ・ヴァレンティナの宝石箱の中身のひとつだと気が付いたんだ。しかしモデルはレディ・ヴァレンティナではなかった。また、描かれてそれほど経過していないのも見て取れたから、レディ・ヴァレンティナの宝石箱が盗難に遭って以後のものだと即座に判別できたのさ。そこにケンナードがやって来た。そのカフスボタンを見て、彼が宝石好きだということも判っていた。そして絵の描き手は彼だ。とすると、彼がレディ・ヴァレンティナの宝石を隠し持っているに違いない、と推測できたわけさ。おそらく、モデルに自分のコレクションを着けさせるという誘惑に抗しきれなかったのだろうね」

「君の観察力、推理力にはつくづく感服するよ、ホームズ。おかげでレディ・ヴァレンティナの宝石箱の盗難事件だけでなく、実は殺人事件だったジェイクスの死の謎まで解明してしまったんだからね。そうそう、今日の午前中に何をしていたかも教えてくれたまえ」

「まずホスキンズ夫人を訪ねて、リスターが確実に部屋を留守にするタイミングを訊いたのさ。昼食時だと判ったので、計画が確定した。合図の件を夫人に頼み、続いてケンナード&モーガン商会を再訪した。そして僕の身分を明かし、〝パラドールの部屋〟について調査をしているのだと言ったのさ。そうすれば、ケンナードは慌ててリスターのところへやって来るはずだ。それから君とレストレード警部にメッセージを送った、という次第さ。あとは君も知っての通りだ。いやいや、疲れたけれど、充実した一日だったよ」

その数日後、わたしはまたホスキンズ夫人の往診に行ったのだが、別な用事のあったホームズは同行できなかった。帰ってきたわたしに、ホームズはパイプに火を点けながら言った。

「グスタフ・ケンナードの家を捜索したら、レディ・ヴァレンティナの宝石箱と中身の残り、それ以外にも盗品らしい宝石類が隠してあるのが見つかったよ。持ち主が確認されれば、返還されるだろうね」

「それは本当に良かった」

「君はデイト街へ行ってきたんだろう。ホスキンズ夫人の具合はどうだった？」

「それがほら、問題の日に彼女も手伝ってくれたじゃないか。わたしたちに合図を送るために、窓辺まで来てくれたりして」

「まさか、そのために無理をして、また腰を悪くしたっていうんじゃないだろうね」ホームズは、心配そうな声で言った。

「その逆さ。わたしたちに連絡をしなければという一心で、気が付けば窓辺まで平気で歩いていたんだ。それで自信がついて、元気になってしまってね。今じゃすっかり元通りだよ」

「それは良かった。今回は、なんといっても彼女が一番のお手柄だからね。ベイカー街イレギュラーズに加わって欲しいぐらいだよ」

そう言って、シャーロック・ホームズはパイプの煙を吐き出したのである。


一八八七年という年は、多少なりとも興味ぶかい事件にあいついで遭遇し、それらすべてを私は記録に残してある。この年の一月から十二月までという見出しの下には、たとえば、あの『パラドール・チェンバーの怪事件』があるし、

——「五つのオレンジの種」（深町眞理子訳）

憂慮する令嬢の事件

シャーロック・ホームズが営んでいるところの探偵業は、事件があって初めて成立する。だから、意図的に仕事の忙しさを調整するということは、基本的に自分ではできない。それゆえ酷(ひど)く忙しい時期もあれば、全く暇な時期もある。

一八九四年から一九〇一年までの足かけ八年は、ホームズの探偵生活の中でも特に多忙を極めた時期である。ホームズは常に複数の事件を抱えていたし、下手をすると何日も不眠不休で働いていることもあった。

そんな中、マリー＝ルイーズ・ハーデン嬢の持ち込んできた依頼は、ちょっと珍しいタイミングで始まった。

一八九五年四月十二日、シャーロック・ホームズは設計技師レスリー・キャボットの訪問を受けていた。ハドスン夫人自慢の菓子とともにお茶が振舞われた後、一同煙草(たばこ)を吸いながら会話を交わしている最中、ホームズはふと立ち上がるとキャボットの横に立ち、いきなり手錠をかけたのである。

キャボットが啞然としている中、ホームズが窓に向かって合図をすると、レストレード警部が制服警官たちを引き連れて、どやどやと部屋に入ってきた。ホームズは警部に向かって、高らかに宣言した。

「レストレード警部、サー・ルパート・ウィーラー殺人事件の真犯人、レスリー・キャボットをご紹介しよう！」

実はここへ来るようにとだけ言われていたレストレードは呆然たる様子だったが、すぐに我に返り、ホームズに説明を要求した。うなずいたホームズの解説が進むにつれ、レストレード警部は納得顔に、キャボットは蒼白になっていった。

レスリー・キャボットが犯人に間違いないことを理解したレストレードは、キャボットを引っ立てて、警官たちとともに部屋を去った。と同時に、女性が我々の部屋に入ってきた。警官たちの足音のために、彼女が階段を上がってくる音が聞こえなかったのだ。二十代半ばという年頃の彼女は、警官の後ろ姿を不安そうに振り返っていた。

入口の近くに立っていたわたしが、声をかけた。

「お嬢さん、何か事件の依頼ですか？」

「ええ、そうなんです」

だがその声は、わたしの予想よりもずっと低い位置から聞こえた。わたしが視線を下ろすと、件（くだん）の女性のすぐ横に、小柄な少女が並んでいた。小柄なのも道理で、まだ十歳になるかならないかぐらいだろう。返答をしたのは、こちらの少女のほうだったのだ。

だが、答えるのがなぜこの少女であって女性のほうではないのか、わたしは戸惑った。しかし、我が友には分かりきったことだった。

「ワトスン君、どうやら君は分かっていないようだね」とホームズは言った。「依頼人は、そちらの小さなレディのほうだよ。そうですね、お嬢さん？」

「はい」と少女が言った。「わたくし、マリー＝ルイーズ・ハーデンと申します。あなたが探偵のシャーロック・ホームズさんですよね？」

「そうです。お隣におられるのは、あなたの家庭教師ですね」

「ああ、さすがホームズさんですわ」とハーデン嬢は賞賛の色を声に滲ませた。「何でもお見通しですのね。そうです、彼女はミス・セルマ・プロクター、確かにわたくしの家庭教師です」

「そこで呆気に取られて立っているのが、僕の相棒で記録係のワトスン博士です。内密の話であっても、彼の前で話して頂いて構いません。まあとにかく、どうぞ暖炉の前へ。話は、そこで伺いましょう」

ハーデン嬢は大人の婦人のように振舞って部屋の奥へ進んだが、暖炉の前の大人用の椅子にちょこんと坐った姿は、やはり小さな少女だった。ミス・セルマ・プロクターがその斜め後ろに立ったので、わたしはもうひとつ椅子を用意して彼女に勧めた。

――このようにして、マリー＝ルイーズ・ハーデン嬢の事件は始まった。「珍しいタイミング」と述べたのは、以上のように先の事件が解決した瞬間に、次の事件が始まったからである。このように事件と事件が重なってもいなければ、間隔すら空いていないというのは、実に稀なことだった。

小さなハーデン嬢は、髪がとにかく特徴的だった。燃える炎のような赤毛だったのである。その髪と対比するように肌は白かったが、そのぶん日光に弱いのだろう、頬と鼻の頭とにそばかすが点々と散っていた。眉毛も睫毛も赤く、その下の瞳は茶色だった。よくよく見ると、その瞳には歳に似合わぬ落ち着きと知性が窺える。赤い唇はきゅっと引き締められ、意志の強さを表わしていた。

一方、その家庭教師だというミス・セルマ・プロクターは黒い髪に黒い瞳の持ち主で、肌は青白く、おそろしく痩せていて、わたしから見ると健康的とは言いがたかった。

二人が落ち着いたところでシャーロック・ホームズは暖炉の横に立ち、話を促した。

「さて、それではご用件をどうぞ」

「……はい。実は、わたくしの祖父が、何かしらの脅迫を受けているようなんです。でも、わたくしが尋ねても祖父は『そんなことはないよ、お前が心配するようなことはなんにもない』と言うんです。父や母に話したこともあるんですが、全く取り合ってくれません。それで、こちらのミス・セルマ・プロクターに相談したところ、『でしたら、諮問探偵のシャーロック・ホームズさんのところへ伺って、お願いしてみてはどうでしょう』と提案してくれたんです。ね、ミス・プロクター?」

「はい」と、促されて家庭教師が発言した。「ハーデン家の前に働いておりましたお宅で、ちょっとした奇怪な事件が起こったことがございまして。その際に、助けて下さったのがシャーロック・ホームズさんでしたもので、こういう時にはこちらへ伺うのが一番と考えた次第です」

「ほう」とホームズ。「前の勤め先とはどちらです」

「ジョナサン・ファラデー様のお宅です。そこのお坊ちゃまに、勉強を教えておりました」

「ファラデー、ファラデー……。ああ、『屋根裏部屋の血痕』の事件ですな。僕の推理力と化学分析力の両方が要求された上、なかなか予想外の真相だったので、よく覚えていますよ。……それではハーデンさん」ホームズは少女へと顔を向けた。「あなたのお祖父さんについて詳しく教えて頂けますか」

「もちろんですとも。祖父はジョン・ヴィンセント・ハーデンと申しまして……」

彼女がそこまで言ったところで、ホームズが驚きの声を上げた。

「なんと！　それは煙草王として有名な、百万長者のジョン・ヴィンセント・ハーデン氏のことですか？」

「はい、そうです。祖父は煙草会社『ハーデン商会』の創業者です」

それを聞いて、ホームズが驚きの声を上げた理由が分かった。シャーロック・ホームズが煙草好きなのは周知の事実だが、彼の愛好する煙草のうち何種類かは、ハーデン商会の扱っている品物なのだ。だから、ハーデン商会という文字の入った包み紙が、よくホームズの周囲には落ちている。

マリー＝ルイーズ・ハーデン嬢は、にっこりと愛らしい笑みを浮かべた。

「毎度お買い上げ、ありがとうございます。店員たちからも、よくシャーロック・ホームズさんがいらっしゃると、聞いておりますわ」

「それは光栄ですな」とホームズ。「しかし名前が知られているからには、これからはもうあまり安物は買えませんね」

「いえ、安いとか高いとかでなく、ホームズさんがお買い上げになるのはどれも、煙草のことをよく分かっている人が選ぶ銘柄だ、さすがホームズさんだ、と店員たちが言っておりましたわ。とにかく、祖父はハーデン商会を創業したのですが、今では祖父の長男——つまりわたくしの父に、経営者の座を譲っております。その後は、趣味の美術品集めに没頭しているのですが、最近、何と言いますか、何やら奇妙な迫害を受けているみたいなんです」

「ほう。単なる迫害ではなく〝奇妙な〟迫害なんですね。それは実に興味深い」そう言って、ホームズは両手をこすり合わせた。「僕は事件が奇妙であればあるほど、食指が動くんですよ。猫がミルクを好むみたいにね。興味がわいてきたので、パイプを一服させて頂きますよ。ああ、これもハーデン商会で買ったパイプ煙草です」

ホームズはマントルピースのパイプ置きから琥珀の吸い口が付いたブライアのパイプを取り、ペルシャ・スリッパの先に入れてある煙草の葉を詰めて、火を点けた。

「さあ、お願いします。どう奇妙なんですか？　詳しく教えて下さい」

ホームズの両目は、まるで玩具を前にした子どものように輝いている。

「承知しました」とハーデン嬢は落ち着いた声で言った。彼女がホームズを見る目は、やんちゃ坊主を見る大人の女性のようで、あたかも二人の年齢が逆転したかのようだ。「はじまりは、父が開いたパーティでのことでした。煙草業界の関係者と、その家族が出席するパーティです。

チェルシーにあるわたくしどもの屋敷で開かれまして、当然、祖父も出席していました。いつものこのようなパーティなら、祖父は同世代の方々、つまり煙草業界の長老たちと歓談しているのが普通ですが、この日はちょっと違っていました。ブライア・パイプのB&G・デュベリー社のジョージ・デュベリー氏が祖父のところへやって来たのです。デュベリー氏は二十歳の娘のミス・シンシアを連れていました。ジョージ・デュベリー氏は自分がというよりも、娘を祖父に挨拶させたかったようなのです。祖父は普通に相手をしていたのですが、どうも会話がうまく嚙み合いません。後で判ったのですが、デュベリー親子は、祖父からもらった手紙について話をするつもりだったのです。一方で、祖父としては手紙を出した覚えなど全くありませんでした。しかもデュベリー氏の言によると、正確には娘のほうが手紙を受け取ったのであり、その内容は恋文まがいのものだったというのです。それを聞いて、祖父はびっくり仰天(ぎょうてん)してしまいました。あ、一応言っておきますと、祖父は十年以上も前に妻——つまりわたくしの祖母——を亡くしており、今はやもめです。それだけに、デュベリー氏としては万が一ということもあって、娘を連れてきたのです。何といっても祖父は、孫のわたくしが言うのもなんですが、大金持ちの煙草王ですので、万が一、自分の娘が煙草王の後添いに、なんてことにでもなりましたら、大ごとですから。祖父は手紙を出したことを完全に否定し、もしかしたらとちょっとだけ期待していたデュベリー氏は、がっかりした様子で去りました。娘のミス・シンシアは、あからさまにほっとした顔をしていらっしゃいましたけど。そりゃあ、いくらお金持ちとはいえ、自分の父親よりも年上の祖父の後妻になるのには抵抗もあるでしょう……とまあ、こんなことがあったのです」

「ふむ」とホームズは煙を噴き上げながら言った。「それはちょっとばかり妙な出来事ではありますが、迫害というほどのことには思えませんが」

「そうかもしれませんね。でも、それが何回も繰り返されたらどうでしょう？」

ホームズの眉が、片方だけ持ち上がった。

「ほほう。面白くなってきました。どうぞ、続きをお願いします」

「次は、ポーレット・ミルズ嬢でした。彼女は海運会社のジェイムズ・ミルズ氏のお嬢さんで、三十歳ちょっとぐらいの方です。彼女は、特にパーティの折というわけでもなく、唐突にわたくしどもの屋敷へ祖父を訪ねてきました。応対した使用人は戸惑ったようですが、ともあれ祖父に取り次ぎました。祖父は首をひねりつつも、何か予感があったのでしょう——デュベリー親子の件も、ありましたから——訪問者を通すよう、使用人に命じました。あ、この時の様子は、その使用人から聞いたのです。ポーレット・ミルズ嬢は、思いつめたような表情で、祖父に『手紙のお話は、本気でいらっしゃいますの？』と尋ねました。祖父は、何のことか分からない、と答えました。『おとぼけになって。お手紙で、わたくしと結婚したいから返事を欲しい、とおっしゃったじゃありませんか』と真顔で言うポーレット・ミルズ嬢に、祖父は、全く心当たりがないこと、それは恐らく誰かが書いた偽の手紙と思われること、を述べました。勢い込んできたポーレット・ミルズ嬢は顔を真っ赤にしつつも、がっかりした様子で帰っていったそうです。彼女ががっかりするのも無理はありません。ミルズ嬢のお父上の会社ミルズ海運は煙草の輸入・運送で隆盛を極めたのですが、最近商売で大失敗し、経営が傾きかけていたのです。もし本当に祖父と彼女が結婚するようなことがあれば、ミルズ海運は安泰になるところだったのですから。それに彼女自身、既に三十歳を超えている、ということもありましたし」

少女らしからぬ的確な分析に、わたしは感嘆した。やはり煙草王の孫娘だけに、同じ年頃の普通の女の子とは、訳が違うようだ。

「二度だけではありませんでした。そんなことが、その後も続いたのです」とマリー＝ルイーズ・ハーデン嬢は続けた。「しかもどうしたことか、その一連の出来事が世間に知られてしまい、『煙草王ジョン・ヴィンセント・ハーデンは年甲斐もなく若い女の子を追いかけては、恋文を送りまくっている』などという噂が広まってしまったのです。……どうでしょうホームズさん、わたくしが奇妙な迫害と言った訳を、分かって頂けましたか。祖父は表向き元気そうに振舞っていますが、ひとりの時などは深いため息をついています。ですからわたくしとしては、祖父の悩みを取り除いてあげたいのです」

ホームズはパイプを繰り返し吸っては、煙を吐き続けていた。集中力を高めようとしているのだと、わたしには判った。やがてホームズは煙と一緒に言葉を発した。

「何者かがジョン・ヴィンセント・ハーデン氏の名前を騙って、若い女性に恋文を出しまくっているということですね。ふむ、それは確かに奇妙だ。興味深いと言ってもよいでしょう。それは唐突に始まったのですか？　それとも、何か前触れのようなものはありましたか？　何でも構いませんから、どこか僅かでも気になることがありましたら、教えて下さい」

「前触れ……ですか」

ハーデン嬢は華奢な人差し指を小さな唇に当て、小首を傾げて考え込んだ。

「そうですねえ。……ああ、ひとつ不思議に思うことはありました。でも、それが今回の件と関係あるかどうかは」

「その判断は、僕が致します。僕としては、少しでも多くの情報が欲しいのです。取捨選択は、お任せ下さい」

「そうですか。それでしたらお話ししましょう。最初のシンシア・デュベリー嬢の一件よりも前のことですけど、それまでは馬嫌いだった祖父が、急に馬好きになったんです」

「ふむ」ホームズが、ぴくりと反応した。「もっと詳しくお願いします」

「祖父は、元々動物があまり好きではありませんでした。一度祖父が話してくれたのですが、なんでも小さい時分に犬に噛まれたことがあって、それ以来のことだそうです。父は、子どもの頃に猫を飼いたかったけれども、祖父が絶対に許してくれなかったと言っています。犬や猫でそうですから、馬のように大きな動物は特に苦手にしていました。馬車は使いますが、馬には極力近寄らないようにしていました。なので、田舎に領地をお持ちの方から狐狩りに誘われたりした場合、お誘いを受けてその期間そちらへ滞在はしますけれども、実際に馬に乗って狩りをすることはなく、何かと理由をつけてお屋敷に残っていました。そんな祖父が、なぜか急に馬に興味を抱くようになったのです。そしてうちの厩舎で最も良い馬――ウィロー号という名前の葦毛の馬です――を選んで、乗馬の練習を始めたのです。祖父は元から器用ではありましたので、すぐに上達して、週末にはハイド・パークまで行って馬に乗るようにすらなりました。すぐに飽きるのではと思っていましたが、ずっと続いているどころか、最初の頃よりも馬に乗る頻度(ひんど)が上がったほどです。……いかがでしょう、お聞かせするに足る話だったでしょうか?」

「もちろんですとも」とホームズは力強く言った。「確かに変わった話です。変わった話こそ僕の大好物ですから、喜んでお引き受けしましょう。それにしても、貴女(あなた)は目の付けどころもいいし、観察の要点も押さえている。我が相棒のワトスン君よりも、優秀ですよ」

「まあ、それは光栄ですわ」とミス・マリー゠ルイーズは、ぱっと顔を輝かせた。そして小さなバッグに小さな手を突っ込むと、一枚の写真を丁寧に取り出した。

「これ、わたくしと祖父が一緒に写っている写真です。祖父の顔が判るようにと、持って参りました。大事な写真ですので、しばらくお貸しするのは構いませんが、ご返却下さいね。どうぞ」

差し出された写真を受け取りながら、ホームズは感嘆の声を上げた。

「素晴らしい! お嬢さん、やはり貴女は実に気の利く方だ。ハーデン商会でお顔を確認しようと考えていましたが、おかげで手間が省けましたよ。ありがとうございます」

「どういたしまして。お願いをするのですから、できるだけ協力するのは当然のことですわ」

そう言うミス・マリー゠ルイーズは、ホームズに重ねて褒(ほ)められたためか頬を赤く染めていた。

ホームズが手にした写真を、わたしも横から覗き込んだ。そこにはマリー゠ルイーズ・ハーデン嬢と並んで立つ、髪も髭も灰色の紳士が写っていた。威厳のある容貌だが、柔らかい表情で口元には笑みもたたえている。おそらく、隣に可愛い孫娘がいたからであろう。

「それでホームズさん、探偵料なんですが、これで足りますでしょうか。……ミス・プロクター、お出しして」

ミス・プロクターが手にしていたカバンから取り出したのは、四角い台座の上に立つ孔雀の像だった。尾を後ろに伸ばして、つんとすましている。だが高価な美術品でないのは明らかで、どちらかというと子ども向けの玩具のようだ。どういうことかとわたしが思っていると、ハーデン嬢は受け取ったそれをサイドテーブルに置きながら、説明してくれた。

「これは、わたくしの貯金箱なんです。硬貨をくちばしにくわえさせると頭を下げてそれを台座の中に貯め込み、鳴きながら尾を広げるんです。とっても気に入りなんですのよ。これに、父や祖父から頂いた、お小遣いを貯めてあるんです。どうぞ、この中身をお納め下さい」

そう言って、貯金箱を前に滑らせた。

ホームズは興味深げにそれを受け取って、くるくるっと回転させたかと思うと、もう裏蓋が開いていた。

「まあ」とハーデン嬢が目を丸くする。「器用でいらっしゃるのね、ホームズさん。わたくしはそれを開くのに、いつも四苦八苦致しますのに」

「何、大したことじゃありませんよ。僕は錠前破りの泥棒よりも早く、鍵なしで錠前を開けられますから」

ホームズがサイドテーブルの上で貯金箱を斜めにすると、硬貨がざらざらっと溢れ出た。そのほとんどが、ソヴリン金貨だった。中には、ギニー金貨も交ざっていた。子どもに小遣いをソヴリン金貨で与えるとは、どれほどの金持ちなのだろう。わたしは内心でため息をついた。

硬貨を全て取り出したホームズは、貯金箱を元通りにすると、サイドテーブルに据えた。

「僕が子どもの頃にはこんな素敵な物は持っていなかったものですから」とホームズは言いながら硬貨を一枚取り上げた。「ちょっと失礼しますよ」

そしてホームズは、その硬貨を孔雀にくわえさせた。ホームズが手を離すと、硬貨の重さで孔雀が頭を垂れる。台座のスリットに、硬貨を落とす。よく見ると台座にはひな鳥が浮き彫りになっており、ちょうど開いたくちばしがスリットになっていた。ひな鳥に取ってきた餌を与える、という構図になっているのだ。硬貨がかちゃん、と台座の中にすべり落ちていき、その際に何かのバネを動かす仕組みらしく、孔雀の尾がぱっと開き、頭を上げながらキーオウ、キーオウと鳴いた。

我が友は、まるで子どものように目をきらきらとさせていた。

「ふむ、実によくできている」

彼は更に、何枚も何枚もソヴリン金貨の餌を孔雀に与え続けた。こんなに立て続けにこの貯金箱を動かすのはハーデン嬢にも初めてのことだったようで、目を見開いて笑みを浮かべながら見つめている。

硬貨の残りが三分の一程度になったところで、ホームズはそれらをざらざらっとサイドテーブルから自分の手のひらに落とした。

「手付金として、これだけ頂いておきます。事件が解決したら、あらためて残金と必要経費を頂きます。よろしいでしょうか」

「もちろんですとも」と言いながらハーデン嬢は軽くなった貯金箱を持ち上げ、ミス・セルマ・プロクターへと渡した。「調査過程で不足が生じましたら、おっしゃって下さい。いつでも、お支払いしますので」

「わかりました」ホームズはサイドテーブルの上で紙片にペンを走らせると、折り畳んで少女に差し出した。「預かり証です」

少女はそれを受け取ると、立ち上がった。

「では、くれぐれもよろしくお願いします。父母は、先にも申し上げました通り、わたくしの言うことに取り合ってくれませんでしたので、シャーロック・ホームズさんのところへ相談に伺うなどと言ったら、絶対に反対されるのは目に見えておりました。『身内の恥をわざわざ外に曝(さら)すな』って。ですから、今日もリージェンツ・パークへミス・プロクターと遊びに行く、という名目で家を出ました。リージェンツ・パークはここから目と鼻の先ですので、帰りに実際に寄って、少し散策していこうかとも思っております」

「それはいい考えですね」とわたしは言った。「わたしたちも、よく散歩に行きますよ。動物がお好きでしたら、ロンドン動物園もありますから」

「ご親切にありがとうございます」ハーデン嬢はにっこりと笑った。「あそこはわたくしも気に入りの場所ですから、よく存じておりますわ」

マリー＝ルイーズ・ハーデン嬢と家庭教師が二二一Bを去るや否や、わたしはホームズに言った。

「あんな子どもから、お金を取っていいのかい、ホームズ？　君のことだから、てっきり『お代はいりません』と言うものと思っていたが」

「ワトスン君、人というのは年齢ではなくその言動によって評価されるべきものだ。だから彼女に対して子ども扱いは失礼だよ。それに彼女はお金持ちだ。ちゃんと受け取ってあげたほうが、彼女のためになる。何かを得るためには対価が必要だということを経験する意味でもね。彼女はいずれ、本当の大金持ちになるだろうし」

ホームズの言も、なるほど道理だった。

「それで、調査はどう始めるんだい？」とわたしは問うた。

「もちろん、ハーデン嬢からの情報に則ってさ。彼女は、祖父がハイド・パークへ乗馬に行くと言っていたから、まずはそこからだね。幸い、明日は土曜日だ。そうさね、馬の走るロットン・ロウと、馬車の走るサウス・キャリッジ・ドライヴはすぐ隣り合わせだし、馬車から監視することにしようか」

翌日、シャーロック・ホームズは午後のハイド・パーク行きに備えて、ハーデン事件について考えを巡らせておくつもりだったようだ。だが先にも述べた通り、この時期、彼のもとには依頼が殺到していた。この日も午前から、新たに依頼人がやって来てしまったのである。家庭教師のヴァイオレット・スミス嬢で、ホームズも一旦は断ったのだが、どうしてもと押し切られて話を聞くことになってしまった。そして結局は引き受けることになってしまったのだが、もちろん先に抱えている事件を優先せねばならないため、わたしが彼の代わりに月曜日の朝の汽車で、スミス嬢の一件が起こっているファーナム近郊へ行かされる羽目になったのである。

話を土曜日に戻そう。午後になって、わたしたちは馬車を雇った。これに乗って、ハイド・パークへと行くのだ。

ロットン・ロウについて知らぬロンドンっ子はいないだろう。ハイド・パークの南の境界をなす一直線の乗馬用道路で、週末の午後には紳士淑女がここで馬を行き来させながら、挨拶をしたり会話を交わしたりと、社交を行うのだ。サウス・キャリッジ・ドライヴはそれに平行して走っており、こちらは馬車に乗った人々の社交の場となっている。間には、特に柵などがあるわけではない。

我々の馬車は、サウス・キャリッジ・ドライヴへ入った。

「おやホームズ、あれはスコールズ男爵だぜ」とわたしは、少し離れたところを走っている馬車を友人に示した。だがホームズは、そちらを一瞥（いちべつ）すらしなかった。

「ワトスン君」とたしなめるように言う。「今、僕たちが見張っているのはハーデン氏だよ。彼は馬に乗ってくるから、馬車に注意する必要もなければそんな暇もない」

ホームズの言は全くの正論だったので返す言葉もなく、反省して懸命にロットン・ロウを注視した。葦毛の馬が来るたびにはっとしたが、乗っているのはハーデン氏ではない別人ばかりだった。

だが、真剣に見張っていた甲斐があった。葦毛の馬に乗った白髪の老人がやって来ると、わたしはすぐに気が付いた。

「ホームズ、あれを見てくれ」

「ああ。今度こそ間違いない。ジョン・ヴィンセント・ハーデン氏と、ウィロー号だ」

彼こそ煙草王だ、と一目で判った。ミス・マリー＝ルイーズが馬の種類まで説明してくれ、写真も持参してきてくれたおかげである。

ハーデン氏はゆっくりと馬を進めていた。我々の馬車も、それと並行して走るように馭者に指示をする。ハーデン氏は時々誰かと挨拶はするが、馬を止めて話し込んだりはせずに走らせ続ける。折り返し、また走らせる。

「他の人みたいに、あまり社交はしていないね」とわたしは言った。「純粋に、乗馬が好きなのかな」

「その正反対だよ、ワトスン」とホームズは、ハーデン氏を食い入るように見つめながら言った。「彼にとって、乗馬など二の次だ」

「どうしてだい」わたしは戸惑った。「彼は馬を走らせる以外のことを、していないぞ」

「それは、彼が誰かを探しており、その誰かがいないからだ。……そら、いよいよ目的の誰かさんが見つかったようだぜ」

確かに、ハーデン氏の様子が変わっていた。馬の速度を上げて、一直線に走らせる。そして栗毛の馬の前で手綱（たづな）を引き、止まった。栗毛の馬には、黒衣の女性が乗っていた。ハーデン氏は彼女に挨拶し、話しかける。女性のほうも、親しげに返答している。そんな二人の様子をとっくりと眺めて、わたしはぴんときた。

「ははあ」とわたしはホームズに言った。「これは君よりも、わたしの領分だよ」

「ほう。というと？」

「女性関係の問題さ。察するに、ハーデン氏はあのご婦人に好意を抱くようになった。だが、あのご婦人は乗馬が趣味なのだろう。そこでハーデン氏は、彼女に近付くために馬に乗るようになった、ということさ」

「さすがワトスン君」ホームズは賞賛してくれた。「女性のことなら、やはり君にかなわないね。推理も間違いない」ホームズの声に嫌味なところはなく、純粋に褒めてくれていた。

「だから、これも君に任せたほうが良さそうだな」ホームズはそう言いながら、わたしに小型のオペラグラスを寄越（よこ）した。

わたしはそれを受け取って焦点を合わせると、件の女性を眺めた。

地味な黒衣でさえ、その女性の魅力を隠しきることはできていなかった。長い睫毛に縁取（ふちど）られた黒く大きな瞳、高くはないが形の良い鼻、笑みをたたえた唇、小さく尖った顎（あご）、細く長い首。黒衣がかえって、彼女の女性らしさを強調している。

「おやっ。あれは」わたしは思わず、声を上げた。

「どうしたね？　見覚えがある女性かい」とホームズは畳み掛けるように問うた。

「ああ。直接の知人ではないが、顔も名前も知っているよ。彼女はクレスウェル夫人だ。……うむ、間違いない」

「クレスウェル夫人。ふむ、聞いたことのある名前だな」

「一年半ほど前に亡くなったサー・レオポルド・クレスウェルの夫人だよ」

「ああ」とホームズが膝を叩いた。「それなら覚えている。サー・レオポルドは急に亡くなったが子どもはなく、財産が若い妻ひとりに相続されたので、遺産目当てに彼女が毒でも飲ませたんじゃないか、と噂されたんだった」

「その通り。元々は舞台女優でね。サー・レオポルドが気に入って、妻にしたんだ。ずいぶんと歳が離れてはいたんだが。舞台時代も、美人女優としてよく知られていたよ。『夏の夜の夢』のタイターニアが当たり役だった。その出自ゆえにこそ、夫の死に際して悪意ある噂が流れたわけだがね」

「なるほどね。……む、動きがあったようだ」

肉眼で観察していたホームズの言う通りだった。歓談していたハーデン氏とクレスウェル夫人の馬の間に、新たな馬がすっと割り込んだのだ。その馬は、男性が御していた。男性は意図的にハーデン氏を無視するようにして、クレスウェル夫人に挨拶をする。

男性は、その後もクレスウェル夫人を独占し続けていた。

「ふむ」とわたしは言った。「天下の煙草王も、こと女性に関する限りは、押しが弱いようだね。クレスウェル夫人とは一定の距離を保って離れないようにはしているが、あの男性との話に割って入って自分が主導権を握るようなことは、できないらしい」

「君からすれば『少々じれったい』かな」とホームズがからかうように言う。

「その通りだね」とわたしは臆せず答えた。「まあ、ハーデン氏は既に孫までいる歳だし、夫人を亡くしてから年月も経っているし、致し方ないかもしれない」

「あの男性に見覚えは？」

「残念ながらないんだ」

結局、ハーデン氏とクレスウェル夫人との距離は少しずつ広がっていった。ところが、今度はそのハーデン氏に近付いてくる一頭の馬があった。手綱を握っているのは、女性だ。その女性は、ハーデン氏へ親しげに話しかける。

「新たな登場人物が現われたね」とホームズ。「ワトスン君、あの女性が何者かは知らないかい？」

わたしはオペラグラスで、女性の顔や姿をじっくりと眺めた。

「判った。あれはたぶん、アナベル・ボーモント夫人ではないかと思う。ちょうどクレスウェル夫人と似たような立場でね。やはり年上の夫を亡くした、未亡人なんだよ。社交界で浮名を流しているところは、クレスウェル夫人とちょっと違うかもしれないが」

「素晴らしいよ、ワトスン君。男性のことは知らなくても、女性は必ず知っているんだね」

「いや、たまたまだよ。最近の新聞で、彼女のことがポートレート入りで紹介されていたんだ。

どんな話題だったかな。馬が好きで、今度馬主になろうとしている、というような話だったか……」

「ふむ、その情報は正しそうだ。彼女の乗っているのがかなりいい馬なのは、僕のような素人目にも判る」

ハーデン氏は、ボーモント夫人に話しかけられれば返答はしていたが、あまり熱はこもっていないようで、実際はクレスウェル夫人が気になってそちらばかりちらちらと見ているのは明白だった。ボーモント夫人はそんな相手の態度を知ってか知らずか、熱心に話しかけ続けていた。

結局ハーデン氏は、自分に話しかけるボーモント夫人、そしてクレスウェル夫人との間に割って入った男、その両方のためにクレスウェル夫人との会話に戻るのを諦めたようだった。氏は最終的に馬首を巡らし、ロットン・ロウの出口へと向かったのである。どうやら、ハイド・パークを出ることにしたようだ。ホームズは、その後を追いかけるよう馭者に命じた。ハーデン氏はやや肩を落としたまま馬を進め続け、南へと向かった。すぐにその目的地は判った。ハーデン氏の向かう先は特別な場所ではなく、チェルシーにあるハーデン家の屋敷だったのである。

我々は馬車を車回しへと進めたが、玄関よりも手前で停めさせて降りた。そして案内を乞わぬまま、厩舎があると思しきほうへと徒歩で向かう。やがて、正面からハーデン氏がやって来て、我々に目を留めた。

「なんだね、君たちは」とハーデン氏は、不審者に対するような眼差しで我々を見た。もっとも、この時点では我々が不審者であることに間違いはない。

「失礼の段、何卒お許し下さい」とホームズは言った。「ジョン・ヴィンセント・ハーデンさんでいらっしゃいますね。僕は探偵のシャーロック・ホームズと申します。こちらは相棒のワトスン博士。お孫さんのマリー＝ルイーズ・ハーデン嬢のご依頼を受けて、活動しております」

ハーデン氏は、困惑の表情を浮かべた。

「マリー＝ルイーズが？　探偵を？　何かの間違いではないかな。孫のマリー＝ルイーズはまだ小さな子どもなのだが」

「ご不審はごもっともです。……実は、ミス・マリー＝ルイーズはあなたのことを心配していらっしゃいましてね。それで僕のところへいらしたのです」

それを聞いて、ハーデン氏の表情が困惑から驚愕へと変化し、最後にははたと何かに気付いたような顔に至った。

「私のですと！……それはもしや」

「あなたが奇妙な迫害を受けている件です。もっと具体的に言えば、偽恋文による嫌がらせです。そのためにあなたがすっかり憂鬱になっていらっしゃるのをご覧になったミス・マリー＝ルイーズが、僕に解決を頼んだという次第です」

「ふむう、マリー＝ルイーズが……。祖父思いのいい子で実に嬉しい。もっとも、このことはあまりおおっぴらにしたくないのだが……。とにかく、立ち話もなんですな。とはいえ、屋敷の中でこの話はあまりしたくない。お二方、こちらへ」

ジョン・ヴィンセント・ハーデン氏は先に立って、わたしたちを庭園のほうへと案内した。そこは綺麗に整えられており、ハーデン氏が単なる成金などではない趣味人であることを示していた。あまり大きくはないが丁寧な細工の施された四阿(あずまや)があり、我々はそこに腰を落ち着けた。

「ここなら、使用人の耳にも入らんでしょう」とハーデン氏は言った。「この場所で一服やるのが、私の何よりの楽しみでしてな」

彼は煙草入れを取り出すと、我々に紙巻き煙草を勧めた。ホームズとわたしはありがたく頂戴し、三人で紫煙をくゆらせた。煙草王自らが吸っているだけあって、確かにうまい煙草だった。

煙草を吸いながら、わたしたちは話を交わした。偽恋文についてミス・マリー＝ルイーズが語ってくれたことは概ね(おおむ)間違いなかったが、実際にはまだ他にもあったことをハーデン氏は教えてくれた。

「なるほど」とホームズは煙を吐きながら言った。「そして『名誉が大事ならばクレスウェル夫人に近付くな』というような脅迫をされたのではありませんか」

「おお、そんなことまでマリー＝ルイーズが言っていたのですか？」

「いいえ、彼女はそれについては知りません。脅迫については僕の推理です。とはいえ、動物嫌いだったあなたが急に乗馬好きになったことは彼女も気が付いていました。そこで我々は、ハイド・パークであなたが来るのを待っていて、そしてクレスウェル夫人とのことを知った、という次第です。密かに見張ったりなどして、すみませんでした」

「いや、構わんよ。それよりも、可愛い孫娘にいらぬ心配をさせてしまったとは。この埋め合わせは、してやらないといかんな」

「ご令嬢が一番喜ぶのは、あなたが以前のように平穏な日々を送ることだと思いますよ。それで、クレスウェル夫人とはどのようにして知り合われたのですか？」

「彼女のことは以前から『元女優でクレスウェル氏のもとへ嫁ぎ、今では未亡人として悠々と暮らしている婦人』として、名前だけは知っておりました。ある意味、有名人ですからな。一方で私は、妻を亡くして十数年、男やもめとして仕事一筋で暮らしてきました。そんな私がクレスウェル夫人と出逢ったのは、ボンド街にある美術ギャラリーでのことです。彼女はたまま、そこで私よりも先に絵画を見ていたのですが、熱心に鑑賞していたにもかかわらず、背後から私が同じ絵を眺めているのに気付くと、さり気なく私の邪魔にならぬように避けてくれました。私は彼女と並び、礼を言おうと彼女の顔を見た途端、絵画に描かれている人物以上に美しい彼女の姿に、心を奪われてしまったのです。私は彼女に話しかけて、彼女が知る人ぞ知るクレスウェル夫人であること、その日は偶然このギャラリーに入ったことなどを聞き出しました。また彼女が乗馬好きで、週末には毎週のようにハイド・パークへ行っていることを知ったのです。私はそれから慌てて乗馬の練習をしました。人間、確固たる目的があれば、何事でも乗り越えられるものですな。動物嫌いだった私が立派に馬に乗れるようになり、それどころか週末の乗馬を楽しみにするようにすらなったのですから。クレスウェル夫人とはその後もハイド・パークで親交を深め、彼女も私のことを少なくとも憎からず思ってくれているのでは、という気もするようになってきました。しかしクレスウェル夫人は美しい。彼女と親密になりたいと考える男性は、当然ながら私だけではありませんでした。私と同じように、ロットン・ロウで彼女と接近を図る男が、他にもいたのです」

「先ほども、ひとりいましたね」とホームズが言葉を挟んだ。「わざわざ、あなたとクレスウェル夫人の間に割って入った男が」

「そうです。あれは特に大胆な輩で、タッカーという人物です。どうやら、輸入業者らしいのですが、よくは知りません。奴は私とほぼ同じ頃からロットン・ロウに現われ、クレスウェル夫人に近付いたのです。しかしまあ、恋の鞘当てをしているうちは、今から考えれば平和なものでした。やがて、犯人は不明ですが、偽恋文による嫌がらせが始まったのです。それはマリー＝ルイーズから聞いておられますな？　では簡単に。最初はジョージ・デュベリー氏の娘、ミス・シンシア。次はミルズ海運のジェイムズ・ミルズ氏の娘、ミス・ポーレットでした。具体的にはそこまでしかお聞きでない？　後は紡績会社の重役だった故ヘンリー・ボーモント氏の令嬢であるベリンダ嬢が三番目、それから四番目がヘッジズ百貨店の経営者アラン・ヘッジズの娘ミス・ブリジッドでした。それに加えて、私が若い娘たちに片っ端から恋文を出している、という噂まで流されたのです。そして、いよいよ、本格的な脅迫の手紙が私のもとへと送りつけられました。我が煙草会社ハーデン商会は、王室御用達です。その名誉ある御用達の座を、悪い噂によって失ってもいいのか、さもなくばクレスウェル夫人から手を引け――そのような内容でした。ここに至ってようやく、私がクレスウェル夫人と親しくしていることが嫌がらせの原因だったと判明したのです」

「その脅迫状は残っていますか？」とホームズ。

「申し訳ない、あまりに頭にきたので、びりびりに破いて暖炉に放り込んでしまいました。脅迫に屈するつもりもありませんでしたしな。今ではもう、会社の経営も、ほとんど息子のジェフリー――マリー＝ルイーズの父親です――に任せてありますから、何を言われようと関係はありません。まあ、息子とその妻エヴァは、ずいぶんと気にしていたようですが。二人はマリー＝ルイーズと違って大人ですから、私がクレスウェル夫人に心を奪われていることも気付いていました。彼らは私にやんわりと『会社のために自重してくれ』と言ってきましたが、そもそもハーデン商会は私が一代で築き上げた会社です。万が一何か大変なことがあったとしても、私が作った会社を私が壊してしまったというだけのことです」

「とはいえ、財産を持っているという意味でも、あなたが魅力的な存在であることは間違いありません。先刻もロットン・ロウで、クレスウェル夫人とは別にあなたへ話しかけてきたご婦人がいましたね」

　ハーデン氏は、一瞬考えてから答えた。

「ああ、アナベル・ボーモント夫人のことですか」

「やはりそうでしたか」とホームズは言いながら、わたしに目配せをした。わたしもちょっと得意になり、うなずき返す。

　ホームズは続ける。「ボーモント夫人とは、どういうご関係で?」

「実は、例の偽恋文が送られたひとりであるベリンダ嬢というのは、彼女の娘なのですよ。手紙が偽物であることは私から説明したのですが、一時は『自分の娘が煙草王の妻に!』と誤解したために、彼女はまあ、色々考えてしまったらしくてですね。『娘は若過ぎるから駄目だったのだ。それならば私が!』という自分勝手な結論に達してしまったようなのです。それなもので、以来、私に付きまとってくるようになった――という次第です。やんわりと遠ざけてはいるのですが、なかなかしつこくて、困っています。私の気持ちは、クレスウェル夫人にしか向いていないのですから」

「ほう。偽恋文とも関係してくるとなると、ただあなたに接近しようとしているだけの女性とは、事情が違ってくるかもしれませんね。となると、無視はできません。……もし偽恋文による悪い噂でハーデン商会の評判が落ち、王室御用達の座を失ったとして、その場合に得をするのは誰でしょうか」

「そりゃあもちろん、ライバルの煙草会社ですよ」と、ハーデン氏は即答した。

「そうでしょうね。では、その中でハーデン商会を蹴落としてでも優位に立ちたいと考えていそうなのは?」

　今度は、少し考えてからハーデン氏は答えた。

「ふうむ。……〈シェリンガム親子商会〉、ですかね。あそこは以前から、隙あらば御用達の座を奪おうと狙っているのが見え見えでしたから」

「ああなるほど」とホームズはうなずいた。「確かにシェリンガム親子商会も、立派な煙草屋ですからね。ハーデンさんには申し訳ないが、僕はあそこで煙草を買ったこともありますよ。便の良い場所にお店がありますからね」

「リージェント街のヘッジズ百貨店のすぐ近くですからなあ」ハーデン氏は苦笑した。「百貨店で買い物をしてそのついでに、というお客さんは、さぞ多いことでしょう」

「ハーデンさんは同業者ですから、シェリンガム親子商会の仕入れ状況に関する情報が、入ってきたりしませんか？」

「それは、まあ……スパイをするわけではありませんが、同じ相手から輸入することもありますので、話が伝わってこないでもありません。なぜです？」

「この後、シェリンガム親子商会へ行ってこようかと思いましてね。どうせなら、まだ他の客が知らない入荷したての煙草を買おうかと考えたんですよ」

「そうですか」ハーデン氏は不思議そうな顔をした。「でしたら……ボルネオ葉巻ですかね。あれならまだ届いたばかりで、店には出していないはずです」

「それそれ、そういうやつが欲しいんですよ」とホームズは言いながら、両手をこすり合わせた。「ああ、今から楽しみでなりません」

ハーデン氏は、ライバル会社へ行くのが「楽しみだ」と言っているホームズを前に、複雑そうな表情を浮かべている。

「ところでホームズさん。マリー＝ルイーズは、あなたへの依頼料をどうしましたか？」

そこでわたしから、貯金箱について説明をした。ハーデン氏は目をみはった。

「なんと。あれの父親などは、私が遺すことになる金のことばかり考えているというのに。

……ホームズさん、お願いです。依頼料はあの子からではなく、私から支払わせて下さい」

「いけません、ハーデンさん」とホームズはかぶりを振った。「お孫さんから学びの機会を取り上げるのですか」

ハーデン氏は、はっとなった。

「おお、確かにおっしゃる通りです、ホームズさん。私は孫可愛さゆえに、冷静な判断を下せずにおりましたよ。……ではホームズさん、ワトスン先生、シェリンガム親子商会へ行くのは今回きりにして、今後煙草をお求めの際は、必ずハーデン商会にお越し下さい。お二人からは、一切お代を頂きませんので。これは私からの、感謝のしるしです。それにしても……」とジョン・ヴィンセント・ハーデンは、煙草を吸っているホームズをしげしげと眺めた。「ホームズさんは、煙草を吸う姿が実にさまになりますなあ。もしよろしければ、我がハーデン商会の広告のモデルになって頂けませんかな」

「それは絶対にお断りさせて頂きますよ」とホームズはきっぱりと言った。

「それは残念。ところでホームズさんは聞くところによると、ペルシャ・スリッパの爪先にパイプ用の煙草の葉を入れているとか。それだと葉が乾いて風味も飛んでしまいますから、是非ともおやめ頂きたい」

「やれやれ」とホームズは苦笑いをした。「そんなことまでご存じとは。ワトスン君が事件の記録と称して、僕の私生活まで書きたてる悪影響ですね。ですが大丈夫ですよ。僕は事件に取り掛かっている時期に一晩考え事をする際などは、大量のパイプ煙草を消費しますので。ペルシャ・スリッパに入れておいた分ぐらい、風味が飛ぶ前に吸いきってしまいますよ」

「本当です」とわたしも横から言った。「彼が徹夜をした翌朝など、部屋が火事でも起こったかというほどの煙で一杯になっていますから」

「それほどの愛煙家でいらっしゃるとは、実に嬉しいですな」とハーデン氏は笑みを浮かべて言った。


話を終えたわたしたちとハーデン氏は庭園の四阿を後にして、我々の馬車が駐めてあるところまで戻った。そこに、一台の馬車が走ってきて、わたしたちのすぐ横で停まった。

その馬車の窓から、一組の男女が顔を覗かせた。男性のほうはハーデン氏よりも遥かに若いが、目元や鼻筋、顎の線などがハーデン氏にそっくりだ。先ほど名前の出た、息子のジェフリー・ハーデンに間違いなかろう。とすると、女性のほうはその妻か。ほっそりとしており、ミス・マリー＝ルイーズとはあまり似ているようには思えなかった。しかしなかなかの美貌の持ち主ではあり、ミス・マリー＝ルイーズも何年か経てばこのような美人に育つのかもしれない。

男性が、ハーデン氏に言った。

「やあ、お父さん。何をしてらっしゃるんです？」

ハーデン氏は、我々に小声で言った。

「息子のジェフリーと、その妻のエヴァです。マリー＝ルイーズの両親ですよ。買い物から帰ってきたようです」

そして今度は、ハーデン氏は息子に向かって言った。

「ああ、今帰ったのか。こちらは私の新しい友人のホームズ氏とワトスン博士でな。ハイド・パークで知り合って、さっそく私の自慢の庭園をお見せしていたのだよ」

「そうですか」

ジェフリー・ハーデンは、ホームズとわたしを不審者を見るような目で眺めた。自分の父親が脅迫めいた手紙を受け取っていることは知っているのだろうから、父親に接近してくる人物に警戒してしまうのも、ある程度致し方あるまい。

夫人のほうは、大人しく黙ってこちらを見つめていた。やはり歓迎という雰囲気ではなく、何か、心配そうな表情を浮かべている。

我々が正体を明かせばまた反応も違っただろうが、ハーデン氏があえて伏せる形で紹介したのだから、それに従っておくべきだろう。

「ではハーデンさん」とホームズが言った。「僕たちは、これで失礼します」

そして待たせてあった馬車に乗り込んだので、わたしもそれに続いた。馬車が走り出し、ハーデン一家と十分に離れたところで、ホームズが合図をして馭者の注意を引いた。

「リージェント街へ向かってくれ」

それで、目指すべき次の目的地が判った。シェリンガム親子商会である。

シェリンガム親子商会は、たくさんの客でにぎわっているヘッジズ百貨店の並び、横丁を挟んですぐ隣にあった。店に入ったわたしとホームズに最初に応対したのは、二十代と思しきまだ若い店員だった。さすがはハーデン商会と競い合っているだけあって、その店員の応対も丁寧だった。しかし「ボルネオ葉巻を」というホームズの注文を聞いて、店員は困ったような表情を浮かべて言った。

「申し訳ございません。少々お待ち頂けますか」

そして店の奥へと消えた。やがて、奥からやや髪の薄い初老の男性が現われた。

「ボルネオ葉巻をご所望のお客様ですね。お待ち頂いて申し訳ありませんな。こちら、まだ届いたばかりで店頭には出しておりませんでしたもので」

「やあ、それは良かった」とホームズはしれっと言った。「実はその葉巻、とある高貴な方へのお使いものなんですが、急ぎで必要になりましてね。それで、こちらなら置いてあるんじゃないか、と考えて伺ったんです。案の定でしたよ。さすがはシェリンガム親子商会だ」

「そうでしたか」男性の顔に得意げな色が浮かんだ。「それは恐れ入ります。わたくしはこの商会の主、シェリンガムと申します。今後とも、是非ご贔屓に願いますよ」彼はここで、奥のほうへ向かって大声で言った。「フリッツ。こちらに頼む」

店の奥から、はい、と応答があり、ほどなくひとりの男性が箱を持ってやって来た。これがフリッツ・シェリンガムであろう。「親子商会」の、息子のほうだ。髪はふさふさだが、目鼻立ちはシェリンガムにそっくりだった。数十年後には、父親の今の外見と全く同じになるに違いない。

ようやく、ホームズの意図が判った。入荷したばかりで店頭に出ていない特別な煙草を注文すれば、経営者自らが出てくるはずと考えたのだ。彼らに会い、話をするのが目的だったのである。

ホームズは煙草をフリッツ・シェリンガムから受け取り、香りを嗅いだ。

「うん、これなら先方もご満足でしょう。これを包んで下さい」

シェリンガム親子が店員に包装を指示したところで、ホームズは何気なく言った。

「ところで、こちらになかったら次は王室御用達の店へ行こうと思っていたんですよ。ええと……何て店でしたっけ」

親子は一瞬目配せを交わし、シェリンガムが口を開いた。

「それでしたらハーデン商会ですね」

「ああ、そうでした、そうでした。おたくのお店から見て、あそこはどうですか」

「ええ、立派な店ですよ」とシェリンガムは答えたが、ぴくり、と眉が動いたのをわたしは見逃さなかった。

「でも」と息子のほうが付け加えた。「ハーデン商会だったら今、この煙草は切らしていたかもしれません。先にうちにお越し頂いて、ようございました」

「ほう、そうですか」とホームズ。「無駄足を踏まずに済みました。それから、もうひとつ。クレスウェル夫人は、ご存じですか？」

「よく存じ上げておりますよ」とシェリンガムが答えた。「今は亡きご主人、クレスウェル氏には、当商会をご愛顧頂いておりましたから。夫人も、未だにうちを使って下さってます」

「おや、そうでしたか。夫人は何を吸ってらっしゃるのですかな？」

「細巻き煙草ですね。味はもちろん重要ですが、女性の場合は見た目のお洒落さも重要になってきますから」

話をしている間に包装が完了し、ホームズは代金を支払った。シェリンガムに「顧客名簿に載せておきたいから」と名前と住所を尋ねられたが、ホームズは「モンタギュー街一七番のシェリンフォード・エスコット」とでまかせを答えていた。

店を出ると、ホームズは包みを持ち上げながら言った。

「葉巻の代金は捜査経費に計上せず、我々で吸うことにしようじゃないか」

「賛成だ。折半するよ」

「そう言ってくれると思ったよ、ワトスン君」ホームズはわたしの腕を軽くぽんぽんと叩いた。

ところが、ここでハーデン事件は予想外の方向へと展開する。

翌日の午前、調査の経過を知りたいからと、マリー＝ルイーズ・ハーデン嬢がベイカー街二二一Bを訪ねてくることになっていた。しかし、現われたのは彼女の家庭教師ミス・セルマ・

プロクターひとりだった。しかも、彼女の顔は死人かと思うほど蒼白で、唇を震わせていた。

「どうしたんです、プロクターさん」とホームズが声をかけた。「ハーデン嬢はどうしましたか」

「お嬢様は……お嬢様は……たった今、こちらへ来る途中で……さらわれてしまいました。ああ、わたくしはどうすれば」

シャーロック・ホームズの表情が、みるみるうちに厳しくなった。

「落ち着いて下さい。まずはこちらへ坐って。ワトスン君、彼女にブランデーを」

家庭教師は暖炉の前の椅子へ崩れるように腰を下ろし、わたしが急いで運んできたブランデーのグラスを小刻みに震える手で受け取った。グラスをかちかちと歯にぶつけながら一口呑み、ようやく顔に血の気が戻ってくる。

「一体、何があったのですか。どうか、順番に話して下さい」とホームズが問うた。

「はい。お嬢様とわたくしは、約束の時間に間に合うようにと馬車で屋敷を出ました。途中までは順調だったのですが、キングス・ロードを走っていてスローン・スクエアに差し掛かる手前の辺りで、急に、前に一台の箱馬車が割り込んできて、進路を塞ぐように停まったのです。こちらの馭者が抗議しようと飛び降りると、向こうの馬車からばらばらっと覆面をした三人の男が飛び出し、うちひとりが馭者の首筋を何かで殴ったのです。馭者は、放り出された人形のようにその場にぐったりと倒れてしまいました。続いて男たちはこちらの馬車へ駆け寄ってくると、お嬢様を乱暴に引きずり出して、自分たちの箱馬車の中へと放り込んだのです。お嬢様は口元を押さえられていて、悲鳴を上げることもできませんでした。わたくしが大声を上げて人を呼ぼうとした瞬間、一番大柄の男がわたくしに顔を近付けて、低い声で『お嬢ちゃんの身が心配なら黙って大人しくしてろ。これをハーデンの爺さんに渡すんだ。必ずだぞ』と言ってわたくしに封筒を押し付けてきたのです。そして彼らは箱馬車に乗り込み、走り去ってしまいました。あっという間の出来事でした。わたくしは馭者を介抱し、彼がなんとか手綱を握れる程度に回復するのを待って、こちらまで駆けつけた次第です」

「その渡された封筒を見せて下さい。さあ、早く。ハーデン氏宛であっても構いません、後で僕から説明します」

ミス・プロクターは、握り締めていたのか少し歪(ゆが)んだ封筒をホームズに手渡した。ホームズは封筒を開き、中から便箋(びんせん)を取り出すと、それを読み上げた。

「『ジョン・ヴィンセント・ハーデンへ。貴殿の孫娘は預かった。彼女を無事に帰して欲しくば、二度とクレスウェル夫人に近付くな。絶対にロットン・ロウへは行くな。従わねば、孫娘の命は保証しない。Xより』」

読み終えたホームズは封筒と便箋の匂いを嗅ぎ、更にテーブルの上の拡大鏡を取り上げて紙を綿密に眺めた後、光にかざした。

「ふむ。ハバナ葉巻の香り。紙質も上等だ。透かしは『Monte-Carlu』の文字。これはモナコ語でモンテカルロのことだ。モンテカルロは、もちろんモナコ公国の首都だ。……モナコ公国。つい最近、その名前を目にした覚えがあるのだが」

わたしは椅子のひとつに山積みになっている新聞をひっくり返して、目的のものを見つけた。

「これじゃないか、ホームズ。『四月にモナコ公国のジョゼフ公子がロンドンへ』――正に今だ」

「でかした、ワトスン君。モナコ公国の公子が来ているのと同じタイミングで、モナコ公国の紙が脅迫に用いられた。偶然だと考えるより、関係があると考えるほうが妥当だろう」

「どうする、ホームズ？　モナコ公国の大使館へ、乗り込むか？」

「いや、正面からぶつかるのは得策ではないだろう。ヒントは、この手紙によって与えられている」ホームズは便箋を振った。

「ヒント？　どういうことだ」

「ロットン・ロウだよ。わざわざ、そこへは行くな、と命令している。ということは、ロットン・ロウで何かがあるんだ。間違いない」

我々は、ミス・セルマ・プロクターがハーデンの屋敷へ戻るのに同行し、ハーデン氏に面会を求めた。ホームズとわたしだけでハーデン氏に会い、我が友が例の手紙を見せてマリー＝ルイーズ・ハーデン嬢が誘拐された状況を説明すると、ハーデン氏は便箋を手にしたまま凍りついた。

「一体、どうしてこんなことに……。私はどうすれば……」

「取りあえず、手紙の指示に従いましょう。今日のハイド・パークでの乗馬はお控え下さい」

「それはもちろんですが、果たしてそれだけでマリー＝ルイーズは戻ってくるのでしょうか」

ホームズは、相手を安心させるように大きくうなずいた。

「大丈夫です。あなたが行かないからといって、誰も行かないとは言っていませんよ。僕とワトスン君が、状況を見極めてきます。そして、お嬢さんを取り戻すよう、全力で努めます」

「お願いします。お金が必要でしたら幾らでも言って下さい。あの子が戻ってくるならば、全財産を投げ出しても構いません」

「その必要はありませんよ。依頼人は、お孫さんですから。依頼人がいなければ、報酬をもらえなくなります」

「息子と嫁——ジェフリーとエヴァには知らせておきますか」

「いえ、まだやめておきましょう。今の時点では、迅速な判断と行動が必要とされます。娘が誘拐されたと知れば、動揺して勝手に動き回り、僕の行動を邪魔する恐れがあります。そうなったら、かえってミス・マリー゠ルイーズの生命が危機にさらされかねません」

「ふむ、そうだな」とハーデン氏はうなずいた。

午後、ホームズとわたしはハーデン氏から馬を二頭借りて、それに乗ってハイド・パークへと向かった。ロットン・ロウは、今日も馬に乗った人々で溢れていた。誘拐事件が発生したなどとは誰も知らず、みな優雅に社交している。ここにいると、犯罪など全く別な世界の話のようにすら思えてしまう。だが実は、この人々の中にハーデン嬢誘拐と関係のある人間がいるのだ。

さほど待たずに、クレスウェル夫人が馬に乗って現われた。我々は少し距離を取って、二人で世間話をしているように装いつつ、クレスウェル夫人のほうを監視していた。幸い、先方はこちらには全く気付いていない様子だったが、辺りをちょっと見回すような素振りを時折見せた。

わたしは小声でホームズに言った。「彼女は何か知っていて、警戒しているのだろうか」

「いや。いつもならすぐに彼女のもとへ駆けつけるハーデン氏がいないから、どうしたのかと思って探しているのだろう」

そこへ、馬に乗った男が現われてクレスウェル夫人へと近付いていった。昨日、ハーデン氏と彼女との間に割り込んだ男、タッカーだ。タッカーは親しげにクレスウェル夫人に話しかけ、ハーデン氏がいないのを幸いとばかりに彼女を独占する。

クレスウェル夫人とタッカーは、会話を交わしながら馬をゆっくりと進ませていた。二人の馬が、サウス・キャリッジ・ドライヴ側に寄る。その時、一台の立派な馬車が二人のほうへとゆっくり近付いていった。

ホームズが鋭い声で言った。「あれを見たまえ、ワトスン君」

彼に言われるまでもなく気が付いた。件の馬車には、紋章が入っていたのである。宝冠の下の左右には、剣を掲げた修道僧が配置されている。

「うむ。グリマルディ家——モナコ大公家の紋章だな」

馬車の中の、堂々たる押し出しの貴人が、クレスウェル夫人へと話しかけた。最初、クレスウェル夫人は驚いた様子だったが、相手の人品卑しからざる様子ゆえにか、丁寧に応対してい判らない。

るようだ。そのうち、タッカーも含めた三者での談笑となった。残念ながら、話の内容までは判らない。

やがて、動きがあった。モナコ大公家の紋章入り馬車が再び走り出すと、クレスウェル夫人を乗せた馬とタッカーを乗せた馬も、それに従うように同じ方向へと走り出したのだ。ハイド・パークの出口へ向かって。

「ワトスン君、行くぞ」とホームズが馬首を巡らしながら言った。「彼らの進路を塞ぐんだ。僕は馬車を停めるから、君は馬の二人を頼む」

その言葉が終わらぬうちに、ホームズは馬を走らせ始めていた。わたしも、すぐに続く。

先方はさしたる速度を出していなかったので、公園を出てしまわないうちに追いつくことができた。追い越してから、ホームズは馬車の進路を塞いだ。馬車は、ホームズの馬にぶつかる直前に停まる。わたしもクレスウェル夫人たちの前に出て、馬身で彼らの行く手を遮ると、二頭の馬も、すぐに止まった。

「貴様ら、何の真似だ」と、タッカーが怒鳴った。「こちらを、どなたの馬車と心得る」

「モナコ公国の、ジョゼフ公子殿下でいらっしゃいますね」とホームズは、タッカーを遮るように言った。「失礼致します。僕はシャーロック・ホームズと申す者です」

殿下は、眉をぴくりとさせたが、それ以外に動じた様子は一切見せなかった。

クレスウェル夫人は、目を丸くして事の成り行きを見ている。

「さらわれたマリー＝ルイーズ・ハーデン嬢はどこにいますか」と、ホームズがずばりと問うた。

　クレスウェル夫人は、驚きの声を上げて片手で口を押さえた。

「それは何のことだね」と、遂にジョゼフ公子が口を開く。その声には威厳と力強さとが同居していた。

「これは失礼」とホームズ。「言葉が足りませんでしたね。では、改めて。さらわれたマリー＝ルイーズ・ハーデン嬢はどこにいますか――ミスター・タッカー」

　一同の視線が、タッカーへと集中した。

「……な、なんのことだ」タッカーは、急に言葉が喉に詰まったかのように、かすれた声で言った。

「とぼけても無駄ですよ、ミスター・タッカー。では、殿下にもちょっとお話を伺ってみましょう。殿下、これは僕の推測なのですが、あなたはどこかでクレスウェル夫人の姿をご覧になって、気に入られたのではありませんか。それを誰かに話したところ、ミスター・タッカーが話を持ちかけてきた。クレスウェル夫人を、殿下の〝英国の恋人〟にして差し上げますから、とかなんとか。殿下には既に婚約者がおられますから、妃殿下に、というわけには参りませんよね。殿下は半信半疑ながらも、その支度金をミスター・タッカーに与えた。そしていよいよ今日、クレスウェル夫人と引き合わせるから、とミスター・タッカーに言われ、殿下はここにいらした。そして今から、場所を変えてクレスウェル夫人とゆっくり話を……というところに僕らがやって来た。いかがですか、殿下」

ジョゼフ公子は沈黙していたが、やがて言った。

「その通りだ。クレスウェル夫人とは、今日偶然会ったということにしたかったのだが、そこまで知られていては認めるしかあるまい。それにしても、さらわれたマリー＝ルイーズ・ハーデン嬢というのは、私と何の関係があるのだね」

「実は、最近クレスウェル夫人と近づきになりたいと考えた男性は殿下だけではありませんでしてね。ジョン・ヴィンセント・ハーデンという人物です。先に申し上げておきますと、ハーデン氏は結婚歴こそありますが現在はやもめですから、その意味では殿下よりも有利ということになります。クレスウェル夫人とは少し歳の差はありますが、大金持ちで、しかも何よりも人柄がいい。ミスター・タッカーとしては、そんな人物がクレスウェル夫人の近くにいては邪魔なことこの上ない。そこで、最初は偽恋文で『煙草王が年甲斐もなく若い子にちょっかいを出している』と悪い噂を流してクレスウェル夫人から遠ざけようとしたが、ハーデン氏は評判など全く気にしなかった。そのため今度は実力行使に出て、ハーデン氏の孫娘ミス・マリー＝ルイーズを誘拐し、クレスウェル夫人に近付くな、とハーデン氏を脅迫した——そんなところです。さて殿下、お願いがございます。ミスター・タッカーは、僕が問い質(ただ)してもミス・マリー＝ルイーズの居場所を白状しないでしょう。そこで、殿下から質問してみて頂けませんか」

ジョゼフ公子は、高貴な立場の者にのみ醸(かも)し出せる迫力をもってタッカーをぎろりと睨(にら)み、言った。

「タッカー。私はそんなことまでせよとは言っておらんぞ。よくも私の顔に泥を塗ってくれたな。犯罪に関わってまでご婦人と親しくなりたいなどと、私は全く思っておらん。それなのにこれではまるで私が、ご婦人を我が物とするためならば何でもする悪い貴族のようではないか。今すぐ、そのマリー＝ルイーズ・ハーデン嬢の居場所を白状せよ」

タッカーは、完全に顔面蒼白になっていた。恐慌を来して逃げ出さぬよう、わたしは彼の馬の手綱を横からしっかり摑んでいた。

「いえ、わたしは……」と、タッカーは口ごもる。

「私に関しては目こぼししてやらんでもない。だがこの期に及んで私を騙そうとすれば、ヨーロッパのどこにも居場所がないようにしてくれるわ」

タッカーが、瞬時に身を縮めるのが判った。

「わ、わかりました。ナイツブリッジのアレキサンドラ・ホテルです。あそこの五号室に、マリー＝ルイーズはいます」

「こやつ」とジョゼフ公子が言った。「ずうずうしくも、私の滞在しているホテルに誘拐した少女を監禁しておったのか」

「それだけではありませんよ」とホームズが言った。「彼は殿下のところから便箋をくすねて、それで脅迫状を書いていたんです。……さあタッカー、今すぐ行くから、お前も来るんだ。クレスウェル夫人、よろしければこのあと、殿下のお茶のお相手をお務め願えますか。僕たちは今から、ミス・マリー＝ルイーズを救出に行かねばなりませんのでね」

わたしとホームズは左右からタッカーの馬を挟んで逃げられないようにして、アレキサンドラ・ホテルへと向かった。途中で巡回中の制服警官に遭遇したので、スコットランド・ヤードのレストレード警部に警察馬車でアレキサンドラ・ホテルまで来るように、と伝言を頼んだ。

アレキサンドラ・ホテルに入ったところで、ホームズはタッカーに手錠をかけた。支配人に借りた鍵で五号室の扉を開けると、間抜けな顔をしたひとりのちんぴら然とした男が立ち尽くしていた。見張り役だったのだろう。ホームズはこの男にも、素早く手錠をかける。

そしてホームズは声を上げた。

「ミス・マリー゠ルイーズ！　どちらですか？」

たちまち奥の扉が開き、少女が飛び出すや否や、ホームズに抱きつく。マリー゠ルイーズ・ハーデン嬢だった。

「ホームズさん！　絶対に助けに来て下さると、信じておりましたわ」

ホームズは、優しく彼女の背に手をやった。

「ミス・マリー゠ルイーズ、依頼人をこんな危険な目に遭わせてしまい、申し訳ありませんでした」

「いえ、わたくしこそ、自分の身に危険が及ぶことを予想してしかるべきでした。でも、ほんとは……怖かったの」

ハーデン嬢はホームズにぎゅっとしがみついて、泣き出した。ホームズは困ったように、彼女の背を撫でている。

やがてレストレード警部が、部下の警官を引き連れて駆け込んできた。

「やあレストレード警部」と、ホームズがほっとした様子で言った。「今日紹介するのは、ミス・マリー＝ルイーズ・ハーデン誘拐犯のタッカーと、その手下だ。詳しい話は後ほどヤードに出向いてするから、何はともあれそこの二人を連行してくれたまえ。よろしく頼むよ」

呆気に取られていたレストレードだったが、ハーデン嬢が涙を拭きながら自分が煙草王ジョン・ヴィンセント・ハーデンの孫であること、二人の男が自分をさらって監禁していた犯人であると語ると、ようやく状況を把握したようだった。手下とともに、タッカーを連行していく。

馬は誰かに取りに来てもらうことにし、我々は辻馬車をつかまえてミス・マリー＝ルイーズをハーデン家まで送り届けた。ジョン・ヴィンセント・ハーデン氏は狂喜乱舞してミス・マリー＝ルイーズを迎えた。

我々が出かけた後で説明を聞いたという二代目ハーデン夫妻、つまりミス・マリー＝ルイーズの両親は、ホームズに対して平身低頭だった。

「本当にありがとうございました」と父親ジェフリー・ハーデンは言った。「それから、昨日は大変失礼を致しました。あの時は、ホームズさんがどういう方か存じ上げておりませんでしたもので。しかも今回のことは、マリー＝ルイーズがホームズさんにお願いをしたのだとか。何から何まで、お世話になりました」

「お嬢さんは、たぶんあなたが考えてらっしゃるよりも、ずっとしっかりしていらっしゃいます。ですから、もっと話を真剣に聞いてあげて下さい」

「はい、わかりました」そう言って、ジェフリー・ハーデンは娘の頭を撫でていた。

親がホームズと話をしている間に、ミス・マリー＝ルイーズはわたしに近付いてくると、小声で言った。

「あの……シャーロック・ホームズさんって、独身ですわよね」

一体何を訊くのかと思いつつも、わたしは答えた。

「ええ、そうですよ」

「わたくしがもう少し大きくなったら、お嫁にもらって頂けないものかしら」

わたしは思わずのけぞってしまった。まじまじと彼女の顔を見つめると、頬がほんのりと紅潮している。どうやら、冗談ではないらしい。わたしは返事に困った。

「え、ええと。……お嬢さんが大人になる頃には、ホームズはお爺さんになっていると思いますよ」

「構いませんわ。わたくし、どこにもお嫁に行きませんから」

わたしは改めて彼女を観察した。燃えるような赤毛だが、子どもの頃の赤毛が大人になって見事なブロンドになることはよくある。実際、彼女の母親はブロンドなので、そうなる可能性は大である。また鼻や頬にそばかすはあるが、これも消えてアラバスターのような白い滑らかな肌になるかもしれない。これまた、母親が見事な白い肌をしているのだ。均整の取れた目元や口元には、今から知性が表われている。——この子が、将来とびきり美麗な女性になる可能性は、十分にある。

ベイカー街へ帰ってから、わたしはマリー＝ルイーズ嬢の話をホームズに伝えた。ホームズはくっくっと笑い、答えた。

「彼女が成長する頃、僕はとっくに爺さんになってるよ。それに、そもそも結婚生活なんぞというものは生涯ご免こうむりたい。……とはいえ、彼女は探偵として筋がいい。探偵業の相棒にならできるかもしれないが、生憎と僕には君がいるから、その座は空いていない。僕のパートナーは、君だけだからね」

ホームズは続けた。「彼女は良家のお嬢さんだから、現時点では探偵として働くことなど社会的に到底許してもらえないだろうが、もしかして彼女が大人になった時代には、そんな状況も変わっているかもしれないね。いや、それこそ彼女のような女性が、婦人の地位を変えていくのかもしれない。僕が引退して隠居生活を送りながら、新聞で彼女の名前を読むような時がくるとしたら、その時が楽しみでならないよ」

その後、モナコのジョゼフ公子とコリンヌ伯爵令嬢との結婚の日取りが決まった、というニュースを新聞で読んだ。その直後、ジョゼフ公子からホームズ宛に、荷物が届いた。中身は、見事な紫水晶の嵌められた煙草ケースだった。いらぬ恥をかかせずに済ませてくれたお礼、ということらしい。

そしてジョン・ヴィンセント・ハーデン氏からは、遂にクレスウェル夫人と婚約した、という知らせがあった。この二人の歳の差を考えれば、ホームズとマリー＝ルイーズ嬢の歳の差もあまり変わらない――とは思ったのだが、それはホームズ本人には言わないでおくことにした。

それというのも、当時はある非常に難解かつ複雑な事件——煙草王として知られる百万長者ジョン・ヴィンセント・ハーデンにたいして、奇怪な迫害が加えられたという事件——に没頭しているところで、なによりも思考の厳密さと集中とを愛する友人にしてみれば、目前の問題から注意をそらされるのは、まことに腹だたしいものだったはずだからだ。

——「ひとりきりの自転車乗り」（深町眞理子訳）

曲馬団の醜聞の事件

それは七月の、気持ち良く晴れた日のことだった。降り注ぐ陽射しに誘われて、シャーロック・ホームズとわたしはロンドン市中の散策に出かけていた。街中は、我々と同様の人々で溢れていた。ベイカー街へ戻り、二二一Bはすぐそこという時に、我が友がわたしの腕を引っ張った。

「ワトスン君、あれを見たまえ」

彼の指し示す先を見ると、何のことかすぐに判った。

「ああ、警察の馬車だね」とわたしは言った。「我々の下宿の真ん前に駐(と)まっている。スコットランド・ヤードの誰かが、君を訪ねてきたんだな。お馴染(なじ)みのレストレード警部か、マクドナルド君か」

「誰であるかまでは、この時点では僕にも判らない。さあ、部屋に上がろうじゃないか。面白い事件だといいのだが。先日レストレードが持ち込んできた一件は、見かけ倒しの単純な強盗事件だったからね。過大な期待は禁物(きんもつ)だよ、大したことがなかったらがっかりするから。……そらワトスン君、急いだ急いだ」

それまではゆったりと散歩を楽しんでいたホームズだったが、急にそわそわとし始めたのがおかしかった。禁物と言いつつも、募る期待を抑えきれずにいるのが、傍目にもよく判る。

ホームズは力強い足取りで階段を駆け上がり、部屋に入った。待っていたのはまだ若い制服警官で、初めて見る顔である。彼はマントルピースの上に並ぶホームズの記念品を眺めていたようだったが、足音に気付いてさっと我々に向き直った。胸に手を当てて、ぴんと背筋を伸ばす。

「どうもお邪魔をしております。巡査のウィリアム・ブリントンと申します」

彼はここで一瞬言葉を切り、ホームズとわたしを交互に見ると、我が友に向かって言った。

「シャーロック・ホームズさんでいらっしゃいますね？」その声には、名探偵に対する憧れと敬意の念が溢れていた。

だがホームズは「そうだ」とそっけなく答えると、ブリントン巡査に向かって片手を差し出した。「さあ、早く寄越したまえ」

巡査は、何を言われたのか理解できない様子で、きょとんとしている。

「はい？」

「何か事件が発生したので、僕に出馬要請の手紙を届けるよう、担当の警部から命令されたんだろう」

これを聞いたブリントン巡査は、目を丸くした。

「おっしゃる通りです。一体、どうやってお判りになったんです？」

「大したことじゃない」そう言ってホームズは、片手を一振りした。「警察の馬車で来たということは、君個人ではなく警察の用件ということだ。君の地位から察するに、事件を担当しているのは君自身ではなく警部の誰かだろう。とすると、君は伝令だ。僕たちに挨拶する際に、胸に手を当てていたから、そこに警部から僕に渡すよう命じられた出馬要請の手紙が入っているに違いない。というわけだから、さあ、寄越したまえ」

若き巡査は両目に感嘆の色をたたえつつ、胸ポケットから封筒を取り出した。

「噂には聞いていましたが、ほんとだったんですね」

ホームズが受け取った封筒から便箋(びんせん)を出して読み始めても、ブリントン巡査はまだそこに立っている。

「まだ何かあるのかい」と、わたしは問うた。「用件は済んだろう」

「ええと、その……」

巡査が口ごもったところで、ホームズがくすくすと笑ったのでわたしはそちらへと顔を向けた。

「どうしたんだい、ホームズ？」

「これを見たまえよ、ワトスン君」

ホームズは開いた便箋をわたしへと寄越した。そこには、次のように書かれていた。

——暇なら、来て下さい。暇でなくても、すぐ来て下さい。アセルニ・ジョーンズ文面を読んで、わたしも思わず笑ってしまった。これは、どうあっても来い、ということではないか。全く、図太い神経をしている。

まだ笑みを浮かべながら、ホームズが言った。「これはいい。今度、僕もこの手を使わせてもらおう」

そこでわたしは、はたと気付いてブリントン巡査へと目をやった。

「君が手紙をホームズに渡してもすぐに帰らなかったのは、下に駐めている警察馬車で、わたしたちを現場へ連れて行くためだね」

「ご明察です、ワトスン先生」

「それで、何があったのかね？」とホームズが尋ねた。

「人がひとり、死亡しました。それでジョーンズ警部は、ホームズさんにご協力頂きたいと」

「なるほど。目的地は？」

「プリチャード・サーカスです」

それを聞いて、シャーロック・ホームズは首を傾げた。「プリチャード・サーカス……そんな広場はロンドン市内にないはずだが」

「やれやれホームズ」とわたしはため息まじりに言った。「いくら君が興味の範囲外のことは覚えないようにしているとはいえ、限度というものがあるぞ。プリチャード・サーカスは地名じゃない。曲馬団の名前だ。それも、かなり有名なね」

ホームズは一瞬だけ虚を衝かれた表情を浮かべた後、言った。「僕はいわゆる大衆娯楽の類には疎くてね。ではワトスン君、荷物の準備を」

「行くのかい？　持ち込んできたのは、アセルニ・ジョーンズだぞ。あの男は、君のことをちゃんと評価していないだろう」

「誰が事件を持ち込んできたかは、関係ないさ。大事なのは、その事件が面白いか面白くないかだけだ」

「ほんとにいいのか。真相を教えてやっても、ジョーンズはさも自分ひとりで事件を解決したかのように喧伝するに決まっているぞ」

そこまで言って、居合わせているブリントン巡査がアセルニ・ジョーンズの部下であることに思い至った。しまった、と思って巡査に目をやると、特に憤慨しているような様子はない。部下であるからこそ、アセルニ・ジョーンズのずうずうしさなど、とうに知っているということか。

ホームズは手紙をマントルピースの上に放り出し、言った。

「それでも構わんさ。僕にとっては、名誉よりも興味深い事件そのもののほうが報酬だということを、君だってよく知っているじゃないか」

かくして、わたしが診察鞄を用意するとすぐに出発となった。ブリントン巡査は、警察馬車の馭者席に坐る。走り出した馬車の中で、ホームズが口を開いた。

「ワトスン君、件のプリチャード・サーカスについて、君の知っていることを教えておいてもらえるかな。君は少なくとも僕よりは、大衆娯楽に詳しいだろう」

「プリチャード・サーカスは、アダム・プリチャード団長が率いる曲馬団だ。ロンドンを皮切りに、英国の都市を巡って公演をしており、現在はグリニッジにテントを張っているところだ。プログラムの豊富さにおいても、質の高さにおいても、英国のサーカスの中では一流の部類だよ。綱渡りに大魔術師、怪力男なども人気だが、このサーカスには一番の売りがあって、それが大蛇を操る出し物なんだ。馬や熊に芸をさせるのはよくあるが、大蛇というのはちょっと珍しい。しかもその大蛇使いが若くて美しい女性とあっては、尚更だ。それが『大蛇使いの美女ヴィットリア』でね」

「それで納得がいったよ、君がこのサーカスに詳しい理由がね。美しきヴィットリアと大蛇の曲芸を見物したことがあるんだろう?」

「ああ。彼女の美しさはもちろんだが、その曲芸が非常に見事だから人気がある。そして彼女の人気が、プリチャード・サーカスの人気に直結しているんだ。……まさかとは思うが、彼女が被害者だったりしないだろうな」

「安心したまえ、それはないだろう」

「ほう、どうしてそう言える?」

「ブリントン巡査は、我々に用件を伝えるにあたって『人がひとり、死亡しました』という言い方をした。君だったらどうだね? その死者がサーカスの花形の美女だったら、『サーカスの美女ヴィットリアが亡くなりました!』とその旨を伝えるんじゃないか」

ホームズの言う通りだった。

そうこうするうちに、東へ向かっていた馬車は途中で一旦南下し、ロンドン橋を渡り、また東へ東へと向かった。話は途切れ、ホームズは腕組みをして目を閉じ、うつむいている。これからの捜査に備えて体力を温存し、仮眠を取っているようだ。

やがて馬車は、グリニッジに着いた。ホームズは馬車が停まった途端に、目を開く。馬車から降りたそこはセント・ジェイコブズ広場で、市が立っていた。その一角、我々の眼前に、巨大なサーカスのテントがそびえている。これがプリチャード・サーカスだ。テントの横にはサーカス馬車が何台も駐まっており、車体には〈グレート・プリチャード・サーカス〉と名前が入っていた。少し異臭がする。獣の臭いだ。

ひとりの制服警官が、テントの前で立ち塞がるように胸を張って足を踏ん張っていた。その態度が「ここから先へは何者も通さない」と語っている。手前には、事件を聞きつけて駆けつけたのだろう、記者連中が何人かいたが、入れてもらえずにいた。しかし彼らも手ぶらで帰るわけにはいかないのだろう、所在無さげにたむろして、辺りを見回している。

我々は、ブリントン巡査による先導でそのまま中へ入る。中は、不穏な雰囲気に満ちていた。円形のステージを観客席がぐるりと取り巻いている。観客席にもステージにも何人かの男女が固まっており、入ってきた我々のほうを揃って振り向いた。しかしブリントン巡査は彼らのところへは向かわず、ステージの端を通って、舞台の裏手へと入った。そこは正しく〝舞台裏〟だった。観客の目には触れさせないようになっており、出し物のための道具があちこちに雑然と置かれている。

「やあ着きましたな、ホームズさん、ワトスン先生!」

そう言って、赤ら顔でがっしりした体格の、ねずみ色の服を着た人物が近寄ってきた。アセルニ・ジョーンズ警部である。

「どうにも不可解な事件でしてね」と警部は続けた。「まあ、すぐに解決できると思いますが、理論家のホームズさんなら、こういう事件は見ておきたいだろうと考えましてな」

ホームズはアセルニ・ジョーンズの前で足を止め、言った。

「現場はどこだね? 死者が出たとのことだが、遺体はどうなっている?」

「そ、そりゃもちろん、ホームズさんに見てもらおうというからには、そのままにしてありますよ。遺体もです。無論、見張りの警官をつけてあります」

「どうだろうね。スコットランド・ヤードの言う『そのまま』と、僕の定義するところの『そのまま』は、異なるのが常だ」

これにはアセルニ・ジョーンズも表情をこわばらせた。

「とにかく、こちらへどうぞ。あ、ブリントン、ご苦労だった、お前はもういいぞ。フォックスと一緒にテントの入口を警備していろ」

ブリントン巡査は、残念そうに何度も振り返りながら去っていった。ホームズの仕事ぶりを間近で見たかったのだろう。

ジョーンズ警部が我々を案内した先は、舞台裏の奥まった一角で、ここにも警官が立っていた。その背後に、男性がひとり仰向けに倒れている。両目をかっと見開き、微動だにせぬその様子で、既に死亡しているのは明らかだった。ホームズが死体の左側に、わたしが右側に屈み込む。四十代から五十代と思しき、やや太り気味の男性で、黒々とした眉毛、太く大きな鼻、分厚い唇の持ち主だ。

「被害者はサーカス関係者ではありませんでしてな」とアセルニ・ジョーンズは言う。「身元不明で、もちろん現在確認中です」

だが、まじまじとその顔を注視していたホームズは、「この男は……」と呟いた。

それを追求しようかと思った矢先、ホームズに促され、わたしが死体を検分することとなった。とうに血の気は失せており、見開いた両目の白目部分には点々と出血がある。口からは舌が飛び出ており、そして何よりも、首に残った痣のような痕跡から、絞殺であるのは、確実だった。

シャーロック・ホームズが、死体のすぐ横に放り出されていた、黒くて長い鞭を取り上げた。

「発見時には、鞭は首に巻きつけられていたそうです」と、アセルニ・ジョーンズ。

ホームズが、顔をしかめる。「つまり、誰かがその後で鞭を外したということか。現場を荒らされては困るな。折角の証拠が台無しになる」

「我々じゃありませんよ。曲馬団の人間が、被害者を救命しようとしたんですな。まだ助かるかもしれないと思って」

ホームズは鼻を鳴らすと、「どうだね、ワトスン先生?」と言った。

わたしは死体のあちこちに触れ、そして答えた。「死後硬直が始まっているから、死後数時間は経過しているな。状況からして絞殺で間違いないだろう」

「ふむ。だが、ちょっと待ってくれたまえ」

シャーロック・ホームズは死体の首を丹念に調べ始めた。最初は前側、そして横、後ろという具合に。

「何か判ったかい」とわたしは質問した。

「ああ。君の推断の通り絞殺は絞殺だが、おかしな点がある。圧迫痕の形状が索条(さくじょう)ではないし、首の後部には残っていない。紐類の凶器ではなくもっと幅が広く不均一な形のもの――人間の手によって絞められたものだな。鞭が巻きつけられていたというが、絞め殺した後で巻いたに違いない」

わたしはホームズの言葉を受け、改めて確認した。確かに、彼の結論のほうが状況に合致する。

わたしが一通り検分を終えると、ホームズは死体のあちこちをじっくりと調査し始めた。死人の右手を持ち上げていた彼は、指先を眺めつつ言った。

「これを見たまえ、ワトスン君。爪の間だ」

ホームズに言われた箇所を覗き込むと――確かに、そこに何かがある。薄い肌色の物質だ。ホームズが続ける。「黒い鞭で絞められてそれを外そうとしていたのなら、爪の間に残るのも黒い物質のはずだ。先刻の推理を裏付ける証拠だ」

「なるほど。とすると人の皮膚……だろうか。被害者が、首を絞められている最中に犯人の手を引っかいたのかもしれない」

わたしの発言を聞いた途端、横に立っていたアセルニ・ジョーンズ警部が片眉を上げる。

ホームズは死体の検分を続けながら言った。「死体を見つけたのは?」

「あ、ああ、出演者のひとりで、このサーカスの花形、『大蛇使いのヴィットリア』です」と、ジョーンズはうろたえ気味に答えた。

「そうか。では何はさておき、発見者に話を聞かないといけない。警部、頼む」

「わかりました。ではこちらへ」

アセルニ・ジョーンズ警部は我々を更に奥へと導き、裏にあった出入口からテントを出た。その横に、大きなサーカス馬車が何台も駐まっており、動物用の檻になっている荷馬車もあった。一番手前の箱型馬車のところで、警部は「こちらです」と言って足を止める。警部がノックをすると、「どうぞ」と返答があった。

馬車の入口をくぐると、その中は寝泊まりのできる小さな部屋になっていた。ひとりの女性がスツールに腰を下ろして、我々を待ち受けていた。

ジョーンズが咳払いをして、言った。「ホームズさん、ワトスン先生、こちらが死体を発見したヴィットリアさんです」

彼女の衣装は豹の毛皮製だが、淑女の水着以上に露出が多く、すらりとした腕と脚が露わになっている。間近で見ると思わずどぎまぎしてしまうほどだった。だがそのような衣装にもかかわらず、手足よりも顔のほうに引きつけられてしまう、そんな美貌の持ち主だ。黄金のように輝く金髪、宝石のような緑の瞳、彫刻のように筋の通った鼻、果実のようにみずみずしい唇。

ヴィットリアの細い首には鮮やかな色のショールが巻かれているように見えたのだが、それが突然動いたのでぎょっとした。彼女は、巨大な蛇を首に巻きつけていたのである。大蛇はうねうねと動き、鎌首をもたげてこちらを向くと、先がふたつに分かれた舌をちろちろと見せた。

ヴィットリアはわたしの視線に気付いたのか、微笑んで口を開いた。

「毒はありませんから、ご安心下さい。このような大蛇(ボア)の類に、毒蛇はいないんです。その代わり、小動物や人間の赤ん坊ぐらいなら、丸吞みにしてしまいますけどね」

愛らしい唇からぞっとするような言葉が飛び出したので、わたしは思わずぞくりとしたが、ヴィットリアは笑みを浮かべたまま続けた。

「でも、あたしには可愛い子なんですよ。ウムガルナという名前です。さあ、ご挨拶おし、ウムガルナ」

ヴィットリアが人差し指を立てて合図をすると、大蛇ウムガルナはひょいっと頭を下げてお辞儀をする。

「ヴィットリアさん」と警部は、少々腰の引けた様子で言った。「こちらはシャーロック・ホームズさんといって、捜査をちょっと手伝ってくれている人でしてね。もうおひとりは、外科医のワトスン博士だ。悪いが、見つけた時の様子をもう一度話してもらえるかね」

「よろしいですとも」ヴィットリアがうなずいた。大蛇もまた、それと同時にうなずく。「ほんとに驚きましたわ。リハーサルが自分の番になったので、円形舞台へ出ようと楽屋裏を通ったら、死体が転がってたんですから。レディみたいに失神こそしませんでしたが、ぞっとしました。気付かないうちに悲鳴を上げていたようで、プリチャード団長が駆けつけてくれました」

「あなたは死体に触りましたか」とホームズが質問を挟んだ。

「いいえそんな、とても恐ろしくて。近寄りもしませんでしたわ」

「では、どうして死体だと判ったのです」

「一目で判りました。首に鞭が巻きつけられ、目玉も舌も飛び出して、血の気のない顔でしたから」

「その鞭を外しましたか?」

「とんでもない。近付くのさえ嫌だったんですよ。プリチャード団長が、助けようとして外しました。残念ながら、完全に死んでたみたいですけどね」

「死者に見覚えは?」

「ですから、恐くてよく見てないんです。ぱっと見たところでは、知らない人みたいでしたけど」

「なるほど。……ところで、ブライアン・ビースンという人物をご存じですか」

急に方向を変えた探偵の質問に、ヴィットリアは一瞬だけ反応したように見えた。だが、表情は全く変わらない。

「いいえ、存じません」

「そうですか」ホームズも、それ以上深く追求しなかった。「では、他の方からも話を聞くことにします。その後、またお話を伺うことになるかもしれません」

ヴィットリアは何も言わなかったけれども、大蛇ウムガルナが、しゅっ、と言った。ジョーンズ警部はその声にびくりと後じさったが、ホームズは逆に前へ進み、人差し指を振って大蛇に向かって合図した。すると、大蛇はそれに反応して頭を下げた。ヴィットリアが驚いて、目を見開く。当のホームズは、平然と馬車を後にした。

「次はプリチャード団長だ」とホームズは言った。「団長はどこにいる、ジョーンズ警部？」

「隣のその馬車です」と答えてから、先にさっさと外に出ていたアセルニ・ジョーンズは矢も盾もたまらずという風に問うた。「それよりホームズさん、ブライアン・ビースンというのは誰のことです？」

ホームズは、ちらりとジョーンズを横目で見ると、言った。「死人に決まっているだろう」

「決まってるって……」ジョーンズは、少しむっとした様子だった。「それじゃあホームズさんは、あの死体が誰か知っているんですか？」

「知らないわけがない」それだけ言って、ホームズは隣の箱型馬車の扉をステッキの握りでノックした。

プリチャード・サーカスの団長、アダム・プリチャード氏は、四十代後半の、身長が高くて体格の良い人物だった。固めた口ひげ、派手な赤い燕尾服、乗馬ズボンにブーツ、輪にして腰から下げた長い鞭と、いかにもサーカスの団長然としている。おそらく普段は自信たっぷりなのだろうが、今はきょときょとと定まらぬ視線が困惑を表わしていた。

プリチャード団長は、様々な道具が積まれた狭い馬車の中をうろうろしながらも、ホームズに促されて語り始めた。その声はサーカス団長に相応しい張りのあるものだったが、さすがに自信満々とはいかないようだ。

「我々〈プリチャード・サーカス〉は英国内を巡業しておるのですが、ここグリニッジに立つ市に合わせて、本日からこの場所で公演を行うことになりまして。興行権でちょっと揉めたりもしましたが、昨日サーカス馬車でこの界隈を宣伝して回ったところ、地元の皆さんの反応は上々でした。今日、本番に備えてリハーサルを始めました。次がヴィットリアの番、という時に、どこかから彼女の悲鳴が聞こえてきたのです。それが舞台裏だと気付いて、慌てて駆けつけると、死体の前でヴィットリアが立ち尽くしていたのですよ」

「彼女の話では、あなたは被害者の首に巻きつけられていた鞭を外したそうですね。その鞭を見ましたが、今あなたが下げているものとそっくりだ。もしかして、あれもあなたのものですか」

プリチャード団長は、一瞬固まった後、ため息をつきながら肩を落とした。

「はあ。それを言われるんじゃないかと思っておりました。だが、嘘をついてもいずればれることですし、かえって立場が悪くなるでしょうから、正直に申し上げましょう。あれは確かに私のものですが、使い古しの予備です。舞台裏に放り出してあったので、誰でも手にできました。現在使っているものは、ご覧の通り持ち歩いているこれです」

そう言って、プリチャード団長は黒い鞭の輪を腰から外して突き出す。ホームズはそれを受け取り、ぐるぐると回して眺めた後、団長に返却した。

「なるほど。確かにこちらのほうが新しい。では続けてお尋ねします。あなたは死体をご覧になりましたよね」

「うむ、近くで見ましたよ。助けようとしたのですから」

「その死人が誰なのか判りましたか」

「いや、初めて見る男でしたな」

「ブライアン・ビースンという名前に聞き覚えは」

その名前を聞いた途端、プリチャード団長はぎょっとしたような反応を示した。無論シャーロック・ホームズはそれを見逃さず、言った。

「どうしましたか、プリチャードさん？　顔は知らなくても、名前は知っていたんですか」

プリチャード団長は困惑の表情を浮かべ、「うむ」とか「おう」などと唸りながら、口ごもっている。

「では、僕からご説明申し上げましょう。僕は死体を一目見て判りました、あれはブライアン・ビースンなる男だと。なぜなら、ブライアン・ビースンというのは裏社会では有名な男だからです。あいつを知らなかったら、英国の犯罪研究者として失格ですよ。あの男は『ウェスト・エンドの強請屋BB』という異名を取る、ロンドンの犯罪界で五本の指に入る悪質な恐喝屋です。あの男に弱みを握られて、金を払えず人生が破綻した犠牲者は十人や二十人ではきかない。人の生き血を吸って生き、食いついたら離れないことから『吸血ヒル』とも呼ばれる。いや、もう『呼ばれた』ですな」

ビースンを知らなかったことで、職業的に「失格」と言われたも同然のアセルニ・ジョーンズは、苦々しげな顔を隠せなかった。

ホームズは続ける。「プリチャードさん、あなたか、あなたのサーカスの関係者は、ブライアン・ビースンに強請られていたのではありませんか。そしてそのような事情があったからこそ、あの男を知っているとは言えなかった。違いますか」

プリチャード団長は手にした鞭をいじり回しながら悩んでいる様子だったが、やがて思い切ったように言った。

「そこまでご推察なら、もう隠し立てしても仕方ありませんな。ええ、おっしゃる通りです。私ではなく、私の、ええと、その……知り合いが、強請られていたので、あの男を知っておりました」

「プリチャードさん。折角正直に言ってくれたのですから、最後まではっきりさせて下さい。隠し立ては、いい結果を招きません」ホームズが諭すように言った。

「……わかりました。強請られていたのは、ヴィットリアです」

わたしは驚くと同時に納得した。大蛇使いの美女ヴィットリアは、プリチャード・サーカスの花形だ。サーカスの評判のため、彼女のスキャンダルを恐れるのは団長として当然であろう。ヴィットリア本人が被害者を知らないと言ったのも嘘だったわけだが、その理由もうなずける。

プリチャード団長はゆっくりと話し続けた。「少し前に、ヴィットリアから『相談がある』と耳打ちされましてね。他の団員がいないところで話を聞いてみたら、『実はブライアン・ビースンという強請屋に恐喝されて困っている』と言うのです。ただ、話に聞いただけだったので、私は死んでいたのがその恐喝屋だとは全く知らなかったのですよ。本当です」

「恐喝された理由は、訊きましたか」とホームズ。

「私もそれは追及しましたとも。ですが、彼女はそこまでは話してくれなかったんです」

「そうですか。では、引き続き他の団員からも話を聞くことにしましょう。だが……」

ホームズはそこまで言って、急に言葉を切った。どうしたのかと問おうとした瞬間、ホームズは唇に人差し指を当てて沈黙を要求し、ドアのほうを指し示した。わたしは小さくうなずくと、足音を忍ばせて出入口に近付き、ホームズの合図を受けると素早くドアを開いた。

ひとりの男が、凍りついたように立っていた。口ひげを生やして、帽子を目深に被った、まだ若い男だ。わたしと目が合うや否や、くるりと身を翻して駆け出した。だがわたしも昔はラグビー選手としてならしたので、瞬時にその後を追い、すぐに追いついてタックルをしかけ、倒してその上にのしかかった。

背後から、アセルニ・ジョーンズ警部の切羽詰まったような声が聞こえてきた。

「こいつが犯人なんですか、ホームズさん？　そうなら、今すぐ逮捕します！」

既に手錠を取り出そうとしているのか、がちゃがちゃという金属音が近付いてくる。

「ち、違います、違います」と、わたしの下で男が慌てるように言った。「ぼくは何もやってません。ぼくは〈デイリー・ガゼット〉紙の記者で、クリスチャン・ファーディナンドといいます。特ダネが欲しかっただけで、犯人なんかじゃありません。上着の左のポケットに名刺も入ってます」

わたしが男のポケットを探ると、確かに彼が主張する通りの名刺が出てきた。

「放してやっていいよ、ワトスン君」とホームズがゆっくりと歩いてきながら言った。「本当に記者のようだ」

わたしがどくと、男――クリスチャン・ファーディナンドはすぐに立ち上がり、服についた土をはたいて落とした。

「記者か」とアセルニ・ジョーンズがいかにも残念そうに言った。「記者は近寄らせるなと、見張りの巡査に命じておいたのだがな。一体どこから潜り込んだか知らんが、今すぐ出て行ってもらおうか」

「いえ」とファーディナンド記者が言った。「ぼくは別に潜り込んだわけじゃありませんよ。公演の取材に来ていたんです。ねえ、プリチャードさん？」

「ああ」とプリチャード団長が、箱型馬車の出入口のところに立って言った。「間違いありませんよ。うちの公演を新聞で紹介してくれるっていうから、取材を許可したんです」

「ほら」ファーディナンド記者は、特にアセルニ・ジョーンズに向かって勝ち誇るように言った。「死体が見つかった時も、テントの中にいました。だから逆に、捜査が終わるまでぼくは外に出ちゃいけないはずです。そうですよね、警部さん」

「ふん」とアセルニ・ジョーンズは鼻を鳴らした「じゃあお前さんは容疑者だ」

「容疑者で結構ですよ。ここにいられるならね」

ファーディナンド記者はポケットから小さな手帳を取り出すと開き、ホームズのほうを向いて言った。

「シャーロック・ホームズさんですよね？　ベイカー街の諮問探偵の。今の時点で何か判っていることがありましたら、お話し頂けますか」

「まだまだデータが足りないよ。結論を出すのは早計だ」

ファーディナンド記者がそんなホームズの言葉をメモしている様子を、アセルニ・ジョーンズは苦虫を嚙み潰したような顔で睨んでいた。

この後は、いちいち団員のところを回るのは手間がかかるので、逆に団員を順番にプリチャード団長の馬車へ呼ぼうということになった。

「おい、ブリントン巡査！　ブリントン巡査、ここへ来るんだ！　ぐずぐずするな！」アセルニ・ジョーンズが八つ当たり気味に叫ぶと、慌てた様子で、ブリントン巡査がサーカス・テントの入口のほうから駆けてきた。

「はい、何でしょうか警部」

「団員をひとりずつ呼んでこい。連れてきた後は、三文記者が盗み聞きしないよう、ここでしっかり見張ってるんだ、いいな」

巡査によってまず連れてこられたのは、綱渡りのマギーこと、マーガレット・ラシュトンだった。歳の頃はおそらく二十代後半で、烏のような黒髪をしている。両目も黒く、きらきらと光る黒水晶のようだ。鼻はちょっと小さいが、決して魅力を損なってはいなかった。綱渡りの衣装に包まれたしなやかな肢体は、日々の鍛錬の賜物だろう。身のこなしは、まるで猫のようだ。

事前にプリチャード団長から聞かされた説明によると、以前は彼女が「プリチャード・サーカス一の美女」だった。しかしヴィットリアが加入したことにより、その座を奪われてしまったのだという。

マギーはやって来るなり、訊かれもしないのにこんなことを言い出した。

「ヴィットリアから話は聞いたの？　あたしは彼女が一番怪しいと思うわ。彼女を追及してみてよ」

「こらマギー」プリチャード団長が、慌てたように言った。「そんなこと言うもんじゃない」

「いや、待ってくれたまえ」とホームズ。「どうしてそう思うんだね、ミス・マギー・ラシュトン？」

「だって」と言って、マギーはちらりとプリチャード団長に目をやった。「彼女、なんだか怪しい行動を取っているんだもの。さっきもこそこそしてるから、気付かれないように後をつけたら、テントの陰で……男性と密会してたのよ」

「ほう。その男性とは？」

綱渡りのマギーは、もう躊躇わずに即答した。「ホルブルック大佐よ」

「マギー！」プリチャード団長が怒鳴った。「でまかせを言うな」

「あら」とマギーはプリチャード団長を睨みながら言った。「でまかせなんかじゃないわ。そりゃあたしだってびっくりしたけど、ちゃんと確認したもの。あれはホルブルック大佐に間違いなかったわ」

そこでようやく、ホルブルック大佐の名前と、頭の中の知識とが一致した。思わず、口を挟んでしまう。

「ホルブルック大佐というと、英国陸軍の？『カンダハールの戦い』で英雄となった？」

「ええ、そうよ」とマギー。

「そのホルブルック大佐が、なぜここに？ 観客として来ていたということかね？ だがまだ公演は始まっていなかったんだろう？」

わたしの矢継ぎ早の質問に、プリチャード団長が答えた。

「大佐は、うちのサーカスの常連客なんですが、実はスポンサーにもなってくれているんですよ。ですから、リハーサルも見物にいらっしゃっているんですが……」

「では」とホームズが言った。「ホルブルック大佐はプリチャード・サーカス全体のスポンサーだっただけではなく、ヴィットリア個人の支援者（パトロン）でもあったのかもしれません。そしてそれを恐喝屋ブライアン・ビースンに嗅（か）ぎつけられてしまい、金を出さねば世間に明かすぞ、と脅された」

ホルブルック大佐は真面目な軍人として知られており、妻子もある身だ。体面が傷つくようなスキャンダルが表沙汰になれば、ヴィットリアは大事なパトロンを失うこととなるだろう。恐喝屋にとって、二人は恰好の獲物だ。

　綱渡りのマギーと入れ替わる形で呼ばれたのは、インド奇術師のチャンドラだった。

「チャンドラというのはあくまで芸名でござんして、本名は、グレアム・ムーアと申します。顔が浅黒いのも、化粧をしているだけでして。本当はロンドン生まれのロンドン育ちでござんす」そう言う言葉も、Hを発音しないロンドン訛り（コックニー）だ。

「確かに」とわたしは言った。『グレアム』でインド人でございます、というわけにはいかないな」

「そうなんでして。とはいえインド帰りではございましてね。インド奇術も、本場仕込みでござんすよ」

　彼はヴィットリアの悲鳴が上がって死体が発見された際には、自分の出番にはまだ間があったので、観客席にいたとのことだった。だが、その前はひとりで行動していたため、それを証言する人物はいないという。また、他の人々に関する特筆すべき情報も、持ち合わせてはいなかった。

　チャンドラの次に入ってきたのは、道化師だった。初めて会うのに、どこかで見たような顔である。

「わたくし、トニー・ディーコンと申します。『ハーレクィンのパンチ』の名で、道化師をやっております」

見覚えがあるのも道理だった。人形劇『パンチ・アンド・ジュディ』のパンチ人形そっくりなのだ。顎は尖り、横から見ると顔全体が三日月のよう。目はぎょろりとしており、喋ると歯がむき出しになって、常にニタニタ笑っているように見える。

しかしその見かけや道化師という職業にかかわらず、根は真面目な人物らしく、訛りや癖のない、きっちりとした喋り方をしている。

見聞きしたこと、知っていることについては、先のインド奇術師チャンドラと大差なかった。だが、どうも態度がおかしい。

「何か言いたいことがあるようだね」とホームズ。「……察するに、特別に知っていることがあるのではないかね。何か目撃したけれども、それが仲間のことだから、告げ口をするようで言いにくい。――そんなところかな」

道化師パンチは、しばらく黙っていたが、ようやく言った。「……はい。正におっしゃる通りです」

「今は、正直に何もかも喋ってくれることこそ、プリチャード・サーカスのためになるのだよ。さあ」

道化師はうなずいた。「はい、わかりました。……実は、団員の不審な行動を、目撃してしまいまして」

「ほう。それは誰の、どういう行動だね」ホームズはまるで羊の進路を操る羊飼いのように、道化師を導いた。

道化師パンチはまだ躊躇っていたが、やがて言った。「死体が見つかるよりも大分前のことではあるのですが、サムスン――怪力男サムスンが、辺りを窺うようにして、舞台裏に入っていくのを見かけたのです。その後、たまたま取りに行く道具があったもので、私も舞台裏へ行ったところ、サムスンが誰かと話をしているのが見えました。サムスンは私に気付くと、慌てて振り返って、話し相手を隠すように立ちはだかりました。相手が誰か知られたくないんだな、というのはその態度で分かりましたから、私はそちらを見ないようにして自分の道具を取り、すぐに舞台裏から出ました。仲間同士、お互いにプライヴァシーは尊重し合うということで」

その時、箱型馬車のドアがノックされた。続いて、外から声が聞こえてくる。

「すみません、ジョーンズ警部、いらっしゃいますか」

それはブリントン巡査の声だった。アセルニ・ジョーンズはそちらに頭をめぐらせて応えた。

「まだ次の関係者は入れるな。前が済んどらん」

「いえ、違うんです。ええとその、実は、向こうで少々騒ぎが起きておりまして。あれ以上激化すると、暴力沙汰になるかもしれません」

「なんだと」

シャーロック・ホームズが顔を上げた。「行こう。プリチャード団長、あなたもいらしてもらえますか。ディーコンさん、あなたはもう結構です。ありがとうございました」

ブリントン巡査が先に立ち、ホームズとわたし、ジョーンズ警部とプリチャード団長は、馬車を出てテントの中へと入った。

わたしたちが連れていかれたのは、観客席だった。そこで、二人の男性が激しく言い争いをしていた。まだ口論に止まっているが、ひとりは相手の胸に人差し指を突き立てながらまくし立てており、確かに今にも取っ組み合いの喧嘩に発展しそうだ。

うちひとりの顔には、覚えがあった。軍服、そしてがっちりとした体格の人物――『カンダハールの戦い』の英雄として新聞で見たことがある、ホルブルック大佐である。

もうひとりはわたしの知らない男だ。だがプリチャード団長と似たような服装をしているので、サーカス関係者であることは一目で判った。

わたしたちの後ろで、プリチャード団長が言った。「ホルブルック大佐と、もうひとりはクィンシー・キャラガーですよ。私の商売敵の」

そこまで言われて、わたしも思い出した。プリチャード・サーカスと、規模においても巡業地域においても競い合っている〈キャラガー大サーカス〉の団長、「偉大なるキャラガー」ことクィンシー・キャラガーだ。

ジョーンズ警部とブリントン巡査が、二人の間に割って入った。

「こんな時に、何をしていらっしゃるんですか！」警部は、大佐に敬意を払って丁寧な言葉こそ用いているが、語気は荒い。

ふと気が付くと、彼らの向こうにはクリスチャン・ファーディナンド記者がいた。ちゃっかりと騒ぎのすぐ側に陣取って、手帳にメモを取っているではないか。

「こいつが人を馬鹿にしたからだ」と、ホルブルック大佐が言い放った。

「何を言う。あんたじゃないか、いきなり突っかかってきたのは」とクィンシー・キャラガーも鋭く言う。

わたしはプリチャード団長に訊ねた。「どうしてここに、商売敵の団長がいるんです?」

「まあ、それには訳がありましてね」とプリチャード団長。「今ちょっと、うちのプリチャード・サーカスと奴のキャラガー大サーカスとで揉めていまして。私に言わせると、ただの言いがかりなんですが」

「要するにそこにいるのは」とホームズが言った。「あなたのサーカスの団員ではない人々、というわけですよね。あのご婦人はどなたですか」

喧嘩の当人同士と、割って入った警官たちが入り乱れての騒ぎの向こうに、困ったような顔をしている小柄な婦人がいた。上品な黒衣に身を包んでいるところを見ると、未亡人らしい。おそらく三十代前半だろう。

プリチャード団長は、ホームズの示すほうを確認して、すぐに答えた。「ああ、あれはルイーズ・ド・クラヴィエ夫人ですよ、あの方も、我がプリチャード・サーカスを支援して下さるスポンサーのおひとりなんで、ホルブルック大佐と一緒にリハーサルをご覧に入れようとご招待したんです。喧嘩の原因も、おおかた大佐かキャラガーが夫人にいいところを見せようとしたとか、そんなところでしょう」

そう言うや否や、プリチャード団長は騒ぎのほうへと歩み寄った。「ほらほら、ご婦人が困っていらっしゃるじゃないですか。さあ、皆さんにこちらの方々を紹介しましょう。探偵のシャーロック・ホームズさんと、医師のワトスン博士です。今回の一件を、調べて下さっているんですよ。名探偵のお出ましですから、事件はすぐに解決です」

「いや、彼は……」とジョーンズ警部が慌ててもごもご言っているが、誰も聞いてはいない。人々の注目は、我が友へと集中していた。

「シャーロック・ホームズだと!」偉大なるキャラガー団長が声を上げた。「では、もう安心だ。お願いだからとっとと解決して、解放してくれたまえ! 俺はもう自分の団に戻らねばならんのだよ」

ファーディナンド記者は、すごい速さでメモを取り続けており、ペン先が紙を引っかく音が聞こえそうなほどだ。

ホームズは、よく通る声で言った。「犯人が判るまで、お帰り頂くわけにはいきません。そのためにも、皆さんには全面的にご協力頂きたい。余計な騒ぎを起こしたりなさらずに、ね」

それに異議を唱える者はなく、すぐにホームズは彼らに指示を与えた。サーカス団員ではない人々は観客席の奥のほうに集まり、そしてひとりずつ入口近くの自分のところへ来るように、と。

まずは、ホルブルック大佐だった。ホームズが口を開こうとした途端、アセルニ・ジョーンズがずいと一歩前に出ると、得意げに言った。

「ホルブルック大佐、あなたと大蛇使いのヴィットリアの関係は、もう判明しておりますぞ。密会現場の目撃者もいます。さあ、正直に話をして頂きましょうか」

まるで、彼が目撃者を見つけ出し、二人の関係を暴き出したかのようだ。ホルブルック大佐は、凍りついたように固まってしまった。警部の追及は、ぐさりと大佐に突き刺さったようだ。

ホームズにとっては、誰が真実を突きつけようと構わないようだった。「ジョーンズ警部のおっしゃる通りですよ、大佐。隠し立てをすると、あなたのためにも、ヴィットリアのためにもなりません。どうか真実をお話し下さい」

しばらく唸っていたホルブルック大佐は、やがてゆっくりと口を開いた。

「……どうやら、もう隠しても無駄のようだな。致し方あるまい。しかし、このことはできる限り内密にしてもらいたいのだ。約束してもらえるだろうか」

「確約はできませんが」とホームズ。「今回の事件の解決に不可欠ということでなければ、極力そのように致しましょう。但し事件そのものに関連がありましたら、その限りではありません」

「良かろう。シャーロック・ホームズさん、あんたの名声は、耳にしている。そのあんたの保証を信用することにして、すべてお話ししよう」

さっきまで得意げだったアセルニ・ジョーンズ警部の表情が、どこかへ消え去った。

ホルブルック大佐は続ける。「確かに、儂(わし)はヴィットリアのパトロンになっている。彼女の芸はもちろん、彼女自身に惚れ込んでな。まあ、舞台の女優やミュージック・ホールの女芸人のパトロンになるのは、社交界の男性によくあることだ。儂自身は、特に恥ずべきこととは思っておらんのだが……妻には絶対に知られたくないのだ。それに、妻の実家にもな」

わたしは、ホルブルック大佐の夫人が、ミルフォード家の出身だということを思い出した。ホルブルック大佐よりも裕福かつ、潔癖で知られる一族だ。もしかしたら、経済的な面で大佐は援助を受けているのかもしれない。だとすると、スキャンダルは致命的だろう。

大佐はこの日、リハーサル前にやって来て、ヴィットリアと二人だけで会っていたという。リハーサルが始まってからは観客席にいたが、特に不審な人物を目撃したり、怪しい行動を取っている人間を見かけたりはしていない、と語った。

ホルブルック大佐の次は、ルイーズ・ド・クラヴィエ夫人だった。小柄な婦人で、髪はブルネット、瞳は薄い灰色で潤んでいる。鼻は小さいが形がよく、唇は常にきゅっと引き結んでいる。黒衣をまとい、首元にはいかにも高価そうなセーブルの襟巻きをしていた。その襟巻きの上に、そっと置かれた指は白く細い。

彼女は社交界で話題の人物だった。最近、夫を亡くして、その悲しみを忘れるためにフランスから英国に渡ってきた、という話を新聞か何かで読んだ覚えがある。

本人の言によると、彼女はホルブルック大佐の勧めでプリチャード・サーカスのスポンサーになったそうだ。だから今日も、ホルブルック大佐と連れ立って来たのだった。

「ですが、ホルブルック大佐の様子が、どうもおかしくて」とド・クラヴィエ夫人は言った。

「確かに一緒にいなければいけない理由はないのですが、『ちょっと失礼』と言って、わたくしを置いて、おひとりでどこかに行ってしまったのです」

大佐のこの奇妙な行動はもちろん、ヴィットリアと二人きりになるためだったのである。

「他には、何か？」とホームズが続けて問うた。

ド・クラヴィエ夫人は小鳥のように小首を傾げて考え込んだ。「そういえば……」

「何でしょう？　気付いたことがありましたら、どんなことでも教えて下さい。些細なことでも、解決の糸口になるかもしれません」

「その時は不思議に思わなかったのですが、リハーサル中、出し物の変わり目というわけでもないのに、舞台裏に誰かが入っていくのに気付きました。特に意識していたわけではなかったので、それが誰だったのか、男性だったのか、女性だったのかすら、判りませんが」

シャーロック・ホームズの目が、きらりと光るのが判った。「人影は、はっきりご覧になったのですか？」

「いいえ。舞台から舞台裏への出入口には、薄い布が下がっていますでしょう？　あれが動くのが見えたのです。風で揺れたとかではなく、しっかりと。ああ、あと、その奥へ赤い色のものが消えていくのを、一瞬だけ目にしました。それが何だったのかは、判りませんが」

赤い上着ならば、着ている人物がいる。今ここに立ち会っている、プリチャード団長だ。

ド・クラヴィエ夫人の次は、クィンシー・キャラガー団長の番である。彼の上着もまた、赤だった。

キャラガーはプリチャード団長の言っていた通り、交渉に来たのだと説明した。サーカス同士の揉め事については、自分のほうが被害者だ、と言わんばかりの口ぶりだった。プリチャード団長が、思わずという風に口を挟んだ。

「今回うちのプリチャード・サーカスは、市が開かれるのに合わせてここで興行しているのですが、キャラガー大サーカスもそれを狙ってたんですよ。で、この男は、『ここは俺たちが先に目をつけてたんだ。だから興行の権利はキャラガー大サーカスにある』なんて主張しやがった。結局はうちが公式に認められたんですがね。そうしたら今度は、興行期間を半々にして、後半はキャラガー大サーカスにやらせてくれ、なんて勝手なことをぬかしやがった。当然、こちらは断固拒否、ですよ」

「何を言う。過去にはうちもここでやったことがある。権利はあるはずだ」とキャラガーが語気荒く言った。

ホームズは質問をし、必要な情報を引き出した。それによると、キャラガーはプリチャード団長と交渉に来たが、話の決着が付かないうちに時間切れとなり、プリチャード団長はリハーサルに行ってしまったらしい。しかしキャラガーのほうは諦めきれず、プリチャード・サーカス内をうろうろしたり、リハーサルを眺めて〝敵状視察〟したりしていたという。殺人とは全く無関係であり、何もやましいところはないのだ、とキャラガーは主張した。

「商売敵の出し物を盗み見しておいて、やましくないとはずうずうしい」とプリチャード団長が皮肉っぽく言った。

「なに、見た限りではどれも大したことはなかった」キャラガーはしれっと言った。「うちのサーカスのほうが断然上等だな」

「なんだと」

プリチャード団長が、キャラガーに詰め寄る。このまま放置すれば、今度はこの二人の口論に発展しそうだ。ホームズとわたしでプリチャード団長をなだめ、ジョーンズ警部がキャラガーを引き離す。プリチャード団長が落ち着いたところで、ふと気が付くと、向こうでアセルニ・ジョーンズがキャラガーに何やら言っている。キャラガーはうなずくと、なぜか自分の手をジョーンズ警部に見せていた。

ホームズに小声でそれを伝えると、彼も小声で答えた。

「なんだ、気が付いていなかったのか？　ホルブルック大佐の時も、ド・クラヴィエ夫人の時も、聞き込みが終わるとジョーンズは僕らに隠れて手をチェックしていたよ。さて、ここで一旦休憩にしよう。ワトスン君、ちょっとその辺をぶらつこうじゃないか」

そう言うとホームズはわたしの腕を取り、一緒にテントを出た。そのまま、少し離れたところで出入り規制をしている警官のところまで行く。警官は、彼に気付いて言った。

「シャーロック・ホームズさん。何かご用でしょうか」

「ああ。但し、君にじゃないんだ」

ホームズは警官と並んで立ち、サーカス・テントのほうを窺っている野次馬たちを眺める。やがて彼が手招きをすると、人々の間をかいくぐってひとりの少年が現われた。汚らしい服装をした、浮浪少年である。ホームズの手伝いをする「ベイカー・ストリート・イレギュラーズ」の一員として、二二一Ｂの部屋へ来たことのある少年だと、わたしは気付いた。

「やあアレックス、いいところにいたな」とホームズ。

アレックスと呼ばれた浮浪少年は、ぼろ布のような帽子を取ると、ホームズに向かって丁寧にお辞儀をする。

「こんちは、シャーロック・ホームズさん。ああ、ワトスン先生も。プリチャード・サーカスで殺人事件が起こったって、巷（ちまた）じゃ大騒ぎっすよ。しかもホームズさんが乗り出したって聞いたもんですから。何かあったらお役に立てるかと思って、この辺をうろうろしてやした」

「そいつは偉いぞ。正にお誂（あつら）え向きだ。ひとつ伝令を頼む」

そう言うとホームズはポケットから手帳を取り出し、そのページに何かを書き付けると、破りとって折り畳み、アレックス少年に手渡した。

「大急ぎでこれを届けてくれ。宛先は書いてある通りだ。それぐらいは読めるな。届けたら、必ず返事をもらってきてくれ」

受け取ったアレックス少年は、目を丸くした。

「こいつは大任ですね。わかりやした、行ってきます！」

「頼むぞ、早ければ早いほど駄賃をはずむからな」

それを聞くや否や、アレックス少年はあっという間に人混みの中に消えた。わたしはホームズに、彼に何をさせたのかと尋ねた。

「事実確認の手伝いさ。僕の予想している通りであれば……」

ホームズは懐（ふところ）からシガレット・ケースを取り出すと、煙草（たばこ）をくわえて火を点（つ）け、吐き出した煙を見つめている。

「では、もう調査は終わりかい?」

「いや、終わってはいないよ。話をまだ聞いていないサーカス団員が残っていることを忘れちゃいけないね、ワトスン君」

そう言われて、わたしも思い出した。「そうか、怪力男サムスンもいたな。彼が何か怪しげな行動をしていたと、道化師パンチも言っていたし」

我々はテントの中へは戻らず、その外側をぐるっと回って、サーカス馬車が並んでいるところへ向かった。

「ホームズ、どの馬車にサムスンがいるか、知っているのかい」

「もちろん。キャラガーに尋問をした後で、プリチャード団長から聞いておいたよ」

確かに、アセルニ・ジョーンズがキャラガーを調べている間、ホームズもプリチャード団長と何か話していた。あれがそうだったのか。ジョーンズは出し抜いたつもりで、出し抜かれていたのだ。

サーカス馬車の間を歩く際、ホームズは口元に人差し指を当てて、わたしの耳元で囁(ささや)いた。

「我々が行くことをぎりぎりまで気付かれたくないから、なるべく静かに頼むよ」

わたしは無言でうなずいた。こんなところをこっそり歩いていると、まるでサーカス見たさに忍び込んだ子どものような気分になり、事件の調査中だというのにちょっと胸が高鳴ってしまう。

やがて一台の馬車の横で、ホームズが合図をした。その馬車の中から話し声が聞こえる。ホームズの指示のままに、別な馬車の陰に隠れ、待つことしばし。件の馬車の扉が開き、中からひとつの人影が出てきた。それを目にして、わたしは思わず声を上げそうになった。その人物は誰あろう、つい先ほど話を聞いたばかりのルイーズ・ド・クラヴィエ夫人だったのである。

彼女に続いて、馬車の入口に男性が現われた。筋骨隆々のその姿からして、彼こそ怪力男サムスンに間違いなかろう。更に小声で二言三言交わした後、ド・クラヴィエ夫人は辺りの様子を窺いつつ、足早にその場を去った。

ホームズは隠れ場所から出ると、閉じられたばかりの馬車の扉をノックした。笑顔で扉を開けたサムスンは、我々を見るや表情を変え、我が友が名乗ると、明らかに動揺した様子を見せる。

「探偵さんが、おれに何のご用でしょう」と、サムスンは身体に似合わないか細い声で言った。見た目は豪快そうな男だが、実は小心者なのかもしれない。

「事件の調査のために、関係者から話を聞いているところだ。君が怪力男のサムスンだね」

「はい。でも本名はジョン・クラークといいます」

「なるほど」とホームズは大きくうなずいた。『怪力男ジョン』じゃ、さまにならないからね。インド奇術師チャンドラと、同じ理屈だな。だが実に分かり易いから、我々も芸名で呼ばせて頂こう。サムスン、君は事件が起きた際、どこにいたかね？」

「この馬車です。リハーサルが始まったので、自分も行く準備をしているところでした」

「君がここにいたことを、誰か証明できるかな?」

ホームズの問いに対してサムスンは、なぜか答えるのを躊躇っている様子だった。

「ええと……その……」

少し間を置いてから、シャーロック・ホームズが改めて問うた。

「サムスン、隠し事はいけない。隠し事をすると、君が疑われるぞ。もしくは、君が言及を避けている人物にも疑いが及ぶ。それでもいいのかね」

怪力男はびくりとした後、大きな身体を小さく縮めつつ、口を開いた。

「……すみません。迷惑がかかるかと思って、言えなかったんです。ある人と一緒にいました」

「その相手は?」

「そこまでは言えません」

「では僕が言おう。ルイーズ・ド・クラヴィエ夫人だね」

「えっ。どうしてそれを」

サムスンは驚きのあまり、自分がホームズの言葉を肯定してしまったことにすら気付いていないらしい。

「つい先刻、彼女がここにいたことも知っている」とホームズ。「しっかり目撃したからね。さあ、本当のことを言ってくれ。今なら警察もプリチャード団長もいない。君たちが殺人と無関係であることが判れば、ド・クラヴィエ夫人との件が表沙汰にならないよう努めるよ。だから、話してくれたまえ」

サムスンは口ごもっていたが、おずおずと喋り始めた。「そこまでご存じなら、隠しても仕方がないですね。おっしゃる通りです。死体が見つかって騒ぎが起きた時、おれはド・クラヴィエ夫人と一緒にいました。夫人はこのサーカスのスポンサーですが、ええとその、おれの個人的なパトロネスにもなって下さっているのです」

予想はできていたものの、はっきり言われると衝撃的だった。ド・クラヴィエ夫人がその事実を語らなかった理由、サムスンが話すのを渋った理由は、ヴィットリアとホルブルック大佐の場合と似たようなものだったのだ。

ホームズは更に幾つか質問を重ね、サムスンも素直に答えていった。サムスンのもとを去って再びテントへと向かう際、わたしはホームズに言った。

「サムスン君に、ド・クラヴィエ夫人の香水の香りが移っていたね」

「ああ、君も気が付いていたか。まあ、それを指摘するまでもなく、彼は正直に告白してくれたがね」

そう言うホームズは、どこか晴れ晴れとしていた。

我々がテントの入口をくぐると、すぐにアセルニ・ジョーンズ警部がどこにいるか判った。彼の怒鳴り声が、響いてきたからだ。ホームズが肩をすくめながらそちらに向かうので、わたしもそれに従った。

「全く！　何を考えているんだ！」とアセルニ・ジョーンズが嚙み付かんばかりに声を張り上げている。その相手は、プリチャード団長だった。

「どうしたんだね、ジョーンズ警部?」とホームズは尋ねた。

「おやシャーロック・ホームズさん」と警部は我々のほうを振り向いた。「ずいぶんとごゆっくりな休憩でしたな。その間、こちらは大変ですよ。プリチャード団長が、とんでもないことを言い出したんですから」

「とんでもないなんて、別にそんな」プリチャード団長は、不服そうに言った。「私はただ、リハーサルの続きをしたい、と申し上げただけです。夕方から公演が始まりますので、それまでに準備しておかないと」

「だから、それがとんでもないと言うんですよ。あんた、分かっているんですか? ここで殺人事件が起きたんですぞ。そんな状況で、サーカスをやれるわけがないでしょう!」

「別に構わないですよ」とホームズが言った。

「なんですと!」アセルニ・ジョーンズの剣幕の矛先が、プリチャード団長からホームズに移った。「捜査を中断させるつもりですか、ホームズさん!」

「中断なぞしませんとも。事件は概ね解決しましたから」

この宣言には、わたしを含めてその場にいた全員が驚いた。平然としているのはシャーロック・ホームズだけだ。

最初に我に返ったのは、プリチャード団長だった。「では、リハーサルを始めてよろしいのですね。それでは、失礼します」

アセルニ・ジョーンズに何か言う暇を与えず、プリチャード団長は素早くその場を去っていく。

　その後ろ姿を見送った後で、ようやくジョーンズが言った。「……本気ですか、ホームズさん。私は知りませんよ」

「なに、どうせ少し待たなければいけないのだから、ちょうどいい。ワトスン君ご推薦のサーカスを、見せてもらおうじゃないか」

「何を待つというんですか？　まだ話を聞いていない関係者もいますが」

「ああ、必要になれば改めて聞くが、もう聞かなくて大丈夫だろう」

　わたしは小声でホームズに問うた。「概ね解決したって……君には既に犯人の目星がついているということかい？」

　だが、ホームズは黙っていた。

　リハーサルが始まった。ふと横を見ると、ホームズはコンサートで音楽を聴いている時のように寛（くつろ）いで楽しんでいる様子だ。我々と離れたところでは、団員以外の人々が同じように見物している。

　マギーの綱渡りに、パンチの道化芝居。そのパンチを持ち上げてみせる、怪力男サムスン。ロープを生きているように動かしてそれを登る、チャンドラのインド奇術。

　だが、やはり中でも圧巻なのはヴィットリアだった。大蛇ウムガルナを身体に巻きつけて登場すると、大蛇をゆらゆらと踊らせつつ、自らも妖艶なダンスを踊ってみせる。大蛇の動きと、ヴィットリアの動きが同期する。

大蛇ウムガルナはヴィットリアの指示に従い、まるで生きた太縄のように動き回る。挙句の果てには、観客席のほうに頭を伸ばし、クィンシー・キャラガーの帽子をくわえて、ひょいと持ち上げ、ヴィットリアに渡した。

ヴィットリアは一旦キャラガーの帽子を被って笑みを浮かべると、またウムガルナにくわえさせる。大蛇は、それをきちんと持ち主の頭に返却した。キャラガーは、大喜びだった。

一通りの演目が本番さながらに行われ、まばらな観客席から拍手が起こった。ホームズも、惜しみない拍手を送っている。

そこへ後方から何者かがやって来た。誰だろうと振り向くと、ブリントン巡査だった。「シャーロック・ホームズさん、すみません」と、いかにも恐縮そうに言う。

「お邪魔して申し訳ありません。ですが、汚い小僧がホームズさんにどうしても会わせろと言うんです。ホームズさんの指示で、メッセージをもらってきたとかなんとか……」

「今すぐ通してくれ」とホームズ。「それを待っていたんだ」

そう言われて一旦去ったブリントン巡査は、すぐにアレックス少年を伴って戻ってきた。

「シャーロック・ホームズさん、ご命令通りに行ってきましたよ！　そんで、これ受け取ってきました！」

アレックス少年は得意げに、一通の白い封筒を自分の顔の横で振り回している。

ホームズは「ご苦労」とだけ言うと、ひったくるようにして封筒を受け取り、すぐさま開封した。中から出てきた便箋に素早く目を走らせるや否や、小さくうなずく。

「よし、予想通りだ。これで完全に確認できた」そう言うと彼は懐中時計を取り出し、時間を確認した。「うむ、期待以上の早さだ。よくやった、アレックス」

ホームズはポケットに手を突っ込み、コインを取り出すと、アレックス少年に手渡した。少年は、目をまん丸に見開いた。

「うわあ、半ソヴリンも！　ありがとうございます！」

その時舞台では、演技を終えた出演者が全員揃って、観客席に向かってお辞儀をしているところだった。これもまた、本番でどちらへ向かってどの順番で挨拶するかのリハーサルなのだ。中央の一番目立つ位置に立つのは、やはり花形のヴィットリアだ。その隣の隣、やや後ろに立つ綱渡りのマギーは、満面に笑みを浮かべつつも、時々ヴィットリアのほうへちらっと視線を走らせている。

何やら囁き声が聞こえてきたのでそちらに振り向くと、ホームズがアレックス少年に耳打ちをしていた。アレックス少年は、一言一言に大きくうなずいている。

その時、リハーサルが終わった。ホームズは拍手をしながらやおら立ち上がると、大声で言った。

「プリチャード団長、そして皆さん、実に素晴らしかったです。大いに触発されました。そこで、今度は僕の出し物を披露させてくれませんか」

何を言い出すのかとわたしは驚愕したが、プリチャード団長は大喜びだった。

「それは素晴らしい。是非ともお願いしますよ。一体全体、何を見せて頂けるのでしょうかな？」

「奇術です。もちろん、チャンドラさんのものほど、大した代物じゃありません。ですが、皆さんに驚いて頂けることだけは確実です。よろしいでしょうか？　では、まずは皆さん、あちらをご覧下さい」

ホームズは頭上を指差した。しかしそこに見えるのはテントの天井と、それを支える支柱ばかりだ。

「どこのことでしょうかな？」とプリチャード団長が言う。何も見えないのはわたしだけではないようだ。

「おや、皆さんには見えない？」と、ホームズが芝居っけたっぷりに言う。では一旦目をつぶって頂けますか？　そしてそのまま、心の中で『アブラカダブラ』と三回唱えて下さい。唱えましたね。では僕が『どうぞ』と言ったら、目を開いて下さい。行きますよ。三、二、一……」

突然、悲鳴が上がった。咄嗟に目を開くと、アレックス少年がルイーズ・ド・クラヴィエ夫人の前に立ち、夫人が首に巻いていたセーブルの襟巻きを奪い取っている——という予想外の光景が展開されていたのである。最初わたしは、アレックス少年がスリを働こうとしたのかと思った。ド・クラヴィエ夫人は、驚きと恐怖に目を見開き、両手で自分の喉元を押さえている。

「さあ皆さん」ホームズは言った。「どうぞド・クラヴィエ夫人をご覧下さい」

訳が分からぬまま、一同の視線はド・クラヴィエ夫人へと集中する。

「これはどういうことですの？」と彼女は、怒りを露わにして言った。「高名なる探偵シャーロック・ホームズさんらしからぬ、詰まらないおふざけですのね」

「いえいえ、おふざけだなんてとんでもない。これは前代未聞の大奇術なんです。何せ、人の性別を変える、魔法のような奇術ですから。さあ、最後の仕上げです」

ホームズはそう言うと、指をぱちりと鳴らした。「さて、こちらにおわすド・クラヴィエ夫人を男性に変えてしまおうという大魔術、うまくいっていればおなぐさみ。ではド・クラヴィエ夫人、その手をどけて、喉を見せて下さい。あなたには喉仏があるはずですから」

　わたしはようやく、本当のことに気付き始めた。これは奇術などではないのではないか？

「ホームズ。……もしかしてド・クラヴィエ夫人は、男性だったのか？」

「やあ、やっと分かったかい、ワトスン君。その通りだよ。アレックスの技も、見事だったろう？　彼は今では更生しているが、元はスリ名人でね。アレックスならば全く気付かれずに襟巻きを掏り取ることもできたが、今回はわざと気付かれるように取らせた。ド・クラヴィエ夫人の、反応を見たかったからさ。普通、人は何かを盗まれたら、その物を気にするはずだ。取り返そうと、手を伸ばすとかね。だがド・クラヴィエ夫人は、襟巻きではなく自分の喉元を気にした。それは、襟巻き以上に重要なものが、彼女の喉元にあるからだ――喉仏という、秘密が。あれで僕は、最後の確信を持てたのさ。僕は最初に彼女に会った時から疑いを持っていた。だって、いくらお洒落のためとはいえ、今日の陽気に毛皮の襟巻きは暑いだろう。だから、そこに何か隠すべきものがあるのでは、と思ったのさ」

「それは確かに慧眼だが……」とわたしは言った。「彼女が男性であることが、今回の事件と何か関係があるのかい？」

「大ありさ。被害者のブライアン・ビースンは、首を絞められて殺された。か弱い女性だったら、男性を素手でくびり殺すのは難しいだろう。だが女性だと思われていた人物が実は男性だったとなると、話は違ってくる。更に『女が男だった』でひとつ思い出したことがあってね。ワトスン君、君も知っての通り、僕の兄は政府関係の仕事をしている。だから国際情勢にはとても詳しいのだが、そんな彼から、少し前に話を聞いていたんだ――女性に化ける小柄な男性の話をね。そこで、ルイーズ・ド・クラヴィエ夫人の外見的特徴を書いたメモを、アレックス少年に兄のところへ届けてもらったのさ。そして戻ってきた答えは、案の定だった。『それはルドルフ・カッツァーに間違いなし』とね。――ルドルフ・カッツァーというのは、ドイツの国際スパイの名前だ。そうだろう、カッツァー？」

そう呼ばれたド・クラヴィエ夫人は、黙したまま何も答えなかった。

ホームズの話は続く。「これで全てのパズルのピースが、収まるべきところに収まった。恐喝屋ブライアン・ビースンは、ヴィットリアとホルブルック大佐の関係を知り、強請を始めた。ビースンはヴィットリアの身辺を更に探るうちに、彼女がルイーズ・ド・クラヴィエ夫人とも連絡を取り合っていることを知ったのだ。しかも何かの拍子に、ビースンはド・クラヴィエ夫人が実は男性であることまで摑んでしまったのだろう。ド・クラヴィエ夫人のことを先に知っていたら、明らかにそちらのほうが大物なので、わざわざヴィットリアにまで手を伸ばさないだろうから、ヴィットリアのほうから二人の関係を知ったはずだ。恐喝屋として最高のネタを手に入れたつもりだったろうが、逆にそれが運の尽きとなった。カッツァーがド・クラヴィエ夫人なる女性に化けていたのは、彼がスパイだったからだ。ヴィットリアと通じていたのも、彼女を諜報活動の手先として使っていたためだ」

ヴィットリアは紙のように真っ白な顔になっていたけれども、何も反論しようとはしなかった。

「カッツァーの意を受けたヴィットリアは、軍人のホルブルック大佐と親しくし、英国陸軍の動向を探っていた。また英国内の巡業先でも、その地方における軍事防衛状態などを調べていたのだろう。一方でカッツァー自身も、怪力男サムスンに入れあげている金持ち未亡人のふりをして、サーカスに出入りした。ヴィットリアとは、そうやって連絡を取り合っていたんだな。そこへブライアン・ビースンが、鼻面を突っ込んできた。かくして、いい金づるを見つけたと思ったのだろうが、ルドルフ・カッツァーとしては一大危機だ。かくして、ブライアン・ビースンを始末するしかなくなった、という次第――それで間違いないだろう、ルドルフ・カッツァー君？」

ド・クラヴィエ夫人ことルドルフ・カッツァーは、ここで遂に深いため息をついた。そして言った。

「最早、隠し立てしても無駄なようですね」そう言う声は、これまでよりも少し低かった。そして、ずっと押さえ続けていた両手を、喉元から外した。そこには、喉仏がはっきりと視認できた。

ジョーンズ警部は、目を見開いたまま、口を閉じるのも忘れている。怪力男サムスンも同様だった。彼の凍りついた姿は、まるで古代の彫像のようだ。自分を支援してくれていた婦人が男性だったというのだから、その衝撃たるや恐ろしいほどだったろう。その点、ファーディナンドはさすが第一線の記者だけあって、猛烈な勢いでメモを取り続けている。ブリントン巡査とアレックス少年は、畏敬の眼差しでホームズを見つめていた。

そしてヴィットリア。彼女は大きく落胆の吐息をつくと、もう誰かと視線を合わせることすら堪えられないのか、天を仰いでいる。

ルドルフ・カッツァーは続けた。「この国へ来る際、一番気を付けるように言われたのがシャーロック・ホームズさん、あなたでしたよ。一旦目をつけられたら、必ずや正体を見透かされてしまうだろう、と。しかし、わたしの正体は明らかになってしまったかもしれませんが、ブライアン・ビースン殺しについてはどうでしょう。ホームズさんはわたしが犯人だと糾弾していますが、証拠がありますか。これではただの言いがかりです」

確かに、ルドルフ・カッツァーの言う通りだ。だがその指摘にホームズは全く動揺しなかった。

「カッツァーさん、やはりあなたは頭の切れる方だ。そういう方と対峙(たいじ)できて、僕は今、心から喜びを感じているよ。そう、あなたのおっしゃる通り、僕はまだ殺人についてはほとんど何も証明していない。——では、これから証明してみせようじゃないか。あなたは今、手袋をしていない。ちょっと、出して見せて頂けるかな」

ルドルフ・カッツァーは数秒間凍りついたように静止していたが、やがてふっと息をついた。

「やはり、あなたの目を逃れることはできませんでしたか」

そう言うと、腕にかけた小さな黒いハンドバッグを開けて、中から手袋を取り出した。それは仔羊革製の、見るからに高級そうな品だった。

シャーロック・ホームズはカッツァーから手袋を受け取った。それをためつすがめつしていた我が友は、左手用のほうをわたしに寄越した。わたしはその手袋の片割れを、とっくりと検分した。そして気が付いた。手の甲の部分に、数条の傷がくっきり刻まれていることに。

「ジョーンズ警部」ホームズは言った。警部は、急に名前を呼ばれて驚いたようだった。「君は手に引っ掻き傷のある人物を探していたね。それは間違いではなかった。だが、ド・クラヴィエ夫人の素手を確認して、それで彼女が犯人ではないと断定したのは早計だった。この革手袋と、被害者の爪から発見された物質を比較すれば、同じものであることが証明できるだろう。また死体の首に残っている扼殺痕と、ルドルフ・カッツァーの手の大きさを照合すれば、ぴったりと一致するはずだ。……これだけあれば十分だろう、ヘル・カッツァー？」

「いつお判りに？」ド・クラヴィエ夫人、いやルドルフ・カッツァーは、正体が暴露されたにもかかわらず、あくまでも上品に尋ねた。

「被害者の爪に残っていた物質が皮膚片ではなかったら、他の何だろう、と考えた時さ。真っ先に思いついたのが、動物の皮革だ。皮革製品といえば、手袋だ。そしてド・クラヴィエ夫人に会った際、ずっと手袋をしていないことに気が付いた。その手袋には隠したい特別な理由――おそらくは引っ掻き傷があるのかもしれない、と推理したのさ」

「では、わたしの正体については？」

「不審に思ったのは、それこそ最初に姿を見た時からだよ。先ほど言った通り、セーブルの襟巻きがまず気になった。それに加えて、フランスから我が国へ来たばかりのはずなのに『ホルブルック大佐』の名前をきちんと発音していたのに気付いてね。フランス人だったら、Hの発音ができないから『オルブルック大佐』になってしまうはずだ。とすると、フランス人だというのは怪しい。国籍に疑問があって、女装している男性——というわけで、国際スパイのルドルフ・カッツァーに関する情報を思い出したのさ」

「やれやれホームズさん」とルドルフ・カッツァーは言った。「あなたが英国の諜報活動に従事していなくて本当によかった。もしそうだったら、英国内では外国人スパイは誰も仕事ができませんよ。もう言い逃れもできないようですから、正直に申し上げましょう。全て、ホームズさんのご指摘の通りです。最初はヴィットリアがあの恐喝屋に目を付けられましてね。彼女とわたしに繋がりがあることを知られてしまい、今日、すれ違いざまに楽屋裏に来るように言われたんです。仕方なく行くと、わたしが女ではないことまで知っていて、かなりの口止め料を要求されました。しかも、出身まで疑われていたので、これはもう始末するしかない、と咄嗟に首を絞めたのです。あとで気が付くと、手袋に奴の爪の跡がしっかりと残っていました。鞭が置いてあるのが目に入ったので、捜査を攪乱（かくらん）しようと首に巻きつけておきました」

「そしてヴィットリアに知らせ、彼女が死体を発見したかのように装わせた。無論、誰かの人影を目撃した、というのは嘘だね」

「はい。疑惑の目が自分の身に向かないようにするためです」

「赤い上着の男を見た、ではなく、赤いものが見えた、と曖昧(あいまい)に証言した辺りは、なかなか真実味があったんだがね。まあ、僕に対しては無駄な努力だった」

アセルニ・ジョーンズ警部が、慌てたようにルドルフ・カッツァーに歩み寄り、大声で言った。

「ド・クラヴィエ夫人……いや、ルドルフ・カッツァー、スコットランド・ヤードがあなたを逮捕します。大人しくご同行頂きたい」

そして警部は、ホームズへと顔を向けた。

「シャーロック・ホームズさん、ご協力感謝しますぞ。我々警察だけでも逮捕は時間の問題でしたが、あなたのおかげでそれが早まりました」

その後ジョーンズはファーディナンド記者へちらりと視線を投げかけたが、今の言葉をきちんとメモしたか、と言わんばかりだった。手錠を取り出し、ルドルフ・カッツァーにかける。国際スパイは観念したのか従順にされるがままになっていたが、その振舞いは上流階級の婦人そのままだった。

「ジョーンズ警部」とホームズは言った。「殺人に関してはカッツァーの単独犯かもしれないが、ヴィットリアのことも忘れちゃいけないよ。彼女はカッツァーを手助けし、我が国の情報を他国に漏らしていたのだからね」

アセルニ・ジョーンズがあたふたと指示し、ブリントン巡査がヴィットリアの身柄を確保した。ヴィットリアは、カッツァーが捕まってしまったためか、自分のやっていたことが明らかになってしまったためか、放心状態でなされるがままに連行された。

シャーロック・ホームズは、プリチャード団長へと向き直った。「という次第で、看板となるヴィットリアが抜けてしまうわけだが、今日の公演はやれることになったよ。まあ、がんばってくれたまえ」


この事件に関して、後日、我々の下宿を訪ねてきた人物がいた。シャーロック・ホームズの兄、マイクロフトである。国際スパイのルドルフ・カッツァーが関わっていたため、政府の重大案件には必ず携わるマイクロフトが、事後の処理に当たることになったのだと言う。

巨体のマイクロフトは窓際に立ち、射し込む光を塞いで言った。

「ルドルフ・カッツァーの住んでいたホテルは、秘密裡に捜索された。その結果、我が国に関する重要な軍事情報をまとめた報告書が、暗号文の形で発見された。ヴィットリアがホルブルック大佐から聞き出した内部情報や、地方興行の際に得た軍事配備に関する情報など、かなりの内容でね。幸い、まだ発送前だった。二人のおかげで機密漏洩が危ういところで阻止されたのだ。礼を言うよ、シャーロック、ワトスン博士。なにがしかの謝礼を出してもいいが……」

「なに、謝礼など不要だよ、マイクロフト」とシャーロック・ホームズは手を振って拒否した。「僕はもう、報酬は受け取っているからね。今回の謎は、実に面白かった。この謎自体が、僕にとっては報酬さ」

「それに」とわたしが口を挟んだ。「今回は、名声もきちんと君のものとなったからね。アセルニ・ジョーンズの苦虫を嚙み潰したような顔が、目に浮かぶよ」

「ああ、〈デイリー・ガゼット〉紙の記事のことだね」とシャーロック・ホームズ。「僕は世間からの賞賛など要らないが、確かにあれは痛快だったね」

「全くだよ」とわたし。「何せ『スコットランド・ヤード、またしてもシャーロック・ホームズ氏の後塵を拝する』だからねえ。クリスチャン・ファーディナンド記者が見たままに書いたから、臨場感もたっぷりだった」

「いい機会なので、スコットランド・ヤードには少々お灸をすえておいたよ」と、マイクロフト。「これまでにもシャーロックのものである功績をあたかもヤードの功績であるかのように新聞に書かせて、平然としていたからな」

「ところでカッツァーは厳しく断罪されるとして、ヴィットリアはどうなりそうですか？」とわたしは問うた。

「美女ヴィットリアを気にする辺りは、さすがワトスン博士だね」と、マイクロフトはわたしをからかった。「殺人には関わっていないが、スパイ活動はしていたのだから、無罪とはいくまい。プリチャード・サーカスは彼女抜きでプログラムを構成せざるを得まいて」

「そういえば、プリチャード・サーカスがどうしているか知ってるかい、ワトスン君？」とシャーロック・ホームズが問うた。

「それが、ヴィットリアが不在にもかかわらず、連日満員御礼らしいよ。事件のおかげで、かえって話題になったらしい。綱渡りのマギーがサーカス一の美女に返り咲いて、これまで以上の人気を博しているようだ。怪力男サムスンはいまひとつ元気がなくてね。まあ、それも無理はないが。これ以上覇気がないままだと、道化師パンチに棍棒でなぐられる、道化の下っぱに格下げされることになりそうだ。あとの連中は、満員御礼に気を良くして、張り切っているよ。……ああそういえばホームズ、君はプリチャード団長から、サーカスに出演してくれと頼まれたそうじゃないか」

シャーロック・ホームズが複雑な表情を浮かべた。

「プリチャード団長が、僕の観察力と推理力をすっかりお気に召したらしくてね。それを生かして『偉大なるシャーロック・ホームズの神通力ショウ』をやってくれとさ。観客の職業を、片っ端から当てていく出し物だそうだ。僕の能力を評価してくれるのは嬉しいが、丁重にお断り申し上げたよ」

わたしは思わず声を上げて笑ってしまった。マイクロフトも、口元を歪(ゆが)めて笑みを浮かべている。

「いいじゃないか、シャーロック」とマイクロフトが言った。「お前なら、大人気間違いなしだ」

「勘弁してくれ」とシャーロック・ホームズ。「大体、職業当てなら僕以上にマイクロフトのほうが得意じゃないか。そうだ、マイクロフトがやればいい」

「それなら」とわたしは言った。「二人が職業当てを競うところを見せればいい。『ホームズ兄弟の神通力対決ショウ』。一番人気、間違いなしだ」
二人のホームズに睨まれて、わたしは身を縮めるしかなかった。

「すまないがワトスン、ちょっと手をのばしてくれ。Vの項目になにかあるか、見てみようじゃないか」
私は後ろに反りかえって、ホームズの言う分厚い索引帳をとりおろした。(中略)
「おつぎは、ヴィクター・リンチ、偽造犯だ。毒蜥蜴(ヴェノマス・リザード)またの名ヒーラ。こいつは忘れられない事件だよ！　つづいて、サーカスの美女ヴィットリア」
――「サセックスの吸血鬼」(深町眞理子訳)

単行本版あとがき

シャーロック・ホームズはアーサー・コナン・ドイルが小説の中で生み出した名探偵です。長篇、短篇あわせて六十作がシリーズとして発表されました。

その後も、他の作家たちが、シャーロック・ホームズの活躍を書き続けました。それが「パスティーシュ」です。あくまでそれらしく書くのがパスティーシュで、茶化したりホームズもどきを登場させたりする「パロディ」とは区別されます（線引きが難しい場合もありますが）。本書は、本格シャーロック・ホームズ・パスティーシュ六篇を収録した短篇集です。

三年前、東京創元社の編集氏から「なぜホームズ・パスティーシュを書かないのですか」と言われました。わたしは十代の頃からホームズ・パロディを書いてきました（最初は同人誌でした）。編集氏に言われてはたと気づいたのですが、それまでホームズ・パロディはいくつも書いていたものの、厳格な意味でのパスティーシュは書いていなかったのです。

きっちりとしたパスティーシュを書くには原作をしっかりと把握すること、そして社会背景も理解していることが必要とされます。ですが近年、ヴィクトリア朝を舞台とした怪奇幻想小説を書いてきたこともあり、今なら書けると思いました。

もちろん、これまでも書くつもりがなかった訳ではなく、あくまで書く媒体とタイミングの問題であり「たまたま」でした。ですから編集氏に「書けと言われれば喜んで書きます」と伝えると、「では書いてください」と言われたのです。そして書いたら、今度は「これを連作にしませんか」と言われたのです。……本シリーズは、そのようにして始まりました。

一作目の依頼を受けたのは、東京創元社の《ミステリーズ！》がシャーロック・ホームズ特集を組むからでした。そういう意味ではタイミングと自分の状態が合致し「時が満ちた」ということだったのでしょう。

本シリーズを開始するに当たっては、パスティーシュの中でも特にパスティーシュらしいものを書いてやろう、と考えました。そこでお手本にしたのが、アドリアン・コナン・ドイル＆ジョン・ディクスン・カー『シャーロック・ホームズの功績』です。実は、フォーマットなども踏襲(とうしゅう)しているので、機会がありましたら読み比べてみて下さい。

「それ以前に、コナン・ドイルによるシャーロック・ホームズ物を全部読んでいない」という方でも、本書を読むにはなんら問題ありません。十分にお楽しみ頂けると思います。逆に、本書を読んでから未読の原作も読みたくなった、という方がいらしたら、光栄の至りです。

現代はドラマ、映画など、メディアも多様化していますから、映像媒体からホームズに触れた方も多いかと思います。頭の中で映像を思い浮かべながら読むなら、ジェレミー・ブレット主演のドラマ「シャーロック・ホームズの冒険」がオススメです。「結ばれた黄色いスカーフの事件」の冒頭、依頼人がベイカー街二二一Bを訪れるシーンなどは、わたしもジェレミー・ブレットのホームズとデヴィッド・バークのワトスンのイメージで書いていました。

もちろん、現代版ドラマ「SHERLOCK」好きの方など、舞台を現代に脳内変換して読んで頂くのもアリだと思います。

入り口がどこであれ、ホームズ歴がどれほどであれ、とにかくシャーロック・ホームズ好きの方々に楽しんで頂ければ嬉しいです。

北原尚彦

単行本版解説

日暮雅通

〝日本のホームズ・パスティーシュ界のエドワード・D・ホック〟こと北原尚彦の作品集、大いに楽しまれたことと思う。もちろんこの呼び名は私が勝手につけたものだが、ひねりの効いたバラエティに富む短篇ホームズ・パスティーシュを意欲的に書き続ける彼のことを考えると、あの短篇の名手ホックをつい思い出してしまうのである。

今年二〇一四年は、彼のホームズ・パスティーシュ集が立て続けに三冊、毎月別の出版社から刊行されるという、異常（？）な年となった。もちろん、別々の雑誌にこれまで書いてきたものがまとめられ、たまたまその時期が重なっただけとはいえ、これだけの量を「ホームズ」だけで書いていくこと、しかもそれぞれのシリーズが違った趣向になっていることなど、そう簡単にできる芸当ではない。

その三冊（三シリーズ）とは、月刊誌《ミステリマガジン》掲載の五作に書き下ろし一篇を加えた『ジョン、全裸連盟へ行く』（ハヤカワ文庫）、同じく《小説NON》の隔月連載「シャーロック・ホームズの仲間たち」をまとめた『ホームズ連盟の事件簿』（祥伝社）、そして隔月刊誌《ミステリーズ！》の掲載作に書き下ろし三篇を加えた、本作『シャーロック・ホームズの蒐集』だ。いずれも六作の短篇が収録されている。

先行する二冊をご覧になった方はすでにご存じと思うが、『ジョン、全裸連盟へ行く』はＢＢＣテレビの現代版ホームズもの『ＳＨＥＲＬＯＣＫ』への〝オマージュ〟作品集、『ホームズ連盟の事件簿』はホームズ以外の〝サブキャラクター〟を主人公にした連作短篇集、そして本書はいわゆる正統派（オーソドックス）パスティーシュ集という、それぞれはっきりした違いがある。

ここで少し、その違いを説明しておこう。

本来のホームズ物語（いわゆる〝正典〟）の模倣作／偽作は、パスティーシュとかパロディとか呼ばれるが、正典と同じテイストの贋作をめざすものをパスティーシュ、風刺や嘲笑（ちょうしょう）的なもじり、戯作のたぐいはパロディとするのが、現在よくおこなわれている大まかな分け方だ。そのパスティーシュのうちでも、「書き手がコナン・ドイルの文体やキャラクター、設定、構成を正確に再現したため、正典と区別のつかないところまで達したもの」を、オーソドックスなパスティーシュと呼んでいる。本書に収録された六作が、まさにそれだ。

一方、パロディにはさらにさまざまな種類があるが、『ホームズ連盟の事件簿』のようにホームズ以外の登場人物を主人公にしたものも、ひとつのサブジャンルを成している。『ジョン、全裸連盟へ行く』の場合はさらに複雑で、ＢＢＣの『ＳＨＥＲＬＯＣＫ』自体が正典のパロディであることから、その設定を使ったこの作品群は「パロディのパロディ」と言えるだろう。

いずれもかなりのテクニックを必要とするし、厳しい制約のなかで書かねばならないことは、おわかりと思う。それぞれのサブジャンルで短篇を書き続けるだけでも大変なのだが、それを三つのサブジャンルでおこなったという例は、海外でもこれまでになかったのではなかろうか。

すでにパロディ／パスティーシュ界で古典となったソーラー・ポンズものやシュロック・ホームズものは、数こそ数十篇あるが、あくまでひとつのサブジャンル内にとどまり、主人公はひとりであった。東京創元社における〝先達〟ジューン・トムスンも、やはり数十篇を書いているが、オーソドックス・パスティーシュというひとつのサブジャンルだけなのだ。北原尚彦は、前述の三つの雑誌で今後もそれぞれのシリーズを書き続けていくと聞く。今後、各シリーズが数十篇になれば、まさに世界でも類を見ない短篇ホームズもの作家になることだろう。

これは私見であるが、前述の三つのサブジャンルを比べた場合、いちばん難易度の高いのはオーソドックス・パスティーシュであると思う。もちろん、それぞれに独自の制約と難しさがある。たとえば、『ジョン、全裸連盟へ行く』の場合は、現在制作・放映中のテレビドラマをネタにしていることによる制約があろう。すでに古典中の古典となってネタバレも許される正典とは違うわけだし、映像作品はパスティーシュ化する際に制作者側がうるさいことを言ってくるケースが多い。だがその一方、正典の設定や文体に縛られる必要はないし、舞台は現代だから、シチュエーションもトリックもかなり自由につくれるはずだ。

サブキャラクターを主人公に据える場合も、あくまで正典と同じ時代設定、人間関係を崩せないという制約はあるものの、正典にない突飛な発想は許されるわけなので、ストーリーはつくりやすいだろう。

　では、本書の作品群は？……オーソドックスなパスティーシュの場合、正典を忠実に再現し、どの年に誰が何をしていたかというクロノロジカルなつじつまを合わせなければならないうえに、正典にない新たなアイデア、トリックを創出し、ミステリとしても面白くなければならない。登場人物関係の突飛な面白さだけでは、最後まで読んでもらえないだろう。

　さらに本書では、正典中の〝語られざる事件〟をテーマにするという〝縛り〟も設定している。語られざる事件とは、正典中でワトスンが事件名や事件があったことを書いてはいるが、その中身に触れていない事件のこと。数え方にもよるが、百以上の事件が記されており、これを扱ったパスティーシュはこの百年以上のあいだで無数に書かれている。それらのなかで最も有名かつ傑作といえる短篇集は、アドリアン・コナン・ドイル（発音は「エイドリアン」のはず）とジョン・ディクスン・カーの共著『シャーロック・ホームズの功績』（ハヤカワ・ミステリ）だろう。そのほか、前述のジューン・トムスンも、かなりの数を書いているし、翻訳パスティーシュのアンソロジーでもさまざまな作家が書いている。

　北原尚彦は、本書の作品を書くとき「一番お手本にしたのが」前述の『シャーロック・ホームズの功績』であり、その「形式も概ね踏襲して、最後まで読むと語られざる事件だったとわかる」というかたちにしたと述べている（「シャーロック・ホームズ・トークショー」《ミステリマガジン》二〇一四年十一月号）。どの作品がどの語られざる事件を扱っているかは、未読の方のために書かずにおくが、本書を読んだあとに、その語られざる事件の出てくる正典を読むのも、また一興だろう。

ドイルに対して少々皮肉な見方になるが、後年の作家が語られざる事件の名称だけにヒントを得てワン・アイデアの作品を書いたとしても、それはむしろ正典に近づくことになる。残念ながら正典のうちには、ワン・アイデアを引っぱったような作品がかなり多いからだ。しかも、本書の一作目のように、手がかりの一部がホームズの頭の中だけにあるという、現代のミステリ読みからするとアンフェアに見える設定も、ドイルらしさということで許されてしまう。ホームズ・パスティーシュは一般のミステリから独立した〝ホームズもの〟というひとつのジャンルなのだという見方がある所以である。

とはいえ、〝ホームズもの〟であろうとも、ミステリとして楽しめる作品でなければならない。『功績』が高く評価されているのも、カーとの共著によりその点をクリアしているからだ。これについて北原尚彦は、「《ミステリマガジン》や《小説NON》や《ミステリーズ！》などの媒体に書くからには、ただパロディであるだけではなく、ちゃんとしたミステリでもなくてはいけないという。そこはすごく気をつけました」と述べている（同前）。「一般読者が読んでも面白くて、さらにシャーロッキアンが読むと、ここはこんな遊びをしてるなとか、もっとご褒美があるようなパスティーシュがベストかなと思っています」という言葉とともに、彼のパロディ／パスティーシュ創作の姿勢を端的に表わしていると言えよう。

BBCの『SHERLOCK』のヒット以来、この四年ほどで米英のホームズ・パロディ／パスティーシュ本が（玉石混淆ながら）爆発的に増えた。長らく作品不足の続いた日本でも、今世紀に入ったあたりから、ミステリ作家による優れたパロディ／パスティーシュがどんどん書かれるようになってきた。今後、日本の〝ホームズもの〟作品の層が米英なみに厚くなるための先陣として、北原尚彦の今後に期待したい。

本書は二〇一四年、小社より刊行された作品の文庫化です。

検印
廃止

著者紹介　1962年東京都生まれ。青山学院大学卒。主な著書に『SF奇書天外』『首吊少女亭』『ホームズ連盟の事件簿』、編訳書に『シャーロック・ホームズの栄冠』、編書に『シャーロック・ホームズの古典事件帖』などがある。

シャーロック・ホームズの蒐集

2018年3月23日　初版

著者　北原尚彦（きたはらなおひこ）

発行所（株）東京創元社
代表者　長谷川晋一

162-0814／東京都新宿区新小川町1-5
電話　03・3268・8231-営業部
03・3268・8204-編集部
URL　http://www.tsogen.co.jp
モリモト印刷・本間製本

乱丁・落丁本は、ご面倒ですが小社までご送付ください。送料小社負担にてお取替えいたします。

ISBN978-4-488-47911-4　C0193